不可征服

中国姑娘徒步南极难抵极纪实

INVICTUS

冯静 著

中国国际广播出版社

图书在版编目（CIP）数据

不可征服：中国姑娘徒步南极难抵极纪实 / 冯静 著.—北京：中国国际广播出版社，2021.12（2022.8重印）

ISBN 978-7-5078-5007-9

Ⅰ.①不…　Ⅱ.①冯…　Ⅲ.①纪实文学－中国－当代　Ⅳ.①I25

中国版本图书馆CIP数据核字（2021）第190561号

不可征服：中国姑娘徒步南极难抵极纪实

著　　者	冯　静
责任编辑	李　卉　梁　媛
校　　对	张　娜
装帧设计	王广福　姜馨蕾

出版发行	中国国际广播出版社有限公司〔010-89508207（传真）〕
社　　址	北京市丰台区榴乡路88号石榴中心2号楼1701
	邮编：100079
印　　刷	北京汇瑞嘉合文化发展有限公司

开　　本	880×1230　1/32
字　　数	200千字
印　　张	11
版　　次	2021 年 12 月　北京第一版
印　　次	2022 年 8 月　第二次印刷
定　　价	79.00元

ANTARCTIC

透过笼罩我的夜幕，

层层黑暗深不见底。

感谢上苍曾赐我，

不可征服的灵魂。

就算被命运无情摆布，

我未曾退缩，未曾悲泣。

经受过一浪又一浪的打击，

我满头鲜血不低头。

在这满是愤怒和泪水的世界之外，

恐怖的阴影在迫近。

即便威胁经年累月，

我始终毫不畏惧。

无论我将穿过的那扇门有多窄，

无论我将肩承何等责罚。

我是我命运的主宰，

我是我灵魂的统帅。

——［英］威廉·埃内斯特·亨利《不可征服》

《不可征服》读后感
（代序）

　　我和冯静第一次约谈是为了确认我是否合适为她的《不可征服》一书作序。冯静看上去十分清秀，清秀得绝不像书中描述的那样是一位有过艰苦卓绝经历的人。所以，当我们坐在长安街边的绿地长椅上后没聊几句，我就问了她的体重。交谈中我发现冯静是一位表达十分清晰的人，明显能让人感到她有非常明确的价值取向，当然她的价值观中有部分内容也如同量子纠缠理论那样让人并不那么易懂，我感觉她是一个精神丰富但行动简单果敢的人。

　　之后，我试着通过阅读《不可征服》去理解这位清秀的女性。冯静的哲学肯定与很多国人不同。大多数国人习惯于奉行"谋事在人，成事在天"，而她则是"谋事在人，成事也在人"，当然这个人就是她自己。联想及此，是因为读了冯静在本书开篇引用的英国诗人《不可征服》那首诗。诗人的不可征服与冯静书里不可征服的内涵和外延似乎完全不同。诗人是身残志坚，豁达抗争于命运，而冯静的状态则是无形的、难以言状的，用时下的网络语言说她在与命运抗争似乎有点"凡尔赛"。但无论怎样，面对困难，特别是面对持久的、难以看到尽头的困难时，诗人与冯静的状态又是何其相似。我不熟悉冯静，也不熟悉诗人，但我熟悉《不可征服》书中表述的几乎所有环境场景和技术细节，进而联想到那些曾经在南极克服过各种困难的人……想起这些人，令我思绪万千。这些人中，既有世人熟知的探险时代的先驱，也有我们因为职业才认识的一些人。他们中有很多人很出名，但更多的人很普通。这些普通人的南极经历多与谋生的职业有关，也与他们的集体主义目标有关。这样联想之后，我便反复地问自己：那些不是为谋生去南极的人到底是为什么？冯静如此做到底是为什么？我想了很久，也没有得出十分清楚的答案。

冯静的《不可征服》分为上下两篇，分别记叙先征服南极点再征服难抵极的行动脉络。这种扎实的技术路线似乎超出了一般探险者的实际需要，但这又使冯静的南极经历不同寻常。冯静的南极之旅中除了围绕徒步展开的要素之外，书中描写的那些场景过程、那些自然现象、那些地名、那些装备，林林总总，包括文字中那些随处可见的jargon（术语），都让我产生了我与冯静好像早已熟识的错觉。《不可征服》用我所见过描述南极经历最不枯燥的文笔，还原了冯静的南极历程。如果读者在阅读中仍嫌文字枯燥，那我可以负责任地说，实际情况可能要比书里展现的还要枯燥一百倍，甚至一千倍。说到南极的枯燥，也让我联想起自己在南极经历中的一些真人真事。多年前，我在南极中山站度夏。考察快结束的某一天，考察队计划派出几辆雪地车简单编队去距离中山站 50 公里冰盖上的一个样品存放点，把内陆考察钻取的冰样运回来，因为那里实际就是个温度理想的天然冰箱。出发前我把这个行动安排告诉队里一位女队员，她一路上曾多次表决心一定要去南极内陆昆仑站，意在让她去体验体验。记得那天雪地车爬上冰盖没半个小时，这位女队员在剧烈颠簸的车厢里双手紧握着车顶的扶手大声问我："去内陆就这样？"我答："每天坐上车就这样，到昆仑站单程大约一个月。"她说："我不去内陆了，不去了！"之后，我再也没有向这位女队员追问过改变去南极内陆想法的缘由。《不可征服》里那些前往难抵极途中具有强烈画面感的描写，不由得让我想到，用知道困难数量肯定会高频重复和并不知道困难程度是否超出自己的耐受阈值来考验自己，也许是当下人能开展的有关精神与肉体是否统一的最极限实验。从这个意义上讲，南极是一个理想之地。在阅读《不可征服》的过程中，我几次合上书自问：这样做值得吗？

"崇高的、生动的意志，你不可名状，不可理解！我谨将我的心灵升向你那里，因为你与我并不是分离的。你的呼声在我这里鸣响，我的呼声在你那里回响；我的一切思想，只要是真的和善的，就都是想到你的。在你这位不可理解者中，我对我自己变得完全可以理解，世界也对我自己变得完全可以理解，我的一切生存之谜都得到了解答，而在我的心灵里产生出最完美的和谐。"

也许，在费希德《论学者的命运·人的命运》的这段表述中，可以找寻问题的答案。

冯静在2020年1月25日的那个时点完成了徒步征服南极内陆的难抵极。《不可征服》最后的部分有这样几句话："生而为人，负有使命。此刻，我的使命已达成。疲惫至极，生命中从未有过的疲惫，耗尽了所有的力气。"

我感觉应该只是时间问题，冯静还会开启她新的生命之旅，同样不可征服……

秦为稼

2021年11月21日于北京

目录

引子

　　镜面球①触手可及。迎着阿蒙森-斯科特考察站②的方向，半环着12面国旗，代表着《南极条约》的创始国。

　　我摘下滑雪镜，任由寒风刺痛面颊，茫然伫立，凝视着银色球面上自己的镜像。这里的一切似曾相识，相关照片我早已看过千千万万遍。放眼四周，地平线再次消失在浓云中。在过去的52天里，我一直憧憬着此刻成为现实，渴望胜利的喜悦抚慰疲惫和伤痛。然而当我穿越了1100多公里的茫茫冰原，从南极大陆的边缘徒步抵达南极点的时候，站在这个象征终极的地方，却并没

---

① 半环着12面国旗的银色球是常见的南极点标志。真正的南极点由金属球标记，两地相隔数百米，每年最后一天重新测定南极点位置，银色球位置一般不变动。

② 南极洲上最著名的科考站之一。1957年建成，位于海拔2835米的南极点，以世界上最早征服南极点的探险家——挪威的阿蒙森和英国的斯科特的名字命名。——编者注

有想象中那般心潮澎湃。

此时是北京时间 2018 年 1 月 8 日下午 3 点，我和向导 Paul①刚刚经历了此行第二漫长的一天，行进了差不多 15 个钟头。超时赶路让我的体能濒临枯竭，但思绪却在寒冷中沸腾。我打开 GPS 手表校对，再次极目远眺，尽管心底的召唤远超目力所及。已经抵达终点了吗？我内心仍在寻求答案。

"你是第一个滑雪到南极点的中国女人吗？" Paul 的提问令我困惑。在过去的 3 年里，他见证了我从零起步，最终在他的陪伴下徒步远征南极点。作为极地探险领域最资深的初代向导，为何要明知故问。他摘下雪镜，向我靠近些，再一次郑重其事地重复了这句话。我突然领悟到，这是他祝贺我的方式。

真正的南极点距离镜面球还有百余米，它随着冰层漂移，用一个安装在金属支杆上的铜球标记，每年的最后一天，阿蒙森-斯科特考察站的工作人员会重新测定南极点的精确位置，更换一枚全新设计的铜球。

我们在这两地均未久留，短暂亢奋之后，就被彻底释放的疲惫带着沉重的倦意拖回了营地。进入帐篷之前，Paul 示意有话要说："静，我已经和几个人谈起，我从未见过比你更努力的客户。"在滑雪镜的掩护之下，我占据了隐蔽观察的优势，很想分

① 全名 Paul Landry（保罗·兰德里），1955 年 9 月生，加拿大人，国际著名极地向导。

辨出这评价的分量。他见我默不作声，又补上一句："我是认真的，没有夸大。"

"那么，你可以再说一遍吗？我想录下来。"

"当然，等我们回到 Punta^① 的时候。"

有生以来，我还从未如此艰难而持久地追寻过某个问题的答案，不惜耗费巨大的精力，无视他人的冷嘲热讽，固执又孤独地对抗着一次次挫败。此刻，长久以来的悬而未决即将终结，我决定正视内心的渴望：南极点东经 55° 方向，800 多公里之外的冰原之上，那个令我心驰神往的地方，它的名字拒人千里——The Pole of Inaccessibility（POI），不可接近之极，意味着距离南极大陆所有海岸线最远，又名"难抵极"。

---

① Punta Arenas（蓬塔阿雷纳斯），位于麦哲伦海峡两岸，智利南部港口城市。

1 南极点地标，半环着镜面球的 12 面旗帜猎猎作响

2 南极点地标自拍

3 南极点铜球（2018 年度）

南极大陆阿斯特里德公主海岸

80天 1800多公里

难抵极（POI）海拔 3715米

难抵极

南极大陆海格立斯湾

南极点

52天 1130公里

南极点海拔 2835米

1

从零出发

　　让我们将时针回拨到 2016 年 2 月 7 日。在用电子邮件沟通了一年多之后，我和 Paul 终于发展到线下见面了。地点是他提议的，一个叫作 Haugastøl[①] 的小村子，位于挪威奥斯陆西面的哈当厄高原，那里漫长的雪季从当年 10 月覆盖到次年的 4 月。由于人口过于稀少，外界罕知。挪威边境检察官从我这里第一次听闻此地后，饶有兴致地多问了几句。可惜那时我也缺乏第一手资料，只能勉强从 Paul 的邮件中拼凑些零散的信息：常住人口只有 8 个，是同一家族的三代人，共同经营一座中型家庭旅馆——那也是我将要前往的训练基地。

　　哈当厄高原是欧洲最大的准平原（侵蚀平原），平均海拔 1066 米，面积比上海略大，和河北廊坊接近，约 6475 平方公里。

---

① 豪加斯托，挪威的一个村庄，位于哈当厄高原。

003

独特的自然环境非常适合滑雪，孕育了一代又一代挪威传奇。从奥斯陆出发，火车车程有 4 小时，沿途的村镇规模越来越小，Haugastøl 是被不少过路车忽略的小站，我搭乘的这一趟停靠时间只有 3 分钟。

Paul 开车来火车站接我，他没见过我的照片，但想把我识别出来再容易不过：我是唯一一个埋在行李堆里的亚洲面孔，被登山包和滑雪板包夹在中间，左右各斜挎着一个相机包和随身行李，不得不歪着脖子伸出脑袋探查路况。

2016 年 2 月，我在挪威 Haugastøl 村训练时的基地，一座中型家庭旅馆

从火车站到旅馆原本只有几分钟的车程，但由于刚下过雪，清雪车正在作业，我们只好排队等候通过。清雪车缓速行进，用前端的推雪铲收集积雪，再通过后面烟囱似的装置射出一道数米高的雪喷泉，把雪扬到路边稍远处。积雪深度大约半米，在我的印象中，北京没有下过这么大的雪。Paul 说这里是 Haugastøl 的交通要道，往来车辆多，积雪少，过几天训练的地方雪层都有几米厚。

到房间安顿好之后，Paul 来检查我的装备。我是按照他给出的清单和自己的揣测准备的。他翻看大多数物件时面无表情，倒是对我自制的一副护腕颇感兴趣："你自己缝的吗？"

"没错。"

"怎么想起来要做这个？"

"书里看的。"

Paul 不再说话，当天下午就开始了远征第一课：学习最基本的技能——越野滑雪。

为了这次面试，我在家乡北京提前进行了 8 个月的体能准备。训练方法非常简单：跑步，一周 6 次半程马拉松——既然什么都不会，至少要攒下力气去学。我的逻辑根植于远征前辈的自述，每一个竭尽全力试图抵达梦想彼岸的人都曾历经磨难。我反复研读那些故事，渴望进入他们的精神世界。尽管境遇各不相同，但这群人似乎在某些方面实现了跨越时空的共鸣。直到有一天，Ranulph Fiennes[1] 爵士的书名点醒了我——*Mind over Matter*[2]。

在徒步南极的念头成形之前，我从未对滑雪产生过浓厚兴趣。事实上，对于大多数运动，我只热衷观赏，没有任何拿得出手的项目。因此，家人和几个亲近的朋友试图打击我的热情。

不绝于耳的忠告部分地奏效了，在得到专业指点之前，我已经认识到，体能不足将成为横亘在眼前无数困难中最显而易见的一个。而且更加现实的是，随着自训的进行，我大致摸索到了能力的边界：凭借这样一副身躯——164 厘米的身高，加上 33 岁起步实在是晚了些，再怎么训练，也无法实现跃迁式突破。

担忧和恐慌迫使我给自己立下规矩：跑不动可以跑得慢，就算是只能小步颠腾着，比走快不到哪里去，也必须坚持跑。如果感到疲惫就允许自己用走来替代，那么必然会在走的过程中随意停下休息，接下来就是发掘更多自欺欺人的理由逃避训练。

从第一天的 5 公里，慢慢拉长里程，直到 25 公里的时候，我感到自己难以稳定地持续完成这样的负荷，于是就把目标降低，固定在了 21 公里——这差不多是一个远征者最低的日均进

---

[1]　雷纳夫·法因斯，1944 年 3 月生，英国人，首位以陆路方式造访南北极，以及徒步穿越南极大陆的著名探险家，并在 2009 年 5 月间以 65 岁高龄，成功登上珠穆朗玛峰。

[2]　《心胜于物》，雷纳夫·法因斯著。记录了他和同伴迈克·施特劳德（Mike Stroud）于 1992—1993 年远征季完成人类首次南极大陆徒步穿越，历时 96 天，使用风帆，无补给的过程。

度要求。

训练的日子多起来之后，脚底生生不息的水泡常常让"不想跑步"的念头占了上风。有一次我在换鞋凳上赖着不动，不知不觉耗掉了大半个钟头，邪恶的惰性在体内疯长，想要保持连贯训练的愿望很快被"偶尔偷懒一次也没关系"的想法彻底压制。最后我脱下刚穿了一只的跑鞋，隔着袜子捏了捏几个被刺破又上过药的水泡，轻微的疼痛让我更加心安理得，索性掏出手机，关闭计步程序。

不知何时遗落在口袋里的一枚五角硬币跟着滚落。捡起时，我带着开玩笑的心情把它抛起，和自己打赌：花朵一面代表休息。果然，休息正是天意。然而就在我忍不住想要再抛一次的时候，瞬间像被点化般有所领悟——再抛一次的念头本身正是答案。

即便是坚持了 8 个月，我也从未爱上慢跑。每每拖着沉重的脚步前进，疼痛和疲惫便在心中积聚下委屈。我无数次试图向内窥探，审视心中的挣扎——操纵这具能力有限的软弱肉体，去执行错综复杂而且尚无头绪的任务，会演变成不自量力的半途而废吗？

开启训练并非出于一时头脑发热，我深知过于宏大的目标往往令人在漫长而艰辛的追逐中迷失。极地远征是个冷僻又严肃的领域，究竟需要深耕多久，才能从几乎一无所知进化到踏上征途，即便是阅人无数的 Paul 也不能给出确切答案："远征很难，从零开始更难，也许两年，也许 5 年，也许这件事不属于你，永远不会发生。需要多少时间取决于你肯付出多大的努力。"那么在无法量化多少即为足够之前，我唯一能做的就是拼上一切。

规律的慢跑明显提高了体能，随之建立的自信让我对到挪威训练充满期待。第一次踏上越野滑雪板的下午，跃跃欲试的心情让我异常兴奋，毫不在意飘零的雪花渐渐遮天蔽日。对我而言，这是里程碑式的跨越，孤零零地摸索了 8 个月之后，即将得到权威人士的指引。滑雪板在蓬松又厚重的新雪里留下一道道并不顺畅的痕迹，有时仅仅是原地拐个弯儿，我也能笨拙地把自己绊倒。不可否认，新鲜感助燃着学习的热情，第一课在意犹未尽中结束。

返回基地的路上，Paul 闲聊似的问："你出汗了吗？"

"当然！"汗水是勤奋的见证，我对此颇有信心。

"那太糟了，你出汗，就会死。"轻飘飘的一句警告，惊得我停下脚步，任由 Paul 自顾自地远去。

一个忙碌而令人雀跃的下午在此刻戛然而止。我循着落雪扑簌簌的声音抬头仰望，整个天空被厚重的灰色浓云遮蔽，数米开外，雪板刚刚留下的痕迹已无从辨认，就连我自己的影子也隐匿不见。高涨的热情随着体温迅速下降，在被寒意彻底击穿之前，我也撤回到基地。

厨房的门关不住芝士烤肉的香气，住客们已经开始在自助餐厅聚集，顶着蓬乱的头发闲谈，话题围绕着风速、雪况和能见度。我混迹其间，视线不自觉地飘向厨房。算起来这第一节课不过是 3 小时，走走停停从未令人疲惫。中午明明吞下了两大块三明治，可是这会儿我只感到饥肠辘辘，满脑子都是快开饭。等我坐在长桌旁开始把一大盘冒尖儿的食物踏踏实实地送进嘴里的时候，才总算腾出心思来满足别人的好奇。最先和我搭话的是 Carl Alvey（卡尔·阿尔维），一个小有名气的英国极地向导。

"你来 Haugastøl 干啥呢？"

"想去南极远征啊。"

"什么路线？"

"我不知道有什么路线。"

"什么时候去？"

"我还不会滑雪呢。"

Carl 诧异地望向 Paul，一言不发也不难看懂他的意思：这就是你的新客户？

联络 Paul 之前，我清楚地知道 Paul 是谁，在他一连串辉煌的职业履历中，最吸引我的莫过于那场被命名为 N2I 的行动——N 代表出发地 Novolazarevskaya 考察站①，I 代指目标 POI，即难抵极，

——————

① 新拉扎列夫考察站，位于毛德皇后施尔马赫绿洲（Schirmacher Oasis），于 1961 年 1 月 18 日由苏联第六次南极探险队建成使用。

位于 S82°6.655′，E55°1.957′，海拔 3715 米。挪威探险家阿蒙森于 1911 年 12 月 14 日实现了人类首登地理南极点。整整 47 年之后，1958 年的同一天，苏联远征车队历尽万难，第一次标定了难抵极，留下一座简易木屋，顶部置有一尊列宁半身雕像，面朝莫斯科的方向。这个基地由于位置过于偏远，无法值守，只能用于季节性短期访问，自 1967 年起被彻底废弃，在长达 40 年的时间里无人到访。直到 2007 年 1 月 19 日，3 名英国探险者在 Paul 的带领下，历时 48 天，以风筝滑雪的方式，成功远征南极大陆难抵极，那是人类有史以来第一次依靠非机械动力抵达难抵极。

The Pole of Inaccessibility，这名字既令人望而生畏，又足以勾魂摄魄。一眼万年，我无法抗拒想要靠近的冲动。徒步前往的念头一经闪现，朝圣般的热情便不可救药地燃烧起来。多年独自旅行的经历练就我对盲目乐观本能地戒备，我谨慎地措辞，发出给 Paul 的第一封邮件，坦陈想要徒步难抵极的愿望，以及自己尚未掌握任何相关技能的情况，请他评估此事有几分可行。收到答复之快出乎意料——"静，跟我说说你是个什么样的人吧。"

2013 年，我在雅典旅行时赶上罢工，没有机会到访德尔斐神殿。在这个古希腊人向神明寻求解惑开示的地方，神坛上镌刻着传世最广的训诫"ΓΝΩΘΙ ΣΑΥΤΟΝ"——认识你自己。

自从 11 年前偶然读到《不去会死》[①]，我便一头扎进了背包走天涯这个全新的领域。漫长的旅程有过高潮迭起，也曾几度危机四伏。在诸多的不确定性中摸索着前进，正是旅行的乐趣。想长长见识，是我出发时最迫切的动机。古希腊哲学家芝诺的论述真是绝妙：人的认知就像一个圆圈，知识越多，周长越长，就会发现自己越无知。随着一个更大的世界在我眼前徐徐展开，在被感染、被震撼的同时，我也学会了关闭一道道曾经的欲念之门。持

---

① 石田裕辅著。石田裕辅，1969 年出生。1995 年辞去食品制造企业的工作，踏上骑自行车环游世界之旅。该书是他环游世界的旅途记录。——编者注

续地独自旅行意味着持续地学习，因为麻烦在任何时刻都可能不期而至。

2014 年 9 月，我前往南美大陆长途旅行。那时大多数南美国家的签证政策还没放开，可以提前在北京申请签证的国家寥寥无几。实际上临出发前我只拿到了两个目的地签证，其中一个出了问题——贴签的油墨自行脱落了。虽然我已经去过 120 多个国家和地区，但这种情况还是头一遭。取回签证的第二天，我又匆匆赶往使馆要求保修。交涉的结果是：离柜概不负责，接受付费补办。可我觉得是使馆的油墨出了问题，打印的字迹完全不能被贴签纸吸收，而是像蜡一样浮在表面，凝固后轻轻扇动就会脱落。虽然签证费只要人民币 100 元出头，可是再办一张掉渣的签证有什么用呢？根本撑不到入境的时候。而且最重要的是，这不公平。我没做错任何事，使馆只是仗着不对等的地位把责任推个一干二净。尽管弱小无助，但我还是打算尽力讨还公道。前台不耐烦地甩出一张复印件，以证明取签时字迹清晰。我认可了这份证据，表示补办的事情先缓一缓。接待员喜形于色地把我打发走了。娇气的签证经过这么一通折腾，回家时彻底面目全非，没有一个完整的字母。我试着用橡皮蹭了蹭，果不其然，几乎还原出一张空白的贴签……数日之后，我带着用 Photoshop 自行打印补发的签证踏入了南美洲的第一个国家。

我把南美洲视为环球旅行的最后一个长程目的地，因为那里相对中国遥远而陌生。此前我已经完成过两次长途行程：穿越欧亚大陆，经中东进入北非沿东非南下。性格就像种子，如何生长将由基因和环境共同塑造。多年异乡漂泊的经历雕琢个性。在南美洲发生的另一件事让我重新认识了自己。

那时行程已过大半，我对当地混乱的治安有所领教。走在里约热内卢的街头，我和往常一样穿件颜色暗淡的旧 T 恤，用帽子和墨镜把自己保护起来，暗暗祈祷能隐没人海。

参观基督山耶稣像占去了大半天，中午时分，我游荡到塞勒隆台阶，随后步行前往天梯教堂。几个半裸的小混混横七竖八地躺在教堂外的金属围栏附近，像非洲草原上的野兽那样在树荫下躲避烈日——当然，也不忘伺机狩猎。游客们沿着步道前往教堂，只需几十米，在前面拐个弯儿就是入口。短短半分钟的路程而已，但是一个捕食者支起脑袋，打量我几秒钟就起身行动了，像是避开成群的猎物，径直扑向体弱落单的目标。趁着他逼近的工夫，我评估了一下强盗的战斗力：叼着墨镜的一条镜腿，赤裸上身，两手空空，趿拉着人字拖。大概是认定这次出击轻而易举，他没带 machete（大砍刀），那种热带雨林大砍刀是巴西强盗抢劫的标配。我虚晃了半步，来者立即跟上，显然没有放过我的意思。距离短兵相接只剩几米了，强盗念念有词，绷了绷上身的肌肉，最后关头戴好墨镜。交手前我脑中一闪念：还是自己头上用弹力带固定的墨镜好啊，撕扯起来不会甩掉。没事不惹事，有事不怕事。反正也躲不过，索性战斗吧。

长这么大，从没正经打过架，我很想喊着"冲啊，杀呀"先声夺人，可是根本不会葡萄牙语，情急中憋出来一句："Rápido! Rápido！"——碰巧是个西语葡语通用的词汇，意思是"快点儿"。强盗显然没料到我竟迫切应战，志在必得的神情凝住，随后面露困惑。

敌人的首要目标是我左手握住的手机。几周前，这部命大的手机已经在哥伦比亚波哥大的闹市区被抢过一次了。走运的是在我的不懈追赶下，又被好心的路人们合力抢了回来。我总结教训，决心不再人机分离，每天出门前把手机捆在左手上，打成需要在牙齿的帮助下才能解开的死结。

胶着了几个回合之后，强盗放弃手机，盯上了前置背包。那是 Pacsafe[①] 的初代产品，是个面料含有钢丝的防割单肩包。为了让长期负重更合理，我改装成双肩背带。外出时包放在前面，后背的插扣一旦卡住，想甩下我单独抢走背包基本不可能。捆着手机的左手丧失了战斗力，我用右手勉强抵挡着一轮轮攻击。强盗抓住包带狠狠一拽，我整个人跟着向前栽了过去，跪坐在地上。这下倒是重心稳了，右手开始全力反击。混战中，我像只暴躁的猫一样，大喊大叫着乱打一气。近距离肉搏出现了几次可以咬伤

_____

① 澳大利亚品牌，主要产品是防盗包。——编者注

他的机会。可是这家伙保不齐有病吧？我不敢轻易下嘴，就算不是艾滋病，染上肝炎也太不划算了。记不清最后一个回合持续了多久。突然之间，强盗怪叫着弃我而去，还频频回头观察我是否追击。

环顾四周，无人增援。我一时间也不明白他为何逃窜。起身检查，裤子右膝处破了个洞，膝盖相应的位置在流血；左侧手肘磕青了一大片，倒是没破皮；右手指尖血肉模糊，看起来是指甲劈了。应激反应下感觉不到疼痛。我掏出水瓶冲洗伤口，惊喜地发现所有指甲都完好无损。那么血渍是强盗留下的喽，他赤裸上身被抓伤，边跑边回头看是怕我赶尽杀绝吧，这么说我的表现还不错啊。

天梯教堂里肃穆的气氛让我的情绪平复下来。最担心的是包里的单反相机，摔倒时跟着磕在地上，看了看幸好只是撞坏了 UV 镜。目睹抢劫的人们三三两两围过来，不知是不是主的注视让他们对袖手旁观心存不安。其实我完全理解别人的顾虑，毕竟这里是里约，持械抢劫司空见惯，晚上睡觉都要用木板封死窗户。若是歹徒刀枪相逼，我也会顺从地接受被洗劫一空。有好心人提议陪我去报案，我抱着"见识下警察是不是和传闻中一样差劲"的想法同意了。

小小的治安岗楼就在教堂门口的广场一侧。门窗紧闭，像个堡垒。我们试着敲门，没有回应，又趴到窗上去看，玻璃贴了膜，什么也看不到。我打算撤了，可是陪我的人很坚决，他笃定地再次敲门，没几下，门开了，一阵舒爽的冷气迎面而来。里面站着个神情冷漠的胖警察，他穿着干爽的制服，像个门神一样把入口堵得满满当当，完全没有让我们进去的意思。我的新朋友开始报案，虽然我完全听不懂，但他用肢体语言准确还原了事发场景。在听完一番慷慨陈词之后，警察做出个"你们想怎样"的手势。新朋友还想说些什么，可是听得出这一次气势低迷下去。房间里有人开始喊话，门神大声回应着，又做出送客的手势，然后不再理睬我们，把门关上。我问新朋友："刚才是有人抱怨跑冷气了吗？"

"你懂葡萄牙语？"

"猜呗。"

当天下午我按计划参观了一座美术馆，赶回住地时接近傍晚。宿舍里同住的巴西女孩儿正在吃晚饭。

"今天过得怎么样？"

"还行吧。"

"里约哪里让你印象深刻？"

"河。"

"啥？"

"1月的河呀！" Rio de Janeiro（里约热内卢）在葡萄牙语中

意为"1月的河"，因葡萄牙人1505年1月远航到此而得名。

巴西女孩儿从圣保罗来，颇以里约为荣，还提议和我同游糖面包山。我不想打击她主场的自豪感，没提起白天的遭遇。

一个人静下来的时候，某种全新的感受降临了。危急时刻，审时度势，保护自己——和数年前的我全然不同。很难说这一切究竟是如何发生的，往日的片段开始一幕幕呈现：那是持有合法入境资料却在午夜被盖上遣返章遭遇刁难的时候；是对借着母语的掩护飙脏话的边境检察官不依不饶的时候；是被小团伙尾随花了5个多小时才脱身的时候……无数偶然，将我引向狭道。窄门之前，站着一个不肯轻易妥协的人。

3

目标拆解

Haugastøl 聚集着好几个极地向导和他们的客户，让我有机会搜集更多信息。为了避免像第一次和 Carl 交谈时那样冒傻气，我尽量多听少说。他们的关注点有些奇怪——食物。有人说自己远征行进中每小时都需要停下来进食，即便如此，完成 1000 多公里的时候，体重至少下降 10 公斤。还有人说本来关系融洽的客户之间会因为饭盛稠了或稀了闹翻。我私下里问 Paul："只要多带些食物不就行了吗？"他回答："你试试看。"

首次学习为期两周。时间过半，我已掌握了基本的越野滑雪技能。第二周刚开始，Paul 就带我去山区拉练。白雪皑皑的山路上被压出规整的雪道，我在这里第一次近距离观察挪威人的生活。无论男女老少，轻松滑行的样子让雪具看起来是他们手脚的延伸。我谨小慎微地卡在雪道里前进，不断被身后的人绕行超越。遇到稍长的缓坡，我对不断加速的状况束手无策，若是可能追尾，只好大喊："外国人来了，请让一让！"有时速度之快突破我的底线，只能眼看着腿脚不听使唤地冲出雪道，一头栽进路基的厚雪里。因为非常担心有朝一日撞上岩石，我决定佩戴头盔。

"别人会笑话你的。"Paul 试图阻止。

"总比著名极地向导 Paul Landry 的客户死于训练强吧？"

"没关系，反正我已经退休了，不会再有新客户了。"

连续 4 天日均 28 公里拉练。

"这几天进展怎么样？"Hannah[①] 早饭时问了一句。她和 Carl 相熟，也是个知名的极地向导，目前以营地经理的身份为 ALE（南极物流和远征公司）工作。

"静一直用她的小短腿追我。"Paul 边说边伸出两根指头比画了一下。

Hannah 温柔地望向我，目光传递着同情和安慰。她身材高大，超过一米八，做过 6 次海岸线到南极点远征的向导，深知身高对步幅意味着什么。Paul 迈 5 步我需要 7 步才能赶上。如果换成 Hannah，我至少得倒腾七步半。每一步落下几个厘米，一天几小时累积下来就是数百米，那么 10 天、30 天、50 天，将是无法逆转的差距，甚至可能决定生死——历史记述，斯科特的远征

---

① 全名 Hannah McKeand（汉娜·麦肯德），英国人，极地向导。

队最终在距离补给站 11 海里处全军覆没，平均到他们返程时的每一天只有不到 282 米。

"Hannah，给我讲讲你的客户吧，那些完不成的都因为啥？"我也问过 Carl 这个问题，得到的答案是"没有准备好"。

Hannah 给出了同样的回答，不过这次我想问得更仔细些："哪方面没准备好呢？装备坏了？受伤了？还是心理建设不到位？"

"太急了。"Hannah 若有所思，"他们都是滑雪好手，可能正是因为这样，不大听得进去行前建议。"

"人们想要的远征就像速溶咖啡，立等可取。"Paul 转动着还剩半杯的卡布奇诺，只要有时间，他就会自己动手现磨咖啡，远征途中也是如此。"对了，那些美国大兵有消息吗？"

Hannah 摇摇头。他俩之前谈起过这些人。几个退伍老兵动了远征南极点的念头，联系到的专业向导里既有 Paul 也有 Hannah，目标是成为史上最快完成任务的队伍。我访问过他们的网站，几个人在健身房拼命训练。从照片上看，随便哪条胳膊都能拧过我的大腿，我就是练上一百年也练不成那样啊。

我在体格上占尽了劣势，不能再有其他短板了。无论哪个向导的建议，不管能否理解到位，我一律先写下来。

"Hannah，你最重要的行前建议是什么呢？"我翻开了随身的日记本。

"训练。不是在健身房里那种，是真的到雪地上来，吃住在这里。远征要做的事情比滑雪多多了。"Hannah 把目光移向 Paul，似乎是征询他的意见。

Paul 享用完最后一口咖啡："我还没有哪个客户和静一样，训练从来不喊停。"

最后三天，Paul 带我外出模拟远征。配备的雪橇只是廉价的塑料练习款。专用的远征雪橇非常贵，数千欧元一个，只有正式备战时才会采购。即便是带着初级装备，也足够令我欢欣鼓舞了。我们白天行进，夜里扎营，要在野外度过两晚，就像真正的远征那样。此前，Paul 已经让我试过一次在帐篷里单独过夜了。为了安全起见，扎营的地方就在他窗户底下，好说话的旅馆老板娘还给我留着后门。

旅馆主人 Terje（特里亚）和 Eldbjorg（埃尔德比约格），大约都是 60 岁出头，挪威人。两人算是白手起家创下这份家业。除了火车站，他们家有几十间客房的灰色大房子就是 Haugastøl 的地标。三个子女都参与家庭旅馆业务。二女儿 Liv（丽芙）是职业厨师，多年前在南极工作时遇到 Carl。两人婚后有个小女儿，全家生活重心在 Haugastøl。大儿子 Bjorn（比约恩）和小儿子 Roald（挪威语发音接近于胡奥）都是滑雪高手，负责旅馆接待、维修等杂务，还从政府承包了附近雪道的维护工作。

来 Haugastøl 备战远征的人终究是少数，更多的是滑雪超级发烧友。两者有着截然不同的思维。后者追求更精湛技术带来的更极致体验，但此外的一切，吃喝拉撒睡要尽可能舒适。就好比运动员肯承受训练的辛苦，但需要完善的后勤服务。在相当程度上，他们难以理解远征者白天竭尽全力赶路，晚上露宿荒野，吃速食喝融雪的乐趣何在。那时我的雪龄还在以天计算，刚刚进入两位数。任谁都可以看出我和我的目标之间隔着万水千山。单独露营那晚用餐时，大家都让我多吃点儿，还建议带上看门的萨摩犬一起过夜，生怕我在 -30℃ "熄火了"。

看着我跃跃欲试的样子，有人忍不住问："住在暖烘烘的房子里不好吗？"

"当然好啦。"我不假思索地回答，但心里想着有时候得先做好多不想干的事儿才能换点儿特想要的吧。

Hilleberg[①] 隧道式四季帐篷、NeoAir 气垫、铝箔蛋槽防潮垫、人造棉睡袋套、羽绒睡袋，加上一套贴身速干衣和羊毛帽子、羊毛袜，让我安然度过了寒夜。早起时睡袋靠近口鼻的地方结上薄冰，内帐也挂满白霜。原来一夜呼吸会产生这么多水汽，所以不管多冷也不能把脸埋进睡袋。冬天在家时，被窝内外十几度的温差就足以让人想赖床，这里可是差了 60 多度。

---

① 瑞典著名帐篷品牌。

"去上厕所吧？"

"没事儿，还能再忍忍。"

"早饭开始了哦。"

"晚 10 分钟也没关系。"

理性和感性开始博弈，直到 Paul 发来短信："你还活着吗？"我终于下定决心现身了。

有了露营初体验，我要求模拟训练时单独使用一顶帐篷。出发前 Paul 带着我扎营又拔营了两轮，算是紧急培训上岗。

拖着雪橇在野外行进的感觉太奇妙了。每当我望向连绵的雪坡，就会被与世隔绝的苍凉感笼罩。

人类历史上第一个到达南极点的挪威著名探险家胡奥·阿蒙森，年轻时也曾多次和同伴来到哈当厄高原长途滑雪，他在这里犯了无数新手的错，从未按计划完成行程。Haugastøl 距离 Garen[①] 不到 50 公里，那里是阿蒙森在哈当厄高原到达过的最西北点。

我渴望见识一百多年前阿蒙森在隆冬时节置身荒野的遭遇——迷失在极地风暴和白化天[②] 里。但事实上，我们的活动范围不过是基地附近方圆一公里。

---

① 加仑，挪威村庄。

② 又称"乳白天气"，由极地的低温与冷空气相互作用而形成乳白天空，一切景物都看不见，方向难以判别。——编者注

Paul 相当保守，每天只传授几个新技能，从来不会把需要学的一股脑倒给我。他坚信安全撤离是比上路更重要的事。就像沙克尔顿①说的那样："活驴子总比死狮子强。"

远征中，早晚各生火一次。起床后的时间很宝贵，通常应该在一个半小时之内动身。需要根据天气搭配好层层叠叠的衣物，把气垫排空卷好，压缩蓬松的睡袋，归置所有杂物，最后拔营会占去大量时间——留给早餐的空当不会超过半小时，来不及做饭，只够烧壶开水。Paul 用奶粉冲泡 Granola②，这是常见的远征食谱。但我有轻微的乳糖不耐受，在比较过多种食物之后，选定了热茶配烤黄豆。

白天一共行进四节，每节两小时，中间休息 15 分钟，靠 salami③、坚果、水果干、巧克力补充能量。白天的食物必须含水量低，否则很容易冻得比木头还硬。巧克力因为供能迅速，是绝大多数远征者的最爱，但有好几个人曾不小心崩掉了牙齿。

劳碌一整天，晚饭令人期待，不过得先扎营。Paul 搞定他的帐篷用不了 10 分钟。我经常被绳子绕晕，有时候饭前米汤的味

---

① 欧内斯特·沙克尔顿（Ernest Shackleton），20世纪英国著名探险家。1909 年 1 月 9 日，经过73天的努力后，他的探险队首次进入南极一百英里圈内。距离南极点已很近了，但经过多方面的考虑，他放弃了抵达南极点的尝试。几年后又再次探险南极。——编者注
② 用烘烤过的谷类、坚果等配制成的早餐食品。
③ 只经过发酵、风干、熏制工艺的腌制肉肠，介于生熟之间。

道已经飘出来了，而我还在奋力打雪地钉。

远征用的帐篷是双层的，内外层入口之间夹着一小块雪地，最后的工作是在这里挖个临时厕所——享受厕所自由就是单独住一顶帐篷最大的好处。爬进过夜的小窝，卸下白天的动态装备，将滑雪镜、硬壳①、抓绒、帽子、围脖、手套、袜子、鞋垫挂满整个内帐，滑雪靴也要尽量垫高些，如果直接丢在帐篷的地垫上，第二天蹬上时就像是一脚踩进了冰窟窿。

静态衣物是扎营后穿的，包括羊毛睡帽、羽绒服、半指手套、手织羊毛袜、软底羽绒营地鞋。换好衣服就可以去 Paul 的地盘吃饭了。

内帐里的地垫是一层薄薄的高密度海绵，直接坐在上面很快就会被冻得下肢麻木。Paul 的帐篷不管多乱，也会在入口处留出一长条，容得我把帐篷椅铺在蛋槽垫上，那就是我的固定餐位。

晚饭先喝米汤，正餐是 Harvest Foodworks② 制造的脱水食品，经过预制，都是熟食。烹调方法就靠煮，成品很像什锦粥，不同风味搭配着固定组合。我最喜欢的是 Cranberry Risotto（蔓越莓

---

① 即硬壳冲锋衣。冲锋衣是当今很流行的户外装备，一般具有防水、防风、透气功能。冲锋衣分为硬壳和软壳两种。软壳多用于保暖，防水一般差点。硬壳一般主要用来防水、防风，耐刮。——编者注
② 加拿大冻干脱水户外食品品牌。

026

意大利烩饭）和 Thai Vegetables & Rice（泰式蔬菜米饭），Oriental Sweet & Sour（东亚酸甜饭）也说得过去，就是煮葵花子吃起来怪怪的。饭后会有一小块威化饼干之类的零食就着热茶当甜点。

白天碍于厚重的装备，我们不常说话。晚餐的两个钟头是一天中最轻松惬意的时间，我会要求 Paul 挨个讲曾经带过的客户，留心记录他的评价，还会跟他讨论传说已久的一百多年前英雄时代的探险故事。无论是阿蒙森凯旋，斯科特罹难还是沙克尔顿逃出生天①，随着更多细节的剖析，对他们的历史评价曾有转变。我也在比较中不断修正观点，抽丝剥茧之后，原来每一场成败皆非偶然，早在出发前就有迹可循。

大约 9 点，我会灌上满满一瓶热水，和 Paul 告辞，返回自己的小窝，趁着晚饭的热乎气儿上厕所、刷牙、脱衣、钻睡袋一气呵成。写日记是临睡前的最后任务，那时我还不关心里程，满脑子都是需要改进的事项。

两周训练结束，到了接受评估的时候。最后一天吃过早饭，Paul 把我叫到房间，先是由衷地肯定了我取得的进步。

"但是……"他笑了，无奈又充满同情的微笑，"嗯，这儿有个但是……"

我心里害怕，后背发凉，已经有预感要听到什么。

----

① 指的是在险境中大难不死，逃逸出来。——编者注

"你不够格去远征。"

我稍微踏实了一点儿，没有太糟，只是"不够格"，而不是"不可能"。

"你滑雪滑得不好，需要练习。"

我点点头，完全认可。Paul 顺顺当当滑下去的地方我经常滚下去。

"你还得找到自己的穿衣法则。每个人体质不一样，没法照搬。"

我又点了点头。"出汗会死"是因纽特人的生存常识。Paul 曾在他们的村落里断断续续生活了 15 年。训练中我也领教过一旦停止运动，穿着汗湿的内衣会导致体温急剧下降。Paul 警告说若是处于极端环境，人会被困在自己汗液结成的冰壳里，最终死于失温。远征中的动态装束应该是穿好后体感微寒，行进起来身体回暖但又不至于出汗。掌控身体和环境之间热传递的平衡是个技术活。和气温比起来，影响更大的其实是风。风寒指数（wind chill index）即用来描述风速和体感温度的关系。气温在 0℃以下时，风力每增加两级，体感温度就要下降 6—8℃。–10℃狂风大作远比 –30℃无风更让人苦不堪言。

"另外，你的上肢力量不足，翻越 sastrugi[①] 时使不上劲儿。"

[①]　源自俄文，意指被大风塑形过的极为坚硬的雪脊。

我做了个完全服从的表情，迎着 Paul 的目光，等待更多明确指示，同时暗自构思起回家后的新一轮强训计划：慢跑显然是不够的，看来还需要举重；所有向导都建议用旱地拖轮胎的方式模拟拉雪橇，幸亏还有几条旧轮胎没扔掉；北京的雪季那么短，练滑雪应该北上。大致理出个头绪后，我颇有信心地寻求最后确认。

　　"这些都准备好，咱们就可以去难抵极了吧？"

　　"不，那不可能。"

　　答案太过意外。我瞬间陷入混乱，没法正常思考，开始语无伦次。"不可能"是什么意思？这一串建议难道不是为了引导我踏上征途？不对，不对，刚发生的一切如此荒谬。我闭上眼，深呼吸，数到三，再次睁眼看时，Paul 还是双手交叠地坐在那里，几乎面无表情。没等我问出为什么，冰冷的话已经扔过来了。

　　"太远了，你完不成的。"

　　"不是 1800 多公里吗？窗口期 [1] 不是有 90 天吗？每天 20 多公里，你知道我可以做到的啊！"我感觉自己受到了愚弄，没想掩饰语气中的火药味儿——公开称赞我训练刻苦难道是敷衍吗？不会不意味着不能学。凭什么断定我永远也学不会呢？

　　"远征需要拖着雪橇，不是咱们训练时那么轻。你有多重？

---

[1]　南极远征的窗口期通常是每年的 11 月、12 月和次年 1 月，视情况而定，也可能延长到 2 月初。

50公斤？行李比你重。南极也不是平的，雪脊可以像房子一样大，连成片，有几百公里。"Paul似乎对我急躁的态度置若罔闻，他和往常一样，语调平缓，没有训斥也没有安抚的意思，完全是毫无感情的陈述，"你知道难抵极的海拔吗？3715米。你知道 –50℃和 –30℃的区别吗？高反发作时吐个不停，还会整晚头疼睡不着。一天比一天累，浑身不舒服，脚指甲会掉。你确信这样能每天完成20多公里？静，从来没有人能一路走到那儿是有原因的。如果……"他注意到了我的情绪，再次沉默，耐心等待。

"如果有人能做到，就不能是我吗？"我抱着最后一线希望，强迫自己盯着Paul的蓝眼睛。

他摇了摇头，缓慢又坚决。

我垂下目光，努力控制局面。可是汹涌的泪水冲击着心理防线，一浪高过一浪。越是想着不要失态，越是力不从心。过去的八个半月我都在干些什么？到底是哪里出了问题？往日画面一帧帧闪现：拳头大的水泡、湿透的 T 恤、磨掉底的跑鞋、运动手环上一长串记录……想起这些，我第一次不再感到振奋、斗志昂扬，反而觉得那是一波强过一波的嘲讽，并非来自旁人的冷眼，而是源于内心深处，让我喘不上气。我想不明白做错了什么，只感到无助和委屈。我把头埋得更深了，徒劳地掩饰即将失控的情绪，紧接着，就在泪水决堤的瞬间号啕大哭起来。我那么伤心，已经顾不上什么体面，任由敞开的房门前住客穿梭，惊讶地看到痛苦和挫败在我脸上纵横交错。在一片嘈杂和混乱中，大脑仍然试图为如何走到这步田地找出原因。渐渐地，一些遥远而模糊的记忆开始浮现……

南极曾是我环球旅行计划中的最后一站。2014 年 10 月初，我从加拉帕戈斯飞抵秘鲁 Arequipa[①]，连续转机太过疲惫，所以决定休整一天。马丘比丘、纳斯卡线条、阿塔卡马沙漠、复活节岛、乌尤尼盐沼、伊瓜苏瀑布、亚马孙雨林、莫雷诺冰川……南美大陆满足了一个旅人对浪迹天涯的幻想。异彩纷呈的旅途中，最特别的是加拉帕戈斯群岛。独特的生态环境，造就了与世隔绝的超然气质。对我来说，那种吸引无法抗拒。接下来的行程中，最大的期待是前往乌斯怀亚[②]，让"最后一分钟船票"[③]把我带到海的另一边，登上最后一块从未到访过的大陆——南极洲。

说不清远征的念头是怎么冒出来的。只记得第一次把自己和徒步难抵极联系起来时的怦然心动。多年之后，当我无数次被问

---

① 阿雷基帕，秘鲁南部城市，印加古城。

② 乌斯怀亚（Ushuaia），位于阿根廷南部，距南极洲只有800公里。从澳大利亚、新西兰等地乘船往南极洲，至少需要一周的时间；而由乌斯怀亚起航，越过德雷克海峡，两天便可到达。因此前往南极洲探险和考察，乌斯怀亚是一个理想的起航和补给基地。——编者注

③ 指在开船前几天为促销而价钱大跳水的船票。——编者注

到"为什么"的时候，回溯过往，若干起因中最重要的一点是那里的名称：The Pole of Inaccessibility（难以接近之极）。在数学概念上，难抵极也是南极大陆平面投影的几何中心。但几何中心于我毫无诗意，激发我徒步前往的不是经纬度上的某个坐标，而是一段冰封的历史。这是事后想来最令我信服的理由。但在当时，那个瞬间的感受好像是着了魔，在亢奋和自我怀疑的持续切换中情绪激动、辗转反侧。不时难以抑制地笑出声，转瞬又被焦虑和恐慌搅得心神不宁。

我知道这样不对劲儿，但内心的天平在一点点失衡：残存的理智喊着"荒唐！荒唐！"可是回音越来越轻；而另一端，难抵极只是在那里，寂静无声。整整一周，我每晚都祈祷天亮时能摆脱掉这个疯狂的念头，但第二天还是灵魂出窍般地游荡在 Arequipa 的大街小巷，幻想着按下快门时定格难抵极的影像。

短短几天，我已经不认识自己了，连惦记了多少年的"最后一分钟船票"也无法拯救我。并非出于无知而忽视远征的千辛万苦，也没有因为天真笃信自己有把握成功。我清楚前方荆棘遍布，未来无法预料。可即便如此，我也不能熄灭燃烧的热情。

旅馆过道的墙壁上贴着一句话，打开我的房门就能看到："Some people feel the rain. Others just get wet."（有些人会感受雨。另一些人只是被淋湿。）

不早不晚，这句禅语就出现在我举棋不定的时候。冥冥中似乎有什么在指引我，并给予我力量。

是时候拿定主意了，我搜索到一连串极地向导的名单，发送了内容相同的邮件……

刹那间，电光火石般，我想起了那句话："这件事不属于你，永远不会发生。"好像一道神谕，解除了某种魔咒。在脑海里散落的记忆碎片开始各归各位，嘈杂、喧嚣也随之沉寂。冷静后的思维敏锐犀利，一刀一刀割除了那些不切实际的幻想，又一针一针把破碎的现实缝合。付出并不必然导向期待中的结果，努力可能转化为失败、教训。"ΜΗΔΕΝ ΑΓΑΝ"——凡事勿过度①。知易行难，不碰壁有时并不清楚度在何处。

我越界了，为愚蠢付出了八个半月的代价，该迷途知返了。几个小时之后，火车和飞机就会带我回家。住进房子里，坐在桌前吃可口的饭菜，慢慢忘了这一切。让 –30℃的露营见鬼去吧，再也不用缩在风里吃生猪肉了，再也不用摔得眼冒金星找不着北了。

为了虚无缥缈的远征梦，我增重了至少五六斤。来到这个陌生的地方，待在一群陌生人中间。早出晚归，筋疲力尽，学习一大堆永远也用不上的技能，还晒出两个白眼圈，顶着一张反色的熊猫脸。

---

① 凡事勿过度，希腊德尔斐阿波罗神殿的箴言之一。——编者注

够了，就到这里吧，我要结束单相思，告别难抵极，神志正常地回家去，重新开始波澜不惊温馨舒适的生活。

我不知道沉默持续了多久，等回过神时，泪痕已经干涸。

"有个建议你想听吗？"

我的眼睛肿胀发涩，大脑处理了太多信息，开始迟钝麻木。不管 Paul 想说什么都无所谓，因为我已经接受了来自权威的打击。仅仅是出于礼貌，我垂着目光点点头。

"别想难抵极，去远征南极点。"他很干脆地说，"我认为你再训练一年，是可以完成的。"

我没什么想回应的，因为心里无动于衷，只能固执地低着头，不愿对视那双冰冷的蓝眼睛。南极点挺好的，如果没有难抵极的话。

Paul 没有催我表态，也没有谈论 Hercules Inlet[①] 和 Fuchs-Messner[②] 的区别。这些天，我已经从听来的对话和互联网搜索中得知那是从海岸线徒步前往南极点的两条常规路线，前者 1130 公里，后者 910 公里。事实上，我也了解到另外几条非常规路

----

① 海格立斯湾，位于南极洲伊丽莎白女王地。
② 大致位于 S82°05′，W71°58.5′区域。1989 年 11 月 13 日 Arved Fuchs 和 Reinhold Messner 由此地出发，并于次年 2 月 12 日完成了人类首次完全依靠徒步穿越南极大陆，沿途有补给。

线。但不管哪一条，我都提不起兴致，只想尽快甩掉和地球尽头白色荒漠相关的一切。

"那不一样。"我的声音沙哑、有气无力，已经没有精神继续这个话题了。我艰难地从椅子上站起来，强撑着昏沉的脑袋，清了清嗓子，准备告辞。只要两三步，迈过那道门槛，历时八个半月的出格行为就会结束。在 Haugastøl 目睹了这场闹剧高潮的人们和我熟悉的生活圈没有任何交集。我最后的愿望是偷偷摸摸地溜回自己的房间，趁着绝大多数人要么在雪地狂欢，要么在屋里消食的机会赶往车站。

"为什么想去？"Paul 就跟没发现我要离开似的，不紧不慢地发问。

"那里是真正的南极。"我底气不足地把目光投向他。

Paul 生于 1955 年，和他的前妻 Matty[1]一起，历经千锤百炼，开创了极地向导这个行业。在他的巅峰时期，不止一次带领过英国皇室成员名誉赞助的远征队用风筝滑雪方式穿越南极大陆。现在他已经 60 多岁了，在这个冷酷的行当里早就到了退休年龄。连他自己也承认：最近五年从未接受过新客户。

我尊重资深专业人士的判断，但已经听够了论证徒步难抵极的目标遥不可及，可是在那双洞穿一切的蓝眼睛的注视下，这些

---

① 全名 Matty McNair（麦蒂·麦克奈尔），美国人，国际著名极地向导。

本该绝口不提的想法又自然地流露出来：

"南极点太热闹了，阿蒙森 - 斯科特考察站一年到头都有人。虽然也是个值得一去的地方，但这种魅力太张扬，太直白，没有让人回味的余韵，我心里的南极不是那样的。如果从没有人到过难抵极，我也不会感兴趣。可谁叫苏联人留下个小木屋。那个词怎么说来着？侘寂（wabi-sabi）① 之地，令人敬畏。"

我看了下座椅，确认自己没有留下任何东西，重新把目光移向 Paul，用眼神表示告辞。

"那么先去远征南极点。我来评估你的表现，然后咱们再决定下一步。你觉得怎样？"

这个上午太过刺激，刚经历了山穷水尽，现在似乎又是柳暗花明。我想说："给我些时间，容我考虑一下。"

可是却听见自己兴奋到颤抖的声音："好！"

---

① 源自佛法（小乘）中的三法印（诸行无常、诸法无我、涅槃寂静）。wabi（侘）原指远离尘世，索居禅林的孤寂，sabi（寂）原指"寒""贫""凋零"。现今一般也指朴素、寂静、谦逊、自然等。——编者注

4

日拱一卒[1]

试图说服我放弃远征念头的家人和朋友们曾经把最后的希望寄托在 Paul 身上。面对他们的仰天长叹、软硬兼施，我强作镇定，摆出不屑于和外行争论的姿态，总是以很简单的一句话结束辩论："你们不懂。"然后搬出《带着世界到南极》[2]这本书，试图用里面几个不会滑雪的女人经过训练最终成功组队远征南极点的故事壮胆，以掩饰自己的心虚和胆怯。

直到有一天，我再次翻阅那本书时，注意到了一些从前忽视的细节：艾拉喜欢踢足球，索菲娅教跆拳道和健美操，瑞娜的工

---

① 中国象棋里的"卒"，一次只能走一步。意指每天前进一点，日复一日，坚持不懈。——编者注

② 费利西蒂·艾斯顿著。讲述了一名31岁的英国女人，带领一支由最普通、最平凡、最没有经验的女性组建的8人探险队，克服了万难，成为史上滑雪到南极人数最多、最国际化的女子探险队。——编者注

作是带队爬山。我瞬间想起了母亲的警告："你的优势可从来不在胳膊和腿上。"这句话直击要害，我决定正视现实，从那天起，便开始了已规划数周，但却一拖再拖的长跑训练。

母亲仍然忧心忡忡，但她和我一样避谈远征。此前，几乎没有哪次争论不以大吵大闹收场，她的每一次阻挠都加深了我们之间的隔阂，交谈的次数越来越少，冷战的时间越来越长。

临出发去挪威前的一晚，我听到她在电话里低声说：

"没办法，只有 Paul 能让她死心。"

这个愿望差点儿就实现了。

按照约定，我和 Paul 将在一年之后，也就是 2017 年初重新回到 Haugastøl 备战，同年 11 月出发远征南极点。

多年在世界各地漂泊，我对城乡或是季节的快速切换并不陌生。北京的雪季不长，离市区近的几个滑雪场不仅条件有限还有诸多限制，当时没有越野雪道，想在高山滑雪场蹭场地练习很难。经过 2016 年 2 月在 Haugastøl 的初步训练后，我回到北京的家，先调整了训练计划。

还是在我家小区的环形主干道上，跑步改为拖轮胎，时间从白天变成午夜。拖轮胎是个太怪异的行为，想要避开人们的视线，只能选在半夜进行。每天凌晨 1 点，我开始背着 10 公斤的负重同时拖着轮胎徒步。柏油路上的阻力比较大，拖动一个轮胎的强度接近于在沙地上拖动两个相同的轮胎。

若是赶上雨雪天，摩擦力大大下降，我就会临时调整为慢跑。旱地拖轮胎就和雪地拖雪橇一样，行进速度非常慢。大脑不会像长跑时那样分泌多巴胺，所以从来不会感到越拖越轻快，越拖越愉悦。找到一个自己能承受的稳定速度，持久地拖下去就是训练的目的。拖轮胎不需要冲刺，因为没可能在 1000 多公里中维持那样的状态，短距离的加速反而容易带乱节奏。别着急，但也别懈怠，一步接着一步，在毫无新意的重复中磨炼出平和的心态，严格遵守时间规划，坚忍地积累进度。

我也有不耐烦的时候，但只要想到南极的一切将会更难，那么家门口的训练还有什么不能忍受？轮胎摩擦着柏油路移动没有惯性，如果脚步稍有迟疑，阻力就足以把人带着停下来，所以必须坚定，必须毫不犹豫地向前。对我来说，能日复一日准时在午夜出门意义重大。回想在挪威时，寒意彻骨的早晨，蜷缩着躲在睡袋里赖床的感受依然清晰。以积极的心态开始训练是对远征时早起的模拟。

拖轮胎的时限以黎明为准，冬天稍长，夏季略短。赶在晨练和遛狗的人们开始活动之前结束。只要老老实实地移动，没有绝对的必要不停下来，那么相同时长的进度是相差无几的。训练时我不听音乐，也极少认真思考什么事情。流浪猫、刺猬、黄鼠狼会短暂吸引我的注意，不由自主想得最多的是远征路上思绪将飘

为备战远征南极点，从挪威训练回到家后，我调整了训练计划：每天凌晨1点，在小区的环形主干道上，背着10公斤的负重拖轮胎徒步，天亮回家

向何方。然而在彼时那根本无从想象，就像让我具体勾画出移居火星的场景一样困难。时隐时现的念头常常想抓也抓不住，能准确无误记下来的只有从《火星救援》①经典台词中演绎出的几句话：走一步，一步，再一步。直到迈出足够多的步子，就会带我到那里去。（原句是：You solve one problem then you solve the next one. And then the next. And if you solve enough problems, you get to come home. 你先解决一个问题，再解决一个。然后是下一个。如果你解决了足够多的问题，你就可以回家了。）

天亮回家后我会补觉，中午起来吃饭。隔天训练上肢力量，18公斤，举1000次。我没有购置专业器材，举的重物是大米。大米的好处太多了：首先，重量可以随意分割；其次，如果哪一下没举起来，掉到地上不会惊吓邻居，掉在身上不会自残。

除了日常的自训，其余时间我几乎全都用来改造装备。

无风时的寒冷是一层层渗透的，即便衣着单薄，体温降低的过程也相对缓慢。雪地里一旦起了风，感受全然不同。风会瞬间从全身上下任何一处微小的缝隙灌进去，持续不断地局部降温。疼痛和痉挛是身体的最初反应，如果任其发展，下一步就是冻

① 《火星救援》是一部科幻类型的电影。影片讲述了由于一场沙尘暴，马克与他的团队失联，孤身一人置身于火星面临着飞船损毁，想方设法回地球的故事。——编者注

伤。生活在城市里的人很少有机会见识真正的冻伤。那意味着血管收缩，细胞冻结成冰，皮肤隆起水泡，血液循环越来越缓慢，直到组织缺氧、变黑、坏死，最后被迫截肢。

没错，必须要堵住衣着上的每一道缝隙。让 Paul 印象深刻的护腕就是用来强化手套和衣袖之间的衔接。原则上，每两样装备的接口都需要相应的处理：护目镜和帽子，帽子和围脖，围脖和上衣，上衣和裤子，裤子和滑雪靴。但在解决缝隙问题之前，我先要确定下来到底穿什么。

第一次带到挪威训练的装备几乎没有能用来远征的。无论是身体哪个部位，御寒的方法都是洋葱式多层穿戴。头上是滑雪镜、巴拉克拉瓦盔式帽（balaclava helmet）、织物帽、抓绒围脖。手上是抓绒手套、人造棉手套、羽绒手套。脚上简单些，三双袜子和滑雪靴。身上无论衣服还是裤子，都是贴身速干内衣、抓绒、硬壳。最外层的装备很容易确定，因为能承受最严苛环境考验的品牌有口皆碑，做工质量差别不大，款式设计也大同小异。为了吸热保暖，我尽量选黑色。硬壳的品牌是 The North Face①。上衣在前胸和腋下都有散热拉链，左手腕处设有小口袋，放置擦镜布。裤子两侧有拉链贯穿，可以完全打开，特殊的背带设计让肩部负重，但两个挂点都在前面，方便野外上厕所。

---

① 北面，户外品牌。

硬壳的主要功能是挡风，保暖要靠速干内衣和抓绒。"出汗会死"，但即便不出汗，人体的无感蒸发也在随时进行，所以贴身内衣必须最大限度排湿，尽可能保持身体干燥。内衣导出的湿气会通过毛细作用从抓绒纤维上继续导出，最后被硬壳拦截，在冲锋衣内层结成冰壳。有了抓绒和速干内衣的隔绝，这样一层不贴身的冰壳不会造成威胁，只要在扎营后用刷子清理掉就好。看似简单的需求，没想到竟然耗时 17 个月才找到最优方案。

我先是选了 The North Face 的一款"仿生企鹅绒"速干内衣，还是科考队特供款。穿到挪威去训练的结果是完全不导汗，稍微运动热身就能感到汗珠贴身滚落。花大价钱买了个教训，可是回家后我依然不得要领，完全想不通问题出在哪里。某宝上搜索"滑雪速干衣"，会显示成千上万条结果。除了试错，实在想不出更好的办法了。

品牌迷信行不通，也不可能逐一买回来测试。我试着把产品归类，先从纤维着手：Coolmax[①]、Thermolite[②] 是最常见的标签，含量不同，体感不同。我选了销量比较可观的款式，测试结果却让人失望。不过好歹总结出一点：内衣必须完全贴身，宽松设计

---

① 美国杜邦公司生产的纤维材料。

② 美国杜邦公司推出的新型纤维，现在属于英威达（INVISTA），是一种仿造北极熊绒毛的中空纤维。

是不可能隔着空气团导汗的。一旦确立了这个原则，选择范围缩小了一些。接下来我挑出那些标明成分的产品：tactel（锦纶）、polyamide（聚酰胺）、polyester（涤纶）、viscose（黏胶）、elastane（弹性纤维）、spandex（氨纶）……有时明明成分和配比极为接近的产品，价格却差了十几倍。为了少花冤枉钱，我进行了无尽的比较，对着某宝一看就是几个小时，从那些被广告和名牌淹没的搜索中挖掘出一些从没听说过的便宜货。随着天气渐暖，我已经没法穿上它们去户外实地测试了，只好先囤积起来等待下一个冬天。

至于抓绒，门类同样繁多，不过选择相对容易些。简单地说，纤维越细，空隙越小越保暖。一件厚重的不如两三件轻薄的叠穿，因为后者可以更容易地根据天气调整搭配。

下巴、衣领、后腰处我都像护腕那样做了额外的保暖防护。这些针线活并不困难，只是占用了不少时间。真正让人头疼的大麻烦是所有远征者的噩梦——滑雪镜起雾。传统的办法是多带几个替换。且不说戴着厚重的手套更换雪镜有多不便，起雾的速度有时会让人抓狂——奋力穿越几十米雪脊遍布的困难地形就够了。

我能想到的第一个办法是让水汽疏散。滑雪镜的散热孔太小了，要让大风在水汽凝结前把它们吹跑，必须扩大散热通道——没什么比焊工面罩的通风性能更好了。我特别挑选了一款轻便的氩弧焊、气保焊面罩。深色面屏遮光率 91%，阴天时太暗，所以我额外购置了一块透明的面屏，自行贴上透光率 78% 的防护膜。面罩是靠挂在头顶的半盔式支架悬垂在面前的，四面通风。在我的设想中，大风会把每一次呼吸产生的热气及时带走，视野将永远清晰。当然，这一切还需要实地测试。

在挪威 Haugastøl 训练时，每当我提出某个想法，Paul 的回应大多是："你试试看。"随着越来越多的试试看，我渐渐领会了其中的深意。在南极那个没有原住民的地方，生存法则和外部世界有着太多不同。充斥着日常经验的头脑，在那片不毛之地可能并不灵光。有时人们陷入自我陶醉，看不见自信与自负之间的界碑，待到后知后觉时已然太迟。

2007 年和 2008 年曾有一个巴西探险者带着特制的封闭雪橇两度远征南极点。从照片上看，那是一个设计精巧、做工考究的红色流线型硬壳雪橇，半人高，可以快速地从一侧扩展开，供一人栖身，扎营拔营的时间缩短到区区几分钟。由于采用了碳纤维、芳纶和 divinycell（多用于制造飞机和 F1 赛车），封闭雪橇既强韧又轻便。可是这件凝结了科技和智慧的新装备在南极连遭败绩。据称第一次是由于门被冻住打不开，第二次是巴西探险者的脚趾冻伤。关于他完成的里程没有确切的数据，我所听闻的最远距离不到 25 公里。

更早之前，2001—2004 年，曾有美国人同样是出于节省时间和体能的目的，制作并在冰岛使用过扁平的硬壳封闭雪橇。两者理念相似，但款式有很大差异。

无从得知巴西探险者是否借鉴了前人的经验，能够确定的是：两次失败，真正的原因是在他自己。南极这片非常之地自有其非常之法，自然远比人类的想象力严苛，任何没有经过充分测试的装备是不能轻易启用的。

首登地理南极点的挪威探险家阿蒙森有段名言："I may say that this is the greatest factor—the way in which the expedition is equipped—the way in which every difficulty is foreseen, and precautions taken for meeting or avoiding it. Victory awaits him who has everything in order—luck, people call it. Defeat is certain for him who has neglected to take the necessary precautions in time, this is called bad luck."（我可以说这是最重要的因素——周全地准备探险装备，预见每一个困难并采取措施应对或避免。胜利属于准备万全之人——人们称之为幸运。对于准备不足的人来说，失败实属必然，这就是所谓的不幸。）

2016 年的大部分时间里，我的生活围绕着轮胎、大米、布料、针线进行。比对训练日记上标注的待改进事项，一遍遍回忆在 Haugastøl 度过的日日夜夜，凭借有限的经验，设计并实施着各种各样的改装。需要用到的任何配件，小到纽扣、绳结、某种特定的布料，每一样都需要耗费时间挑选比较。琐碎的工作填满了春天、夏天和秋天。到了岁末的最后一个月，是时候检验这一年的工作成果了。

松花湖滑雪场建于 1962 年，原名青山滑雪场，距离吉林市区不到 20 公里，交通便利。我自驾北上，长春到吉林路段积雪，全程 1100 多公里开了两天。不到 30 岁时我曾单日驾车 1800 多公里穿越无人区。随着年龄增长，生猛不复当年。人生中心智和身体状态俱佳的时间并不长，有梦就要放胆去追。

虽然是新中国首建的老牌滑雪场，但松花湖滑雪场经过整体升级，配套设施齐全，非常现代。越野雪道还在修建，没有开放。高山滑雪的索道需要刷卡使用，入口处一片公共区域无须买票，自由进出，我就在这里蹭场地训练。

最初几天，我在雪场边缘开辟自己的路线。活动范围本来就不大，随着客流量增加，我可以连续滑行的距离不断缩短，有时几十米就需要 kick turn（踢转）。这是一种在狭窄空间使用的原地转身技巧，方法是先侧转身体把两根雪杖同时支在雪板的一侧，再把另一侧的雪板竖起，向身后扭转，直到和先前位置相反，最后双板重新并拢完成转身。和高山雪板相比，越野雪板更细更长，滑雪鞋是软底的，而且只有前部和雪板固定住，后跟完全不相连。行进时趿拉着雪板，有点儿接近穿拖鞋的感觉。越野滑雪在国内普及度很低，我的装备另类，动作奇怪，还一直在平地兜圈子，很快就引起了别人的注意，频频被追问究竟在做什么，这下我更不好意思测试其他装备了。

眼看着时间一天天过去，终于在第一周最后一天，我把心一横，戴上焊工面罩，任由好奇的人偷拍。原以为测试起码要持续大半天，结果 20 分钟不到就决定了面罩的命运——闲鱼网^①出售。尽管四面通风，但呼吸带出的水汽仍然在面罩内部迅速凝结，甚至在边缘形成小冰柱。方案一，失败。

方案二是用嘴叼住一根硅胶长管，采用鼻子吸气、嘴呼气的方式，把水汽吹远。这个形象不比戴着焊工面罩滑雪强到哪儿去，不过我已经不在乎更多的嘲笑了。好在新办法相当有效。在最初的半小时里，我刻意变速行进，额头都冒汗了，滑雪镜的视野依旧清晰。但接下来的半小时，事态开始失控。寒风麻痹了不受面镜保护的下半张脸，以至于嘴抽筋、流口水不受控制时，

---

① 闲鱼网（2.taobao.com）是一个社区化的二手闲置物品交易市场。——编者注

050

我才意识到这种非自然的呼吸方式不可能撑过几十天。方案二，失败。

方案三是在滑雪镜里放置小袋干燥剂，用胶带固定。但不管是氧化钙、氯化钙还是硅胶，干燥剂吸湿只有缓效作用，就算冒着戳进眼睛的风险贴满 8 袋干燥剂，还是抵挡不了水汽汹涌泛滥。方案三，失败。

真是挫败的一天。晚上回到住处，我开始复盘。方案一、二彻底失败，没什么改进的余地。方案三是个相反的思路，排不出去的水汽就要先控制住，既然干燥剂功力不足，那就换个强效吸湿的东西呗。手纸——容易烂，毛巾——潮湿后太凉，面粉——会眯眼……百思不得其解的大脑开始疲惫，彻底坠入梦境之前，残存的意识想着：要在雪镜上安装微型排气扇，靠行进时双臂摆动做功抽湿……

我每天早出晚归，几乎卡着雪场开放时间训练。背包里有食物、水、备用衣物和一块泡沫坐垫。终日在入口处徘徊，顺便当了个巡"捡"员，拾到不少游客遗落的东西，有手机、钥匙、围巾、手套、发卡、纸巾，还有把剪刀。交到服务台就当是义务劳动换免费场地了。

徒步远征受限于人的体能，因此轻装和高效是成功的关键。道远无轻载，多年自助旅行的经历让我对负重很谨慎，轻量化的观念根植已久。登山包选用的是 Hyperlite Mountain Gear[①] 品牌最著名的 4400 SOUTHWEST 款，容积 79.8 升，自重 1111 克。虽然 4400 WINDRIDER 款更轻，自重 1102 克，但它的扩展袋是网面的，容易兜雪。"不要小看这儿多几克那儿多几克，加起来就不轻了。"Paul 的告诫和我固有的观念不谋而合。行李里有不少备用衣物，我总盘算着要一物多用。

根据 Paul 传授的经验，我原本在膝盖处缝制了补丁增强保暖。虽然两片布只有几十克重，但没有绝对的必要，我是不会带着上路的。

备用羽绒手套提前派上用场。我拆下补丁，缀上短绳用来固定手套，这样不仅在行进中更加保暖，而且跪在雪地里也不会让膝盖受寒——每天扎营拔营时至少要跪姿作业几十分钟，起身时经常感到关节疼痛。由此我联想到人体各处的耐寒程度是不一样的，关节显然是更脆弱的部分。我用带去的物料做了简易的护膝和护肘，效果奇佳，只测试了一次，我就决定要升级成轻质的羽绒款。

我像在挪威训练时那样，每行进两小时，休息 15 分钟。从动态切换成静态，要穿上羽绒服。我处处苛求轻量化，可是带到挪威去的羽绒服错得离谱——Canada Goose（加拿大鹅）远征

---

① 美国户外品牌，致力于轻量化。

大衣。其广告词为："远征款是早先的极端天气大衣，为在南极洲麦克默多站工作的科学家研发。无论你的下一趟旅程是行走在冰封的都市丛林，还是穿越未知冰原，你的加拿大鹅远征大衣的性能，每年在南极点都得到国家科学基金极地研究部的验证。" Canada Goose 的营销很成功。明星街拍对我毫无影响，因为我几乎不知道谁当红。但是南极点、考察站——那不就是我要去的地方吗？

Paul 第一次检查我的装备时没有评论 Canada Goose。几天后的一堂理论课，我们学习讨论完 PPT 之后，他丢过来一个尼龙抽口袋，让我掂一掂。很轻，感觉也就一斤的样子。"这才是你需要的羽绒服。"关于极地远征，Paul 总是对的。我上网搜索，数据令人信服：Patagonia[1]，Men's Fitz Roy Down Hoody（男士菲茨·罗伊羽绒服），自重 485 克。收了我一笔智商税的 Canada Goose 自重 1600 克——可怜的极地科学家，从 20 世纪 80 年代起一直负重到现在。

就算是穿着最轻最暖的羽绒服坐在雪地里吃喝也一点儿都不舒服，15 分钟休整要高效利用。水壶有两个：一个保温瓶，一个 Nalgene[2] 广口瓶。使用广口瓶是为了防止水在瓶口冻死，但是这样喝水时难免会洒，所以我把原本用来呼吸的硅胶长管修剪

---

[1] 美国户外运动品牌。

[2] 乐基因，美国最大的实验室及医疗用容器生产商。

到合适的尺寸，当吸管用。白天在路上吃的食物选择有限，成片的 salami 香肠可以卷起来塞进嘴里，但是坚果、水果干和巧克力碎就不太好办了。酷寒中不能轻易摘下手套，为了实现精准投喂，需要合适的工具。勺子自然是首选，但是大风很容易把食物吹跑，所以需要特制的"勺子"——我想到了茶则^①。竹筒斜切的款式再合适不过了，卷起的侧边把食物保护起来，容量正好一口吃完。

吃喝完了还需要拉撒。我曾经看到女性登山者使用尿斗，可以便捷地站着尿尿。在南极大陆极端干燥的环境中长途跋涉，脱水会造成致命威胁。每次休息都要根据尿液的颜色调整补水量。尿尿必须顺着风向，如果操作得当，男性正好可以保护生殖器——要是没保护好会得"polar penis"^②。对女性来说，排泄更危险，频繁暴露在酷寒中的大腿可能会得"polar thigh"^③——大腿内侧成片地冻伤、溃烂。我想学习使用尿斗，但这没法在雪场测试，所以回到住处我仍然穿着全套裤装，在房间内练习。那些为了舒适而设计的硅胶尿斗在多层裤子的挤压下会变形漏尿。普通塑料材质耐受不了南极的低温。最后我选定了一款医用硬质尿斗。

---

① 一种茶具，用来量取茶叶。——编者注
② 极性阴茎，男性外生殖器冻伤，症状为冰冷、肿胀、疼痛。
③ 极性大腿，女性大腿内侧冻伤。

我在松花湖滑雪场附近的住处带有一个开放式小阳台，面积刚好容得下安置帐篷。有九个夜晚，我离开带暖气的房间，去阳台扎营，测试新买的 SEA TO SUMMIT[①] ApIII 睡袋。温标 –12℃到 –42℃，东北的寒夜没有突破这个范围，但睡袋左侧拉链区域寒意袭人，我不得不把羽绒服罩在上面。气垫和蛋槽的组合经常随着翻身分离，需要用松紧带固定。睡前在保温瓶里灌满刚烧开的水，要想在次日一早有温水可用，就得把水瓶悬空挂起来，直接在地面放置一夜的效果相当于冰镇。为了更好地模拟远征，我会特意在睡前大量饮水——这在实际行程中也是必要的，因为白天携带的水只有一升多，对于长达八九个小时的高强度户外活动来说是不够的。南极虽然到处都是冰雪，但液态水匮乏，是地球上最干燥的地方之一，被称为"白色荒漠"。脱水是远征者最常见的问题，扎营后补水极为必要。

　　起夜时我练习用尿斗和矿泉水瓶在帐篷里解决。帐篷很低，坐着挺直上半身，头几乎可以触到顶部。头脑不清醒时半跪坐着尿尿很容易失去平衡，有几次我差点儿打翻了"夜壶"。但这项训练相当必要，睡眠时间宝贵，我不想每晚出去尿尿，回来时被冻得精神抖擞，浪费时间重新入睡。

　　山区的天气多变，非常适合测试衣物。在不同温度、风力环

---

① 澳大利亚运动户外品牌。

境中，我记录下各种速干衣和抓绒组合的体感舒适度，不断调整搭配，摸索如何做到不出汗——去最冷的地方遭遇的最大麻烦居然是"热"。

同样的问题困扰了远征者一百多年。1912年1月17日，英国探险家斯科特率队抵达南极点，失望地发现阿蒙森的队伍早在1911年12月14日首登此地。大英帝国渴望的荣耀被挪威夺去，这个新兴小国1905年才刚刚脱离瑞典统治独立。挫败、沮丧折磨着斯科特，最终一行5人在返程途中全部葬身冰原。

悲剧的结局引人深思，在一系列错误的决策中，饱受诟病的一点是选错了运输工具。阿蒙森带了97条雪橇犬离开挪威，他在和因纽特人共同生活的经历中熟悉了雪橇犬的特性——这种狗有个不为外人所知的秘密，使它们成为最佳极地搭档。斯科特带着机动雪橇、雪橇犬和西伯利亚矮种马征战南极。3台机动雪橇耗资几乎是33条狗和19匹马费用之和的七倍，然而只换来昂贵的教训。一台机动雪橇在南极卸载时压碎冰面沉入海底，另外两台在行程初期因为故障频发被弃用。斯科特曾领导1901—1904年的"发现号"南极探险，行前听从了 Fridtjof Nansen[1] 的建议，带了13条雪橇犬。但是他们既不会照顾也不会使用狗队，更没有从失败中吸取教训。斯科特远征南极点时，依旧不能利用好狗

---

① 弗里乔夫·南森（1861年10月10日—1930年5月13日），挪威人。探险家、科学家、外交家、诺贝尔和平奖获得者。

队，他把希望寄托在矮种马身上。但是马没能完成运输计划，最后一个补给站向南少推进了 31 海里，而斯科特最后殒命之地距离此处 11 海里。

在南极用于运输，马不如狗的原因太多了。首先是食物。马只能吃草料，意味着必须随船带到南极。而杂食的狗几乎什么都吃，海豹、企鹅、鱼，都是可以在南极捕获的。草料的能量远低于蛋白质和脂肪，马运输的草料越多，帮人运输的物资越少。再者是自重。和狗相比，马显然太重了，它们深陷积雪，行进困难，一旦踏破海冰落水或是压断雪桥掉进冰隙，几乎没有可能依靠人力拖拽脱困。第三，狗不出汗，它们靠舌头降温，而马是会出汗的——"出汗会死"，无论人还是动物，对谁来说都一样。

为期一个月的东北训练很快结束了，大量装备经过测试，我的滑雪技能也有显著提高，但是雪镜起雾的大问题依然无解。

6

中
国
制
造

返京时已是 2017 年元旦，距离再次前往挪威训练还有 40
多天。

我终日针线不离手，修改和制作一批装备，其中包括两个充
电宝保暖套。远征季是南半球的夏季，大约是每年 11 月到次年
2 月。虽然是极昼①，理论上随时可以靠太阳能充电，但太阳高度
角②太低，天气变化无常、阴晴不定，所以 Paul 说电要省着用。
我在抓绒衣的前胸位置缝了一排大口袋，把电池贴身放置。远征
必备的电子设备包括 GPS 和铱星电话，预热电池和使用保暖套可
以在启动设备时减少丢电。保暖套的材质应该轻薄、防风，这意
味着必须是能留存空气层的多孔结构。海绵和珍珠棉效果不错，

---

① 又称白夜、永昼或午夜太阳，是在地球的两极地区一日之内，太阳
都在地平线以上的现象。——编者注

② 指太阳光的入射方向和地平面之间的夹角，简称高度角。——编者注

但不易加工成贴合的形状。我自幼喜欢手工，很享受缝补旧物带来的乐趣，为此积攒下数百种面料。我在"弹药库"里翻出一条报废的潜水裤。

"这是啥玩意儿？"和上次到挪威一样，Paul 先检查装备。他很快就发现了我的新式武器。

"眼罩。"虽然还没来得及测试，但我对自己的新发明很有信心，戴上展示。

"你可千万别当着别人的面用这个，看起来像抢劫犯。"

"好吧。"难道不像佐罗吗？

佩戴自己发明的防雾眼罩

一周后的晚餐时间，Paul 突然跟几个极地向导说："静做了个新玩意儿，她的雪镜不起雾了，去年那可是个大麻烦。"

"那是什么东西？"Carl 马上来了兴致。

"我也说不上来，戴上像……假面舞会。"Paul 比画了几下。

"用什么做的呢？"Carl 转向我。

"水肺潜水服的面料。"我不知道氯丁橡胶用英文怎么说。

"静很聪明啊。"旅馆老板娘 Eldbjorg 总是带着笑，夸我的滑雪服好看。饭后给我一份特制的果盘——用她的方式抚慰我的不自在。

我依旧没法融入 Haugastøl，这是个滑雪超级发烧友的隐秘俱乐部。滑雪是童子功，人板合一是长久练习打磨出的境界，是大脑和肌肉深层的协调，不是短期内集中训练可以实现的。远征时拖着雪橇，没有滑行，速度不到日常步行的一半，对越野滑雪的技术要求不高。使用滑雪板是为了分散压强，便于在深雪中行进，也能降低落入冰隙的风险。冰隙是冰川上的裂缝，有时被积雪覆盖，隐形为一道道陷阱。所有关于南极远征的书中都有描述，但图片远比文字震撼。早在 2014 年萌发徒步南极的念头时，我搜索到的第一张照片是"Pair lost in Antarctic crevasse"（两人在南极冰隙中失踪）——2005 年 9 月 17 日，两名阿根廷科考队员落入冰隙，三名同伴试图用 50 多米的绳子营救，但没能成功。此后很长一段时间，我不时从一脚踏空的梦中惊醒。

Haugastøl 没有冰隙，厚重的积雪覆盖了冻湖和山丘。时隔一年再度重温远征日程，我的活动范围终于扩展到 Garen（加仑）附近的无人区——阿蒙森曾在这里遭遇重挫，他在雪地过夜时被融雪冻成一坨，几乎窒息，几个手指冻伤面临截肢，多亏同行的哥哥 Leon（里昂）及时解救才得以脱困。

哈当厄高原是阿蒙森的极地启蒙学校，我也要去那里接受教育，但在精心准备之前不敢轻易涉足。远征用的滑雪板、雪杖、滑雪靴都在挪威置办，只有雪橇是向一个英国的专业制造商 Alex（亚历克斯）订购的。刚拿到他亲自送来的新雪橇，我们就去荒野模拟训练。计划 3 天穿越 50 多公里的丘陵地带，然后返回基地。

上午出发时晴空万里。背对着太阳，我跟在 Paul 后面顶风爬坡。风力大约五六级，压迫着呼吸。我不得不用嘴喘气。抓绒头套和围脖不能抗风，很快我的脸像被钝刀切割那样疼痛。登上一片相对平缓的地带后，Paul 停下来，示意我跟上。风噪太大，我得侧过头听。

"记住这个感觉。这是南极典型的一天，晴朗、顶风、爬升。"

我点点头。脸已经被冻得麻木，失去痛觉。鼻涕和口水肆意横流，在围脖上结冰，但我感觉不到冷，只有硬质的触感在嘴唇和下巴上摩擦。说不出话，因为嘴冻僵了，合不上。

严寒、大风、辐射摧残容貌。我当然不想从南极回来看上去老了10岁，但如果那是必须付出的代价，我不会犹豫。可是嘴不能一直僵着，路上必须进食。

被风剥夺呼吸的感受让我想起了数年前在外海浮潜遭遇的事故。那是个晴天，微风。我戴着全干式呼吸管下水，在一处付费海湾浮潜。虽然是外海，但修建了简易堤坝，最远处也不过两百米的样子。时值正午，只有零星几个客人。我很自在地漂浮着，直到毫无防备地吸进满满一口海水。我努力压制住呛咳，吐掉呼吸管，想用嘴自由呼吸。自从6岁学会游泳，在水中偶发咳嗽并不让我慌张。但连续几次都没能把嘴浮出水面之后我明显气短了。长脚蹼的束带被拉到最紧，无法挣脱。我像是被倒提着脚踝，扣在海里挣扎。水底并不深，大约两三米。若是没有脚蹼，我可以轻松地踩水几十分钟，但那时连半分钟都没有了。呛水前我知道自己处于中心地带，到堤坝或海岸的距离都差不多——100米成了望眼欲穿的生死线。我带着一枚哨子，但没法吹响。周遭也听不到人的响动，指望不上救援。缺氧的感受越来越强烈，听着扑通扑通的心跳，眼前是一个扭曲波动的世界——像是几十年前第一次跃入水中时的场景……太久没游过仰泳了，我扭转身体，自然地浮出水面。脚蹼不再是障碍，只需轻轻踢动就把我推向岸边。售票员在睡觉，旁边立了块木板，简明扼要地写着：NOT RESPONSIBLE FOR ACCIDENTS OR INJURIES（对事故或伤害概不负责）。我大口呼吸，瘫在长椅上，顶着烈日发抖。心里只有一个念头：必须成为自己的依靠，此外别无选择。这想法伴随我闯过日后很多艰难时刻。

第一天的模拟训练还算顺利。Paul 有时让我走在前面，教我如何根据影子定向，还会在开阔地带训练我直线行进。根据他的经验，就算地势崎岖，尽量翻越障碍走短线远比绕行有效率。雪原偶尔出现小动物的足迹，但我从未见到本尊现身。

早就听说深入南极腹地没什么可看的。有人形容远征只有三天：出发的第一天、完成的最后一天和途中的每一天。为了提早适应这种单调乏味，我把枯燥视为训练内容，少分神就是训练方法。无论是拖轮胎还是举大米，我要求自己专注于当下，接纳疲劳、疼痛。不是带着无奈被迫承受，企盼草草结束，而是平和地接纳，视之为生命的一部分，和愉悦同样重要。

我无法回到十年之前提早学会滑雪，但我能做到全心全意迈出脚下的每一步，相信每一个当下是构筑未来的基石，这是能为未来所做的最好准备。

我们赶在日落前扎营，气温随着太阳隐没急剧下降。晚饭仍是 Harvest Foodworks 制造的脱水食品，口味是 Couscous Almondine（粗麦粉杏仁杂烩）。Couscous 是一种北非传统面食，由杜兰小麦（Durum wheat）做成小米粒的形状。杜兰小麦硬度高，是制作意大利面的专用品种。我不太喜欢面条，但在 Paul 的强烈要求下，最后敲定的五份远征食谱里也选了 Spaghattini（意大利面的一种）。Couscous 本身没什么奇怪的味道，但 Couscous Almondine 的口感实在一言难尽。我仔细研究过配方，除了葵花子和扁桃仁之外，没什么在我看来不适合煮制的食材，味道那么不讨喜是个谜。选它的唯一理由是这东西吸水后膨胀得很厉害，能煮上满满一大锅，为饥寒交迫的人提供足量的安慰。

我们行进了 3 节，大约 6 小时，完成了将近 20 公里。虽然携带了非必需品增加负重，但也就不到 30 公斤的样子，和真正的远征比起来轻太多。我对第一天的感受是比较累但不算难。髂前上棘[①] 处被登山包腰带勒得有些疼，皮表下像擦伤似的渗血。脚上多了 3 个水泡，其中一个是刚剪的脚指甲没有打磨光滑的边缘磨出的。我们约好次日 7 点吃早饭，行进 4 节。

钻出 Paul 的帐篷时我才注意到风已经完全停了，雪原在夜幕下沉默。我走向小山坡，关掉头灯，在泛着微光的新雪上躺下来。枯树枝黑色的剪影伸向流淌的银河，浩浩荡荡的群星笼罩着夜空。

[①] 为髋部近端两侧的一个骨性突起，通常用腰带勒到的骨性突起就是髂前上棘。——编者注

星月夜并不总是浪漫的，我想起进入苏丹后的第一晚，旅馆屋顶残破不堪，透出星光点点。还有很多人在为生存挣扎。记得搭国际巴士离开孟加拉国那天，渡口附近有个年轻女人骑坐在排污管上。最初我以为她精神有问题，观察一会儿才震惊地发现她是在洗头发。新闻里所见的贫苦远比不上那一幕的冲击。享有现代生活的人很少会想到，拥有的一切并没那么理所当然，很多抱怨只是无病呻吟，很多人从未真正尝过苦楚。

　　这晚的星星很亮，银河清晰可见。上次观星是在乌尤尼盐沼①。我避开嬉闹的团友，独自走进黑暗。巨大的盐沼在雨季积了薄薄一层水，无风时映出完美的天空。夜幕下置身其中，我看着脚下银河的倒影，又望向星空，意识到过去是无数偶然，未来亦有无数可能，我所能主宰的，只有此刻的自己，生命是一段时间，由每一个当下组成。只要有所行动，何时起步都不晚。"苟有恒，何必三更眠五更起；最无益，莫过一日曝十日寒。"坚持住，任何想要偷懒的念头都会为远征埋下祸根，南极的一切只会比训练更难。

　　闹钟一响我就果断拉开睡袋，60多度的温差让人最多赖床半秒钟。穿好衣服前，要避免抖落帐篷顶部凝结的白霜，那很容易

---

① 乌尤尼盐沼在玻利维亚波托西省西部高原内，为世界最大的盐层覆盖的荒原。——编者注

濡湿抓绒。我可不想裹在受潮的衣服里开始新的一天。动作麻利迅速可以抵御寒冷。经过在东北的训练，我把早晨除了拔营之外的一切工作控制在 20 分钟内完成。

帐篷外的世界迷失在一片混沌的白雾中。山坡、枯树林统统不见。我摘下雪镜，努力搜索地平线，然而一无所获。两顶红帐篷依然醒目，但无从分辨远近，像是个奇怪的二维空间。我知道这巨大的浓云般的陷阱被称为白化天，光线在地面冰雪和低空云层间反射又散射，抹去所有的阴影，让远征者失去太阳的指引，在白夜中苦苦摸索方向。

在挪威训练时雪原露营

067

早上通常没时间聊天，但这次 Paul 破例讲起一个他在因纽特人村落的邻居。在政府的关照下，绝大多数生活在加拿大的因纽特人离开雪屋住进房子，开始定居。交通工具也从狗拉雪橇变成了燃油雪地车。舒适便捷的现代生活让因纽特人抛弃了很多传统，也丧失了与自然亲密接触时敏锐的洞察力。这个不走运的邻居在一次骑雪地车出行时遭遇了白化天，迷失方向绕了太远的路，最后燃油耗尽，冻死在荒野。Paul 警告说这种天气我们绝不能失散，万一迷路，要立即原地扎营，等待状况好转后再行动。

Paul 走在前面，好像飘在云中。他的速度很慢，不时重新校准方向。虽然我看不到雪板留下的痕迹，但紧跟在后面行进并不困难。我觉得自己也在腾云驾雾，不由得哼起一段旋律，好一阵才想起是《云宫迅音》①。

一节之后，换我领路。白化天里，深色的物体通常可以被看到。Paul 让我盯住远处一块岩石，尽量走直线。没有参照物，我们都不知道那块岩石有多远，凭直觉判断，以当时的速度，一节之内是到不了的。天气越来越糟，下起了粒雪，没有雪花轻盈的姿态，像流星雨拖着尾巴，一道道落下，打在身上发出沙沙声。没什么风，并不感觉冷，但我们不得不拉起兜帽，防止雪灌入领

① 《云宫迅音》系央视1986年版电视剧《西游记》的序曲，由许镜清所作。——编者注

口。能见度更低了，黑色的岩石模糊成斑驳的一团，带着灰调的白雾弥漫着阴郁的氛围。比这更糟的是，脚下不知深浅。原来Paul降速不全是因为难以定向。我发现想要判断路况只能靠滑雪板和雪杖反馈的触觉。摸索着行进让我紧张，迈不开步，只好把雪杖拉长，杖尖尽量往前截。我感觉自己像只蹑手蹑脚的章鱼，伸长了触手探路。和跟随不同，开路时腾云驾雾的浪漫感荡然无存，我满脑子都是《敢问路在何方》[1]。

这天剩下的时间Paul一直让我走在前面，不时根据GPS和指南针校对方向，变换了几次目标岩石。太阳始终没能驱散云层，雪时下时停，行进最后一节时雪花像羽毛一样飘落。我不断推测比计划落后多少，直到突然被一股力量拽向右后方。慌乱中侧过头，发现雪橇位于4点钟方向，正拉着我缓慢后退。隔着三层帽子我听不清Paul的喊话，只好本能地变换成八字蹬坡，朝着10点钟方向拖拽。雪板开到了最大角度，可是边刃什么也卡不住，只是不断地踩到松软的新雪。我试着用雪杖撑在雪板后方，仍然无法固定在原地，甚至开始加速后退，我索性收拢雪板，放弃抵抗，身体前倾，希望倒着下滑不要摔倒。

---

[1] 《敢问路在何方》系央视1986年版电视剧《西游记》的片尾曲，由许镜清作曲，阎肃作词。——编者注

雪板的前端嵌入蓬松的积雪，上面 Liv Arnesen[1] 的头像好像覆着毛茸茸的蒲公英。她在 1994 年独自完成海岸线到南极点的无补给徒步远征，这是女性在极地探险领域史无前例的壮举。同系列男款滑雪板上是她的挪威同胞阿蒙森的肖像。

1820 年 1 月 28 日俄国海军船长法比安·戈特利布·冯·别林斯高晋率领"东方"号与"和平"号到达了 S69°25′，W2°10′，这是历史性时刻——人类第一次发现南极大陆。但是这片没有原住民的薄情之地在此后的一个多世纪里，和世界上大多数文化一样构筑起男权制，女性被排除在外。直到 1935 年 2 月 20 日，挪威捕鲸船船长的妻子 Caroline Mikkelsen[2] 踏上南极大陆附近的特里内群岛，女性的身影才逐渐在南极事务不同领域闪现。1956 年，苏联海洋地质学家 Maria Vasilyevna Klenova[3] 随队考察南极海岸线，参与了地图绘制，这是女性第一次登陆南极开展工作。但最硬核的极地探险领域始终被男性统治，直到 30 年之后，1986 年，美

---

[1] 利夫·阿内森，1953 年生，挪威人，1994 年因成为第一位独自滑雪并在无任何帮助的情况下到达南极点的女性而受到全世界的关注。此次征程长达 50 天，1200 公里。——编者注

[2] 卡罗琳·米克尔森（1906 年 11 月 20 日—1998 年 9 月 15 日），挪威人，1935 年与丈夫一同踏上南极洲。——编者注

[3] 玛丽亚·瓦西里耶芙娜·克莱诺娃（俄语：Мария Васи́льевна Клёнова，1898 年 8 月 12 日—1976 年 8 月 6 日），苏联海洋地质学家、俄国海洋科学奠基人之一，她对于第一张南极海床图的绘制有着重大的贡献。——编者注

国人 Ann Bancroft[1] 参加"威尔·斯蒂格国际北极点远征"（Will Steger International North Pole Expedition），和另外 5 名男性队友一起，历时 56 天，通过狗拉雪橇和越野滑雪的方式抵达北极点；1993 年 1 月 14 日，她又和 3 名女性组队完成了从爱国者山（非海岸线）到南极点的徒步远征（57 天，1084 公里）。Ann 成为史上首位远征南北极点的女性，终于彻底打破了男性对极地探险领域的垄断。2001 年 2 月 16 日，Ann 和 Liv 历时 97 天，利用风帆和越野滑雪 2747 公里，途经南极点，实现了女性首次穿越南极大陆。一系列非凡历程背后，是漫长而艰苦的跋涉。令我印象最为深刻的是，Ann 曾用掉七年时间，才逐步偿清第一次南极远征所欠下的 45 万美元债务。

滑坠终于停止了。厚重的积雪让速度始终可控，好像一组慢镜头。抬头望去，Paul 在高处。我脱下雪板，把雪杖挂在手腕上，挂着板尾，一步一步往上挪。左侧的雪板后面印着"DARE TO DREAM"[2]，我盯了好一阵，觉得也该把自己的信条写在前面更容易看到的位置上。行进了一整天还要大幅爬升令我体力不支，但试着停下来喘口气，会立刻被雪橇拽着后仰。我可不想当雪坡上的西西弗斯，只能拖着酸痛的双腿坚持爬。最后几步，

---

① 安·班克罗夫特，生于 1955 年 9 月 29 日，美国人，作家，教师，冒险家和演说家。——编者注

② 勇于梦想，极地探险家 Liv 的座右铭。

Paul 探下身来拉了我一把。我听到他说这是片冻湖。南极远征路上没有湖，只有冰隙。这次事发突然但并无威胁的滑坠让我第一次认真担忧起落入冰隙的风险。最糟的还不是人掉进去，而是后面的雪橇跟着滑落，砸在脑袋上当场没命……我想起 Paul 边敲头顶边说"也就痛苦五秒钟"的样子，心中升起一阵寒意。

第二晚扎营前我们不得不增加一项工作——把表层蓬松的新雪踩实，因为雪地钉必须以 45° 角斜嵌入坚实的积雪中才能固定。Paul 知道我在雪地沼泽里跋涉了一天早已精疲力竭，安慰说这样的情况在南极不会发生，那里的雪被大风吹得像木头一样硬。

坏天气拖慢进度，我们只完成了当天计划的三分之二。好在食物和燃料是 4 天的份额，不会发生物资短缺。最后的剧烈爬升让我有些出汗，忙着扎营打理行李时不觉得冷，等坐下来休息才开始遍体生寒。刚煮开的汤冒着热气，我戴着半指手套拢住碗边取暖。远征用的双层帐篷是隧道式的，外帐两端斜拉到地面上固定，内帐小很多，只有中段隧道部分。所以内外帐之间，前后夹着两块雪地，带入口的一头用于堆放部分行李和建造私人厕所，另一头用来做饭。不管多冷，生火时也要打开一部分外帐，让蒸汽散出，否则很快帐篷里就会人工降雪，而且白汽油燃烧也需要通风。火苗在挡风板的缝隙间蹿动，咫尺之遥，却传不来丝毫暖意。汤凉得飞快，趁着余温尚存，得赶紧灌下肚。前一晚在帐篷里穿件轻薄的聚热球（thermoball）外套就够了，但此刻我不得不裹上羽绒服，抄着手巴望热饭出锅。

"今天滑雪镜没起雾？"Paul 背对着我发问，他正用力搅动意大利面防止煳锅。

"没有啊。"白天忙着定向，我都没注意面罩已经根除了起雾的麻烦。

"嗯，回去我得仔细瞧瞧。"

Paul 转身把盛好饭的碗递过来。借着头灯的光，我惊讶地发现他的眼结膜充血了。白天他曾用墨镜替代滑雪镜。看来即便是太阳隐身的白化天，辐射依旧强烈，眼睛必须做全方位防护。

我们太过疲倦，失去了闲聊的兴致，晚餐在沉默中结束。Paul 在一些远征细节上固守个人风格，比如洗碗。他教我用食指一边刮碗一边舔干净。上次训练第一回这么要求的时候把我吓了一跳。他解释说在南极获取水必须消耗燃料融雪，所以水非常宝贵，能省则省。见我迟迟不肯照做，他补上一句："公主们也是这么干的。"Paul 有一组身份特殊的客户——中东某国的两位公主，已经松散训练了近十年，一直对徒步南极点犹豫不决。就在她俩终于达成一致，想要选定 2017—2018 年远征季的时候，却被我抢了先。Paul 偶尔透露些公主们训练的细节：私人飞机、贴身保镖、在帐篷里做礼拜，还和我犯过同样的错——采购 Canada Goose 羽绒服。伊斯兰文化倚重年长的男性权威，尽管她们乐于雇用女性助理，但远征仍须 Paul 亲自出马。既然公主都肯屈尊

1 在挪威训练露营时，Paul 准备晚饭

2 在 Paul 的帐篷里吃饭

3 在挪威训练露营，夜晚佩戴头灯。温度低于 −30℃，我在帐篷中拉起带狼毛的兜帽御寒

"手动洗碗"，我只好同意了。背地里也试过用雪擦拭，结果事倍功半。这让我意识到 Paul 的每一项个人风格印记都源自大半辈子的经验。对于异议，他最常见的回应——"你试试看"，实际上带着先见之明的预判。

一整天，我不时猜想，在这样的坏天气里，来 Haugastøl 为远征南极做准备的其他人都干些什么。

Carl 这段时间特别忙，要同时安排 3 个客户训练，而他们的计划又各不相同：来自澳洲的 Patrick（帕特里克）想徒步最后一个纬度去南极点；来自英国的 Lucy（露西）打算用风筝滑雪穿越南极大陆；另一个英国客户 Ali（阿里）已经报名了 ALE 的远征队——和我们路线相同，从 Hercules Inlet 出发徒步南极点。最后一个纬度距离约 111 公里，冰隙风险极低，地势缓和，全程爬升几十米，风力通常不大，主要困难在于需要适应海拔和低温。南极点海拔约 2835 米，远征季温度通常在 –20℃。

随着"7+2"① 概念深入人心，徒步最后一个纬度也越来越受青睐。高山和极地都很冷，但在这两个区域活动的装备、技术和策略差异巨大。登山是数天内的剧烈运动，远征则要维持几个月中等强度消耗。体能是基础，除此之外，两者并无相通之处。一

---

① 指攀登七大洲最高峰和徒步到达南北极点。从海岸线出发完成徒步南北极点，被称为 "7+2" Grand Slam（大满贯）；徒步最后一个纬度抵达南北极点，被称为 "7+2" Mini Slam（小满贯）。

个领域的顶尖好手不经过系统的专业训练没法应对另一个领域的高阶挑战。Liv Arnesen 曾在 1996 年攀登珠峰，中途出现高原脑水肿被迫撤离。同年 5 月珠峰发生惨烈山难，4 支登山队共有 12 人罹难。此后数年，几位幸存者陆续出版了回忆录。当人们逐渐从震惊和伤痛中平复，商业登山开始广泛进入公众视野。天赋异禀的夏尔巴成就了这一行业的空前繁荣。虽然近年来珠峰堵车照片见诸媒体，但登山者热情有增无减。2021 年春季，受疫情影响，中国北坡登山活动停止，仅南坡的尼泊尔政府就发放了 408 张登山许可证。

相比之下，极地远征参与者稀少——年均 10 余人，向导之间竞争激烈。我心之所向唯有难抵极。Paul 不仅带领 3 名客户完成了 N2I 风筝远征，实现了首次非机械动力抵达难抵极，还作为顾问，帮助另外 3 名风筝远征者在原有路线上延伸，贯穿南极点直到 Hercules Inlet。毫无疑问，Paul 是助我实现梦想的不二人选。但其他远征者如何选择向导呢？和任何人在极端恶劣的环境下相处几十天绝非易事。我把问题抛给 Paul，他的回答直言不讳："人们只去一次，没机会比较。"

风把帐篷吹得猎猎作响。我缩进睡袋，看着头顶晾衣绳上一串潮湿衣物的黑影在抖动。闻不到什么异味，因为极寒中细菌难以繁殖，只能寄生在人体上。要是几十天不洗澡我肯定臭不可闻，会严重影响睡眠，那么除了雪浴还有没有别的办法？几米之外，Paul 鼾声大作，我模糊地想着下次扎营不能离这么近，转瞬就坠入梦境。

我整夜睡不踏实，几次在帐篷的剧烈抖动中醒来，担心支杆断裂、"房子"塌掉。早起时强打精神，宁愿用早饭时间换多睡半小时。略感宽慰的是天气开始好转。清晨薄雾笼罩，经过一夜大风，雪面硬化了不少，看样子有望晚餐前回到基地。尽管没胃口，我还是吃了半份早饭。

拔营时碰到一个当地人，他被狗牵引着轻装滑行，从薄雾中现身的场景有些梦幻。得知我从中国来时他坚信我迷了路，反复确认不需要提供帮助后才驾着狗离开。我目送他的背影穿越雪原，重新隐入雾中。流畅的滑雪板痕迹让我想起阿蒙森征战南极点的老照片。

挪威人大多自幼学习越野滑雪，深度适应冰天雪地的生活，阿蒙森也不例外。但为了远征极地，他所作的准备不止于此。这"最后一个维京人"和他的同伴曾连续两年在威廉王岛 Gjoa Haven（约阿港）地区和因纽特人越冬，系统地学习如何在苦寒之地生存，也得以熟悉雪橇犬的习性。除了耐寒，这些狗有个不为外人所知的秘密：如果食物匮乏，它们可以饿着肚子拉雪橇长达数日。这是经过长期磨合，适应了因纽特人原始生活方式的结果——狩猎是和自然博弈，难免有时空手而归。雪橇犬、驯鹿皮衣、燃料罐……阿蒙森带到南极的搭档和装备都完胜斯科特。这绝非偶然，是在观察中学习、在测试中改进的结果——归根结底，胜在科学方法。但阿蒙森也有挫败的时候。被哈当厄高原的白化天困住时，他在想什么？自我怀疑吗？预感到自己将度过"作为探险家的一生"吗？

这天早上，当我为了尽快重返人类文明起床的时候，不禁自问：是否已经见识到困难的全貌？或许这不过是冰山一角，白色陷阱中还藏着什么更大的威胁……

随着太阳驱散晨雾，第三天的行程越来越顺畅。时近正午，几乎无风，我把硬壳衣裤上的散热口都打开，Paul 干脆只穿聚热球薄外套。进度令人满意，我们中午吃饭时破例聊了一会儿。开始下一节之前，Paul 让我在衣兜里放些食物，练习边走边吃——如果行进中出现头晕、体能下降，要尽快补充热量。他做了个示范，我也有样学样。不用雪杖有些别扭，上肢不仅帮助平衡，也是行进动力的一部分，特别是爬升或者翻越障碍物的时候。边走边吃没法用茶则精准投送，只能手抓。我把大块的巧克力挑出来单独封袋。极寒中含在嘴里的巧克力融化得很慢，倒是实现了能量缓释，确保不会因为低血糖眩晕。

和白化天的艰难跋涉相比，这天下午更像是一场冬日远足。穿过一片小树林的时候，我们惊扰了两只白色的雷鸟。也许是认定没有太大威胁，它们只是扑棱了几下，并没有飞远。荒原之上最值得期待的正是不期而遇。

在树林深处爬上一个小山丘，可以远眺旅馆。Paul 特意带着我在山坡多变的地形来回穿梭，让我在窄小的落脚点 kick turn。Haugastøl 没有足够密集的雪脊，Paul 总担心我对此准备不足，到南极实战会大幅降速。我给一些小技巧起名。比方说为了防止雪橇卡在沟壑里，需要短距离加速，利用惯性让雪橇冲过去。我管这种情况叫 sastrugi dash（雪脊冲刺）。如果赶上一大片雪脊，身后的雪橇会连续撞击硬雪，发出鼓点一样的咚咚声。

远征专用雪橇是船形，前端微翘。南北极地区雪况不同。离开海岸线前往北极点时会遭遇漫长的乱冰区——洋流压迫海冰，在与陆地或冰架的交汇处大块堆叠，隆起高耸又扭曲的冰脊。所以北极专用雪橇的底部更弯曲，便于转向。相比之下，南极专用雪橇的底部平直，以降低卡在沟壑的可能性。

我们选用的品牌 Acapulka 碳纤维雪橇算得上行业翘楚，曾为多名近代著名极地探险家提供定制服务，品质可靠。极地远征是个相对闭塞的小圈子，重量级人物不过寥寥数人，他们大多成名于互联网尚未普及的年代，共享信息，缔结了深厚友情。随着时代变迁，南极地区科考站大量兴建，物流业的发展为远征商业化提供了便利。新生代探险者中相当一部分指望毕其功于一役，热衷爆红，激进的做法经常招致前辈的抨击，但这并不妨碍他们在网络时代"出名 15 分钟"。

Paul 曾公开批评自己的客户——加拿大著名探险家 Frédéric

Dion[1]，后者声称创造了风筝滑雪的世界纪录：24 小时 53 分钟内直线距离穿越 603 公里。此前 24 小时的纪录是由 Eric McNair-Landry[2] 和 Sebastian Copeland[3] 共同保持的直线距离 595 公里。同一行程中，Frédéric Dion 的出发地比前人远了 9 公里，他据此声称创造了"最长"纪录，虽然一度被媒体热捧封神，但这种投机行为在业内备受谴责。

从略微不同的角度"创造"世界纪录意在扬名立万。在科技进步的今天，远征的意义不再是探索发现，而是价值观的传承。当远征者想方设法制造头衔为自己加冕时，已经与核心精神背道而驰。

最后一段路程 Paul 和我并排行进。他强调远征注重效率，如果进度赶不上计划，他会压缩一切非必要活动的时间，比如拍照。

"静，你进步相当大，但天气不好时我们落下了很多。"

我点点头没说话。

"我已经 60 岁了，没法帮你拿行李。20 年前可以，但我老了。"

气氛变得伤感，我不知道该说什么。

---

① 弗里德里克·迪翁，加拿大探险家。

② 埃里克·麦克奈尔·兰德里，加拿大人，极地向导。

③ 塞巴斯蒂安·科普兰，美国人，职业摄影师，爱好探险。

"你太矮了，步幅小，这也没有办法。"

"那我试试劈着叉走吧。"Paul 被逗笑了。

"不过你有决心，决心能帮你做很多事。"

我听得出他是认真的，想告诉他我的策略是"结硬寨、打呆仗"[①]，但一时没想出合适的翻译。

"你得抓紧一切时间行进才行。"

这正是我要表达的意思。

"现在你练习边走边尿，用你那个尿斗。我不看你，先回去了。晚饭时见。"Paul 说完就加速前往旅馆。

绝大部分远征者都是男性，边走边尿对他们来说应该不难，但公主们也得这么干吗？来不及问了，Paul 已经走得太远。我绕到相对隐蔽的地方，开始解锁这项新技能。

时隔数日，旅馆里多了不少新面孔。晚餐开始前，不少人和我搭话。我知道亚洲女人出现在 Haugastøl 相当罕见。接受 Paul 技术训练的同时我也学到了一些"行规"：眼高手低会沦为笑柄，说到做到才是王道。

时至今日，南北两极留给远征者的空白领域并不多。关于

---

① "结硬寨、打呆仗"，语出晚清名臣曾国藩给朝廷奏文："臣……十余年来，但知结硬寨、打呆仗，从未用一奇谋、施一方略制敌于意计之外。此臣之所短也。"——编者注

"第一次"的尝试，即便遭遇败绩，仍能获得普遍尊重。但绝大多数线路都有前人经验供参考。宏大的目标匹配低下的执行力会让远征变成一场瞎胡闹。

如果远征者自筹资金，任何结果都无可厚非。但对于获得赞助或通过网络众筹支付费用的远征者来说，半途而废势必招致责难，因此他们把失败归咎于种种"意外"借以挽尊。

挪威人有句谚语："Ingen dårlig vær, bare dårlige klær!"（没有坏天气，只有穿不对的衣服）归根结底，成败取决于如何准备。我自认尚未准备周全，从不主动提及年底的南极点远征。

等食物上桌，住客们各自散开，Paul 才告诉我牵狗的挪威人编了些无伤大雅的故事，让我上了 Haugastøl 的网络新闻。这大概是我被搭话的原因。

"你在中国出名吗？"Paul 知道我有多年旅行经历，有时我会用各地趣闻和他交换因纽特人的故事。

"没有啊，我都不怎么上网。"

"那我们去南极点的路上你会和网友互动吗？"

"当然不会啦，我没有网友啊。"

"你计划每周上网或者打电话几次？"

"这我得想想，应该不会太多。"为了减轻负重，我已经和 Paul 说好租用他的卫星电话，得算好分钟数提前存话费。

"他结婚了，两个孩子，住在伦敦。"Paul 压低声音，瞟了一眼和我刚搭过话的某个人。

我领会到 Paul 的意思。可是我脸盲，有时候记性也差，只知道那位是"当今最著名的登山家之一"。一转身的工夫，我连名字也和刚聊过天的几个人搞混了。虽然能感受到阿尔法男[①]的自信，但他并没有说什么奇怪的话，不过 Paul 的告诫一定有他的理由。

和向导们私下议论的一样，雪橇制造商 Alex 滔滔不绝地称赞他的 Acapulka 质量上乘，性能优越。我累了三天，对于雪橇胜任过多少艰苦卓绝的行程没什么兴趣，只想早点儿吃饱饭撤离。Alex 的话就像盘子里的最后几口食物一样让我急于囫囵吞枣。对我来说，赶紧回房间躺在床上才是要紧事。

"静，跟大家说说你的雪橇好在哪里！" Alex 突然准确地叫出我的名字，把我吓了一大跳。就像是在毫无准备的情况下被点名课堂发言，在一大群陌生人的注视下，我窘迫得手足无措。

"呃，好，好在哪里，让我想想……作为我有生以来的第一个雪橇，它真是我的最爱！"

第二天一早，Paul 的忠告应验了。阿尔法男在某个避开他人视线的角度对我眉目传情。我笑到被茶呛了一口，果然姜还是老

---

① 阿尔法男，意思是在群体中游刃有余、一切尽在掌握之中的"老大型"男性。——编者注

083

的辣。我跟 Paul 商量不想边走边尿，虽然我基本掌握了这项技能，但根据他的描述，前往南极点一路都是顶风或侧风，到时肯定会尿到自己身上……这下轮到 Paul 笑呛了，果然，姜还是老的辣。

前一晚听说旅馆流行诺如病毒①，几个客人在自己房间内隔离。这种病毒威胁不大，我也没放在心上，结果下午训练回来我感觉状态不对，到离旅馆几百米的地方搭帐篷都力不从心。只好跟 Paul 告假，取消当晚的露营计划。呕吐、腹泻、低烧——中招了。我没有胃口吃晚饭，躺在床上，对接下来的训练忧心忡忡。想起帐篷不应该无故留在室外，于是强撑着出去拔营。收到一半，Paul 怒气冲冲地赶来了，质问我为什么不在房间休息。

"得抓紧一切时间行进——就算病了，远征时也要赶路不是吗？"

听了我的解释，Paul 的态度缓和下来："静，不是这样的，病了就要休息，远征时也一样。我对你的安全负有责任，回去吧，这里我来收拾。"

次日我因病情加重被禁足。早上睡到自然醒，放空了一会儿，才想起这是一年多以来仅有的无所事事的一整天。可我丝毫

---

① 诺如病毒是急性胃肠炎的主要致病之原。——编者注

不觉得轻松，训练费那么昂贵，实在心疼。不能放任自己虚度一日。我起来翻看日记，想在情景重现中过滤出被忽视的细节。的确想起些从未写下的事：对回归文明社会的迫切渴望。

有时训练很辛苦，但我没动过放弃的念头，因为远征只会更难。但总有一个临界点，需要在那里转身。

1909 年 1 月 9 日，沙克尔顿选择了 S88°23′，E162°——距离目标只有 97 海里，他没能成为第一个踏上南极点的人。不朽的荣誉近在咫尺，但他背过身去，不肯赌上探险队的性命求取功名——他要让每一个人安全回家。

一百多年之后，2016 年 1 月 22 日，沙克尔顿忠实的追随者——英国退役军官 Henry Worsley[1]，做出了艰难抉择——呼叫救援，结束单人穿越南极大陆的挑战。他拖着 147 公斤的雪橇出发，跋涉了 71 天，徒步 1469 公里，距离终点 215 公里时倒下了，两天后在智利蓬塔阿雷纳斯的医院去世，死于腹膜炎。Henry Worsley 不是新手，这已经是他三度远征南极，他亦非无名之辈，两次经典路线的成功使他声名鹊起，英国威廉王子为此行名誉赞助。和前两次不同的是，这回他孤身一人。从 1 月 7 日感到严重不适到 22 日呼叫救援，整整 15 天，提前撤离就可能生机尚存，对病情误判，让转身的决定来得太迟。Henry 没有实现目

---

[1] 亨利·沃斯利（1960 年 10 月 4 日—2016 年 1 月 24 日），英国人。

标，但他面对挑战时诚恳的态度在这个浮躁年代尤为珍贵，称得上是位古典英雄。如今成功学大行其道，太多急功近利的人渴望在极地一战成名。他们利用公众对这一领域的盲区，巧妙地"修饰"行程，隐瞒重要信息，把自己塑造成横空出世的孤胆英雄。只有少数人能洞穿他们的真实意图，但在信息过载的网络时代，批评的声音抵不过数字洪流。Henry Worsley 穿越南极的行程全长约 1684 公里，采用单人、无补给、无助力的形式，在当时尚未有人完成。罕有徒步远征者能够正视借助风力的行程，Henry Worsley 正是其中之一，他承认挪威籍极地探险家 Børge Ousland[①] 的成就远在他之上，后者于 1997 年完成单人无补给经南极点穿越南极大陆，使用风帆（效率低于稍晚出现的滑雪风筝），全程 2845 公里。

借助风力是否应该被归为"有助力"尚无定论。严格说来，GPS 和卫星电话都属于"外援"，而且依靠太阳能供电，但这些装备是当代远征者的标配。风筝滑雪可以拖拽更多物资，日均进度在 80 公里上下，但这项运动远没有看起来那么容易。2008 年底，食物链顶端的男人——Bear Grylls[②] 去南极拍摄《荒野生存》，不顾两位专业人士劝阻，执意在大风天风筝滑雪，结果摔伤肩

① Børge Ousland，生于 1962 年 5 月 31 日，挪威人，极地探险家、摄影师和作家。1996 年 11 月 15 日— 1997 年 1 月 17 日，他成为世界上第一个在无人支持的情况下独自穿越南极的人，历时 64 天，行程 2845 公里。——编者注

② 贝尔·格里尔斯，英国人，国际著名户外节目主持人。

膀，紧急呼叫救援返回英国就医。我也曾在 Haugastøl 见到有人风筝滑雪时不小心冲上了雪脊，两腿严重扭伤，膝盖肿成排球那么大。就算没有受伤，长途风筝滑雪和高山滑雪一样，膝关节负担很重。徒步和风筝远征各有各的难处，并不是借助了风力就理所当然地难度降级。就好比狗拉雪橇，阿蒙森和斯科特对畜力的驾驭能力显然存在高下之别。绝大多数徒步远征者只是一味强调自己是"完全依靠肌肉力量"，对风筝滑雪要求的特殊技能避而不谈。

极地探险是典型的利基文化（niche culture）[①]，所传达的价值观经过了一个多世纪的沉淀才逐渐升华为人类共同的精神财富。无论是阿蒙森、斯科特还是沙克尔顿，在他们所处的年代都没能得到客观的评价。

"一战"背景下，斯科特之死被视作为国捐躯。尽管同胞沙克尔顿看穿了他的虚张声势，质疑耗资巨大、装备精良的远征军不应惨淡收场。但大英帝国制霸话语权，时任皇家地理学会主席 Leonard Darwin[②]（Charles Darwin[③]之子）诋毁挪威人不懂游戏规

[①] 利基文化（niche culture）：小众文化。——编者注
[②] 莱奥纳多·达尔文（1850年1月15日—1943年3月26日），英国人。政治家、经济学家和优生学家。博物学家查尔斯·达尔文之子。
[③] 查尔斯·达尔文（1809年2月12日—1882年4月19日），英国人。博物学家、生物学家、进化论奠基人。

则，继任主席甚至在为征服南极点举办的庆典上提议为狗喝彩三声，当面羞辱阿蒙森。早在极点竞赛之前，现代英国南极探险之父 Clements Markham（克莱门茨·马卡姆）爵士，确立的极地旅行原则是"不滑雪。不用狗"。

1928 年 6 月 18 日，阿蒙森在北极地区的飞行搜救任务中失踪，他生前未能得到挪威之外的广泛赞誉。而用最不科学的方法进行"科学探索"的斯科特却被视为殉道的圣徒，身后所享有的殊荣是他未曾预料到的。

直到几十年之后，1979 年，英国传记作家 Roland Huntford[1] 的著作 *The Last Place on Earth*[2] 问世，书中全面对比了阿蒙森和斯科特从筹备到远征南极点的大量细节，斯科特无一胜出，从此跌下神坛。但由于人们观念和情感的巨大惯性，作者曾面临法律诉讼威胁，直到今天仍被部分斯科特信徒攻击。

沙克尔顿曾在斯科特手下工作，目睹了他的专横和无能，二人关系不睦。但沙克尔顿所追求的探险事业也不成功，他一生四赴南极，无一实现目标。1922 年，在最后一次前往南极途中死于心脏病，年仅 47 岁。沙克尔顿很快被遗忘，他重新进入公众

---

① 罗兰·亨特福德，英国人，生于1927年，著名极地探险传记作家。
② 《地球上最后的处女地》，罗兰·亨特福德著，1985年出版。书中比较了挪威探险家阿蒙森和英国探险家斯科特远征地理南极点的全过程。

视野是"二战"之后的和平年代，人们越来越重视大规模合作所需要的卓越领导力，沙克尔顿"坚忍号"的传奇故事才被重新发掘。

1914 年 8 月 1 日，以沙克尔顿家训"Fortitudine vincimus"（拉丁文，意为坚忍致胜）命名的"坚忍号"从伦敦出发，全员 28 人。目标是徒步穿越南极大陆。但由于在威德尔海域被浮冰围困，沙克尔顿和船员只得弃船暂居在浮冰上。1915 年 11 月，"坚忍号"被浮冰挤压损毁，沉入海底。沙克尔顿开始带着全体船员逃生。他们随浮冰漂流了 5 个月，直到 1916 年 4 月 9 日，浮冰彻底碎裂，他们分别登上 3 条救生艇，经过七昼夜海上漂泊，抵达无人岛象岛。由于远离商船航线，获救无望，沙克尔顿挑选了 5 名船员，共同搭乘最大的一条救生艇远赴 1300 公里之外的南乔治亚岛求援。航行 16 天之后在风暴中强行上岸。由于登陆位置远离挪威人的捕鲸站，沙克尔顿留下 3 名体能耗尽的队员，带着两名状态尚可的同伴徒步翻越山脉，经过 36 小时的艰难跋涉，于 1916 年 5 月 21 日下午抵达捕鲸站。在挪威人的帮助下，次日接回在南乔治亚岛另一侧等待的 3 人。5 月 23 日，沙克尔顿登上捕鲸船，开始营救象岛的 22 名队员。由于受到浮冰阻碍，陆续尝试 4 次，直到 8 月 30 日终于抵达象岛。至此"坚忍号"全员 28 人，历经两年多磨难，全部生还。这支劫后余生的队伍在南美受到热烈欢迎，但欧洲仍在大屠杀的地狱煎熬，大部分船员包括沙克尔顿本人返回英国后投身"一战"，他们的传奇故事被淹没在那段硝烟弥漫的历史中。

当 *The Last Place on Earth* 引发了斯科特偶像覆灭的情感风暴之后，人们以战略视角审视极地探险，沙克尔顿化险为夷的能力开始备受尊崇。在很多方面，他和斯科特一样平庸，但是他见识到自然力量的强大之后，预见了自己和队员能力的极限，明白不是所有坚持都会胜利，而失败也不意味着一无所获——活下去就是胜利。阿蒙森是不世出的天才，他未雨绸缪，步步为营，从未陷入被动局面。斯科特是另一个极端，刚愎自用，他在出发前一晚的日记中写道："I can think of nothing left undone to deserve success."（我已做好万全准备迎接胜利。）全然不知已经步入了自己设下的陷阱，即将万劫不复。我们绝大多数人注定平凡，但生而为人，不应满足于存在和繁衍，要去"努力实现生命所赋予的价值"（a man should strive to the uttermost for his life's set prize.——Robert Browning[①]）。

只有极少数远征者天赋异禀，令人难以望其项背。海岸线至南极点常规路线 Hercules Inlet 上的传奇属于挪威人 Christian Eide（克里斯蒂安·艾德），他在 2011 年创造了单人无补给无助力的

---

① 　此为英国诗人 Robert Browning（罗伯特·勃朗宁，1812 年 5 月 7 日—1889 年 12 月 12 日）的诗句。沙克尔顿墓碑背面镌刻着的就是这一诗句。——编者注

世界纪录：24 天 1 小时 13 分钟。全程 1130 公里，相当于每天徒步 46.98 公里。其他十几位完成者的用时通常是四五十天。女子纪录是瑞典人 Johanna Davidson（约翰娜·戴维森）在 2016 年创造的：38 天 23 小时 5 分钟。

这条路线上的故事还有很多。2012 年，澳大利亚的 James John Castrission[1] 和 Justin Roderick Jones[2] 男子组合试图创造无补给无助力从 Hercules Inlet 至南极点折返的世界纪录。全程约 2270 公里，对于徒步远征来说是超长路线。他们在重重压力之下也曾崩溃痛哭。最终用时 89 天，实现目标。远征的最后一天，注定令澳大利亚组合终生难忘：挪威人 Aleksander Gamme[3] 独自完成了相同的路线，同样是无补给无助力，用时 87 天，在终点前几百米等待了两日，三人一起"撞线"结束行程。

极地探险是一道窄门，进入的人自然有过人之处，但更应见识到山外有山。在紧密联系的远征圈内部，公认的"世界纪录"并不多。大多数媒体不加分辨地采信远征者的声明，推波助澜"英雄"的诞生。当越来越多的"英雄"顶着虚荣的头衔沾沾

---

[1] 詹姆斯·约翰·卡斯特里森，澳大利亚人，探险家、耐力运动员、励志演说家，以及作家和纪录片制作人。

[2] 贾斯汀·罗德里克·琼斯，澳大利亚人，探险家、耐力运动员、励志演说家，以及作家和纪录片制作人。

[3] 亚历山大·加梅，挪威人，探险家、研究员、作家和演说家。

自喜，陶醉于 VENI VIDI VICI（出自恺撒大帝征服潘特斯王国后写给元老院的信，意为：我来，我看见，我征服）的幻象，在网络时代崛起为流量之王时，他们和不明真相的崇拜者之间并无感应，这是远征的内卷和倒退，也是信息过载时代之殇。绝大多数远征者没有过人的天赋，靠的是持之以恒的毅力。他们应该是摆渡人，传达"不积跬步无以至千里"的信念、坚忍致胜的精神，和每一个为梦想而奋斗的人共鸣。

感染病毒的第三天我仍在腹泻，但不能再等了，在 Haugastøl 的时间只剩一周，我带着很多手纸外出训练。好几个极地向导都聊起过客户在南极拉裤子的事。腹泻也是高反的症状之一，除了听之任之没什么好办法。冰原上既没有营养基又长期处于低温高辐射状态，积雪很干净，所有的致病菌都附着在人体和装备上。Paul 禁止我用手从封口袋里抓取食物，警告说会造成污染。我担心体力下降扛不住训练，早上特意多打包了两个三明治。

额外休息一整天之后，Paul 反倒不在状态。午休时我发现他只吃些坚果类的零食，追问之下他才承认忘带三明治，但拒不接受我提供的备份。真是个老顽固，也不知道是因为担心致病菌，还是出于自尊心。

当晚用餐时，一个打过几次照面的英国人 Steve（史蒂夫）找到我。他一开口就令我印象深刻："静，你是从海岸线到南极点，还是南极点到海岸线？"这句话含义颇深，只有内行才问得出。相同距离，从海岸线到南极点一路爬升、顶风，反向走要容易得多。Paul 曾在第一年的训练中提议从南极点出发，走 Hercules Inlet 路线，被我断然拒绝。Steve 不是恶意打探，他自己也在准备一场穿越格陵兰岛的风筝远征，有此一问更多的是出于对我客观条件的评估，但我知道相同的问题不会提给 Patrick、Lucy 和 Ali。

"而且，静将单独带一顶帐篷。"Paul 补充道。

"啥？一顶帐篷?！"时隔一年，我再次把 Carl 惊呆了。

我使用的帐篷是 Hilleberg 的"隧道式"产品，型号 NAMMATJ 2 GT，脱胎于 1983 年问世的 NAMMATJ——这个萨米语 ① 的意思是"孤山"。经过近 40 年改进，这款帐篷实现了在极端气候下性能的全面平衡：轻量化、耐辐射、抗强风。自重 3.7 千克，加上防潮垫、雪地钉、收纳袋，总重大约 6 千克。一顶帐篷不仅仅是增加负重，还衍生出大量工作——扎营拔营每天至少耗时 40 分钟，日常也需要维护清理。我知道自带帐篷会把行程拖得更慢，但拥有独立空间的好处显而易见——自由。共用帐篷的早晨需要分辨物品归属，晚上还要互相迁就作息，忍受不愉快的气味。我不希望远征像是急行军，一切只为争分夺秒。我需要独处，需要思考，需要属于自己的"孤山"。

---

① 使用该语言的是萨米人，他们主要分布在北欧的芬兰北部、挪威、瑞典和俄罗斯西北部。——编者注

吃过晚饭，Paul 让我到咖啡厅聊聊。

"静，我建议你改走 Fuchs-Messner。"他稍作停顿，"短 200 多公里。"

"是因为帐篷吗？"当初我提议自带帐篷时 Paul 很是开心，没人心甘情愿臭烘烘地挤在一起。

"你的首要目标是抵达南极点。"Paul 回避了问题。

"我知道这对我来说很难，所以就要认真训练，好好准备，而不是把目标缩水，变容易。我想去的是难抵极。如果完不成 1130 公里，1800 公里就更没可能。"我有些恼火，感觉 Paul 并没把难抵极当成我的终极目标认真对待。

"我不能帮你拖行李，你的东西都得自己拖着，那可是好几十天。考虑一下 Fuchs-Messner 吧。"

合同签订的是 Hercules Inlet，我从没打算变更路线，敷衍地答应再想想，草草结束了对话。

最后一天火车将在中午路过 Haugastøl。我们起了个大早去训练，回来时惊呆了旅馆老板 Terje。他甚至鼓动我"起义"，反抗残暴的训练。住客们回家前的最后半天都是在咖啡厅度过的。

Paul 私底下悄悄告诉我，他从没见过 Terje 滑雪。不喜欢滑雪的挪威人实属另类。我们曾看到拖家带口的挪威人，一手怀抱幼子，一手控制雪橇灵活地滑降。常有年轻的父母，引导三四岁的孩子从一人多高的落差练起。七八十岁的长者，边听音乐边起劲地滑行数小时并不稀奇。挪威人真是一生的一半时间踏在滑雪板上。

老板娘 Eldbjorg 才是典型的北欧人，又高又瘦，精通滑雪。有次和女婿一起参加当地的滑雪节时，遇到一个险坡，她毫不犹豫地顺势而下，Carl 评估之后决定摘下滑雪板步行。在拉练的山区，有几处两侧遍布岩石的陡坡，Paul 也需要摘下雪板徒步通过。

我注意到 Lucy 在咖啡厅一角浏览远征视频，Paul 摇摇头："这就是 Lucy 的'训练'。"紧接着他问，"静，你考虑得怎么样了？"

那天走出咖啡厅我就再没想过变更路线的事，时隔数日我以为已经不了了之，没想到 Paul 一直惦记着。我决定让他死心，所以直截了当地回答："Hercules Inlet 就是 Hercules Inlet。"

"那么再雇一个助理向导吧。"这个提议相当突兀，我一时反应不过来。他见我默不作声，解释说第三人可以帮助负担公共物资，让我们都轻省些。

"公共物资？你是说食物吗？可是他也要吃饭啊，带上他自己的装备和食物，还能帮我们分摊多少重量？煮 3 个人的饭，燃料也要添不少吧？"下面的话我忍着没说：助理向导只会和 Paul 共用帐篷，我的帐篷还是"私人物品"，也就是说 Paul 在要求我给他配个挑夫？想到这里我有些生气，一不做二不休，直接问他助理向导需要多少钱。

"我还不知道，回头问问 ALE①。" Paul 明显感觉到我的不悦，收住话题。

连续两次提议降低行程难度，虽然不否认 Paul 以向导的身份想要助我完成远征，但也引起了我的警觉。1130 公里换成 910 公里在我看来是缺斤短两，雇用助理向导对我帮助并不大，相当于变相提价。我意识到远征要考虑的问题比书中读到的复杂。

"你都用些什么品牌？"结束了和 Paul 不大愉快的对话，我正在独自清点雪橇内的物资准备撤离，被身后的发问吓了一跳。搭话的是来自荷兰的阿尔法男，他拥有某项我没记住的户外成就。我让开半个身位，示意他自己看。

"挪威的滑雪板、英国的雪橇、澳大利亚的睡袋、瑞典的帐篷……没有中国制造？"他笑嘻嘻的，能听出在开玩笑。但这句话戳中了我心中的隐痛。我霍然起身，指着自己正色道："Me, made in China."（我，就是"中国制造"。）

1887 年 8 月，英国议会修改《商标法》，首次要求标明外国产品产地，以区分英国本土产品。这一法案针对的主要对象是德国，因为其仿制品大量冒充英国知名产品出口到英国。为了摆脱

---

① 全称 Antarctic Logistics & Expeditions，南极物流和远征公司。

"德国制造"的侮辱性标签，德国人知耻而后勇，不断投资产品研发和人才培养。最终大量德国品牌经过千锤百炼，凭借质量上乘、耐用可靠声名远扬。

和过去的德国制造一样，中国制造曾是价廉质劣的代名词。历史遗恨，中国错过了第一次和第二次工业革命。"往者不可谏，来者犹可追。"改革开放以来，中国制造业一路追赶，在几十年的时间里实现了经济崛起。缔造奇迹的，是无数智慧、勤劳、勇敢、坚忍的劳动者。这些品格扎根在我们中华民族的血脉中，也将在复兴之路上世代延续。

雪橇长约 170 厘米，属于超规行李，托运费另计，Paul 提议由他先将两个雪橇一起打包运回加拿大，再带到南极，远征结束后我们带各自的雪橇回家。这样大约能帮我节省 1500 美元运费。我怕他把两个雪橇弄混，特意做了标记。想到这将是一件珍贵的纪念品，我给它起了个名字——"跟上"。

Paul 一直把我送到了火车上，大声道别："静，南极见！"引来整整一节车厢的注目。

7

最后热身

2017 年的春夏，除了在家自训，我还在继续研发专属眼罩。经过 5 次改进，最终进化为一个覆盖全脸的大面罩。为了方便进食喝水，底部设计出一个碗口大的通道。我对这件装备寄予厚望，但仍需测试。

按照 Paul 的要求，我在远征前专程前往新西兰滑雪热身。这是我最后调整装备的机会。

9 月中旬的新西兰南岛已经是雪季末期，皇后镇附近的滑雪农场冷清下来。我预定了简易遮蔽所，位于雪场深处的某个小山头上，计划连住 12 晚。这里通常是当地人休闲度假的地方。遮蔽所没通电，饮用水靠人工运输定期补充，有壁炉，但生火取暖需要自己劈柴，做饭使用煤气罐。雪场工作人员很谨慎地向我核实"大订单"，生怕我住进遮蔽所之后傻眼。

我给自己制定了严格的作息时间，模拟远征日程。每天滑雪两圈，正好 20 公里。3 天拉练一次，30 公里。雪场有几处地形对我来说很难。比方说从住处滑下去，中间有个急转弯，我几乎每次都要在这里摔倒。途中还有两个大落差，我也经常磕磕绊绊滚下去。有一次好心的滑雪者追上来，问我有没有丢失水瓶，她补充说是粉色的。看来是摔倒时甩了出去，而我滑远了几公里根本没发现。这警示我登山包外置袋里的东西必须用快挂[①]拴好。

我的硬壳兜帽上缝了一圈尼龙搭扣，用来固定狼毛。不是郊狼，是灰狼的毛，Paul 通过合法渠道为我采购的。这是远征者的传统装扮，浓密的毛可以帮助减弱迎面的风，是必不可少的装备，即便在它的保护下仍有可能发生面部冻伤。雪场没那么冷，风也不大，我几乎没拉起过兜帽。不过总有人火眼金睛。一位年长的女士和我打招呼："极地探险者！"我回答："还不是呢。"

有一天，我回到遮蔽所时碰到了访客。这个俄罗斯人叫 Ravil（拉维尔），听说我独自住了一周大吃一惊。根据睡袋的尺寸，他断定我应该是个高大的男人。我反常的行为引起了他的强烈好奇。Ravil 精通风筝滑雪，正是为此来到这里。他在世界各地旅行，也对极地远征有相当的了解，这让沟通变得容易。

过去两年多，我极少和陌生人提起远征。在北京时，半夜拖轮胎偶尔碰到晚归的人，对方总要盯着我看上好一阵。我不喜欢

---

① 快挂是一种钩环类物品，通常用于户外运动、攀岩、探洞、工程保护等。——编者注

标新立异，尽量加速离开。但重度好奇者会追上来问个究竟。两分钟之内没法跟毫无概念的人说清楚何为极地远征，反倒会招致无端的怀疑——觉得我信口开河。后来我索性把拖轮胎解释为锻炼身体，省去了很多麻烦。

Ravil 刚离开，我的"室友们"就驾到了——3 辆雪地摩托列队而行，卷起漫天雪屑，气势磅礴犹如大军压境。5 个大人带着两个半大的孩子，冷清的遮蔽所一下子热闹起来。他们都是本地人，来度周末。我每天早睡早起，和他们作息有时差，一直没怎么说过话。

第三天一早，浓云遮天蔽日，到了下午，暴风雪席卷而来。不到半个钟头，能见度从数百米降到三四米。雪场部分路段一侧是岩石遍布的陡坡或者落差数米的河道，只在转弯处设有护栏。我多次停下来分辨方向，最后干脆脱掉雪板步行回到住处。

室友们已经整装完毕，看样子是想等风暴平息些再撤离。我打过招呼就带着帐篷出去练习扎营。南极腹地是生命禁区，远征是在夹缝中求生，这在健身房里是练不出来的。美国大兵们和我同时开始准备，如今早就没了消息。在风暴中扎营最怕帐篷被吹走，尼龙面料隔着手套抓不牢，我需要手脚并用，或踩或跪压住它。外帐入口内有根黑色的绳子用来牵制撑杆，容易和帐篷本身的红黑配色混在一起，忙乱中可能绕在帐篷外面。只有打上几个雪地钉，把帐篷展开之后才会发现，到时就得拔了雪地钉再

1 我的影子和滑雪板在新西兰滑雪农场合影
2 在新西兰滑雪农场的遮蔽所前练习扎营
3 新西兰滑雪农场的简易遮蔽所，不通电，
  有壁炉，但生火取暖需要自己劈柴，做饭
  使用煤气罐

把绳子复位。就算在寻常天气也是不小的麻烦，更不用说风暴降临时。我被这根绳子教训过几回后，在上面缠了一段翠绿色的带子，帐篷前后两端也做了标记，确保一次扎营到位。所谓准备工作，就是要消灭一切节外生枝的可能。遮蔽所外的空地上积雪很薄，不足以压住帐篷四周的裙边，我扎营之后又立即拔营，如此反复了 3 次。

回到遮蔽所时，大部分人已经离开了，只有一位男士似乎在等我，想知道我是否在准备特殊行程。我简单介绍了 Hercules Inlet 到南极点的路线。临别时他问道："你会成为第一个远征南极点的中国女人吗？"

"也许吧。"我对这个行程有信心，但不喜欢把话说满。

"不，"他坚定地看着我，"你会做到的。"

8

初登南极

2017 年 11 月 15 日，混乱的一天。

早上 5 点一刻，我和 Paul 打点好最后的随身行李，搭上 ALE 空荡荡的机场巴士。巴士在 Punta Arenas 狭窄的街区辗转了一个钟头，接上分散的乘客后直抵机场。飞往南极大陆的航班享有专用通道，安检迅速顺利。很快，大量 ALE 雇员、几十名观光客，还有我们为数不多的远征者，挤在闹哄哄的候机厅里。ALE 的员工大多沉着从容，他们要去南极上班。相形之下，游客们丝毫不掩饰兴奋和喜悦。乘飞机专程观赏帝企鹅很贵，花了大价钱自然有所期待。这一班次上搭载了 15 个远征者，除了我和 Paul，还有 Carl 和挪威人 Christian Steve（克里斯蒂安·史蒂夫）带队 5 个 ALE 客户，组成 7 人的庞大队伍。英国的 Scott 和日本的荻田泰永是独立远征者。英国著名探险家 Robert Swan[1] 爵士和他儿子 Barney（巴尼）以及另外两人组成一支备受关注的环保远征军，此刻，他们正在玻璃门的另一侧接受专访。

告别人类文明前的最后 5 天，我们遭遇了前所未有的危机。

11 月 10 日下午，我按计划落地 Punta Arenas，Paul 的航班将在深夜抵达，我先行前往旅馆等待。第六感很准，明明很快就要碰面，我却在不由自主地刷新邮件，终于刷来了 Paul 的坏消息：他正在智利 Santiago[2] 等待转机，五件托运行李被 Air Canada（加拿大航空）搞丢了一个。这真是让人崩溃，我耐着性子没有追问，只是简单回复"知道了"。

极地远征意味着进入无人区，必须自行携带全部生存所需，从大件的帐篷、雪橇到琐碎的针头线脑缺一不可。我的清单上有 274 种东西，为了管理好它们，我制作了一份物品分布表，除了用不同颜色的收纳袋索引，还在提手或抽绳上另附标签，写明内容物，最后把十几个袋子按照使用习惯分装进 3 个最大的包

---

① 罗伯特·斯旺，1956 年 7 月生，英国人，史上首位徒步抵达南北极点的人，国际著名探险家、演说家，环保主义者。

② 圣地亚哥，智利首都和最大城市，南美洲第四大城市。位于国境中部，坐落在马波乔河畔，东依安第斯山，西距瓦尔帕来索港约 100 公里。

裹中。

丢失的行李如果只装了睡袋、羽绒服之类的单品不是什么大问题，但若是繁杂的小物件，麻烦可就大了。我没心思吃晚饭，问前台要了份纸质地图，把上面能找到的商店分门别类，看看最坏情形下还能指望些什么。

临近午夜，我独自守在大门内听动静。这家小旅馆远离市中心，优点显而易见——便宜。ALE 推荐名单中最低档的住宿每晚也要达到美金三位数。这儿只要一半，差不多是旺季里最廉价的选择。另一个好处就是安静，周围都是民居，没有任何商铺，引来的住客大多是中年人，他们作息规律，这会儿已经睡下了。

终于有汽车引擎的声音由远及近。这一带路灯缺乏维护，但我只瞄了一眼就断定是 Paul，因为狭小的空间装不下那么多行李，雪橇、滑雪板从打开的车窗支棱出来。我走到路边示意司机停车。Paul 见到我很是欣慰，他担心太晚到店没人开门。

司机帮着把行李卸到门厅。Paul 的房间就在我隔壁，他对粉刷一新的屋子挺满意。就是小了点儿，我们把叠放的两个雪橇立在房间的角落，又合力抬进去两件大包裹，下脚的地方就几乎没有了，他的滑雪板包只能暂存在我那里。

Paul 和我盘点丢失的行李：里面有一部分衣服，这是最好补救的部分，Punta Arenas 有好几家户外用品店，以他这样的常规身材想要重新采购并不难。还有一个针线包，按照他的描述，比起我只有黑白双色线外加两根针和一个顶针的基础配置要豪华很多，不同粗细的线至少分了五六种，对应着不同型号的针，加上大小各类修补片，从衣服、靴子到睡袋、帐篷都能处理。还有一整套炊具和两块太阳能发电板，属于特殊装备，当地没有分销商，我们打算尽快去 ALE 总部碰碰运气，希望他们有备用的出借。

看起来情况也并没有糟到让人束手无策，我们互道晚安，决定明天一早再详细规划。

这晚我睡得并不踏实，听起来隔壁也一样。

11 月 11 日早上 8 点半，我和 Paul 在餐厅碰头，他已经委托远在加拿大的太太 Kelly（凯莉）帮助追踪行李下落。Paul 看起来稍显安心，他建议今天按照原计划补充物资。

早餐后，我们先绕道去了趟 ALE 基地，宽敞现代的办公环境彰显这家美国公司在南极物流行业的霸主地位。一进门碰到 Devon（戴文），他是 Paul 的旧友，现在担任偏远营地经理兼远征顾问（remote camp manager & expedition consultant）。听闻我们的遭遇，Devon 也很担忧，但远征季刚刚开始，眼下并没有多余的太阳能板可以出借。我俩只好先赶往超市，回头再另想办法。

受海关限制，salami、奶酪只能在当地采购。卫生纸每卷 40 米，Paul 只拿了 4 个，我很怀疑能不能撑过 60 天，他相当自信地回答："你应该在家量好啊。"这真是万万没想到，幸亏也不重，我抓了包六卷一提的。货架上的自封袋只有一个本地品牌，虽然声称是"家族企业"，可是看上去脏兮兮的，似乎很久没人选购的样子，但所有的食物需要用自封袋分装，我们只好大小尺寸各取两盒。最后又添上4支打火机和3大包袋装茶。

在附近的汉堡店用过午餐，我们驮着满满当当的登山包回旅馆，一路上沉浸在各自的心事里，谁也不说话。

Paul作为向导，下午要去参加ALE的专项会议。开会前，他检查了我的帐篷，决定用新材料重新做一块地垫。旧的拼接处有些胶带卷边了，可能是我9月份把它带到新西兰训练时受了潮。做地垫很容易，不过是裁好适当的尺寸，再用耐低温的PVC胶布粘起来。我俩十几分钟就搞定了。崭新的地垫闪耀着温暖的明黄色，这是种几毫米厚的软质发泡材料，触感柔韧，气孔细密，用在双层帐篷的内帐里，是扎营时保温的基础，虽然不能直接睡在上面，但穿着毛线袜踩上去不至于因为太冷踮着脚。

Paul散会后叫我去中午那家汉堡店碰头。他看上去心情不错，见到了不少久未谋面的旧相识，他最早和ANI也就是ALE的前身合作，上一次带队远征南极已经是14年前的事了。

"他们知道你这次带了我吗？"

"那可不，合同里写着呢。"

"我是说，他们知道我什么水平吗？"

Paul 笑了起来，毕竟他早年的客户由查尔斯王储名誉赞助，荣归故里被女王亲自授勋。他说："你会惊到他们的，很赞的那种。"

我雇用了最严格的向导，完成了专业训练，落实了所有能想到的准备工作，但那个一脚踏空的梦还在纠缠我。

11 月 12 日，早上一碰面，Paul 就告诉我航空公司含糊其词。Kelly 从不同部门打听来三种说法——行李没登机还在蒙特利尔，上错飞机抵达欧洲正在返航，多伦多转机时分拣失误提前下机。不管是哪种状况，Air Canada 给出的答复倒是都一样：不能担保何时找到行李。

情况不容乐观，我们不得不考虑推迟出发。时隔 16 年，Paul 仍对首次南极行心有余悸，航班延误了近一个月，他带着两名客户 11 月底才踏上征途，历时 59 天，1 月 26 日抵达南极点。1 月中下旬已是南极大陆的夏末，降温明显，而且迫近物流公司关闭服务的最后期限——曾有悲摧的徒步远征者在距离终点 20 多公里处被强制撤离。

另一个办法是就地采购，大约需要 3000 美金。我觉得这件事不能归咎于 Paul，出于有难同当的信念，我主动承诺共摊额外开支。结果得到的答复出乎意料。

"静，谢谢你。但根据合同，你得支付大部分费用，除了保险公司赔付的以外。你没看合同吗？"

"呃，那些根本不能修改的条款我就不看了。"原来这就算"act of God"——不可抗力。

我对此事并无异议，但联想起另外几件事，难免心生不快。10 月 24 日，Paul 发来邮件，希望我提供"帮助"，从中国带一些食物去南极，理由是他的行李过重。按照合同，远征所需全部食物由他提供。我可以拒绝，但是我没有。在外漂泊多年，经常得到陌生人的帮助，帮助更多的人就是我回报善意的方式。经过几天的准备，我采购了 15 公斤的压缩饼干——这笔费用我没有索要，Paul 也从没提起。到了 Punta Arenas 之后，他又让我自行采购 salami 香肠。这是违约，但我们当时正为丢失的行李四处奔波，这笔 300 多美金的额外支出我也没计较。被一个连续违约的人提醒遵守合同相当讽刺，但在接下来的两个月里，Paul 就是我的精神支柱，有他在，我就有安全感，无论遇到什么困难，他一定有办法。所以这些小小的不愉快就随它去吧，有太多重要的事情在等着我。

早餐后，我们检查备用食物。Paul 不放心："你确定 60 天的水果干都只吃蔓越莓吗？"他主张食物多样化，让每天有点儿"盼头"。可我担心吃得太杂会消化不良，从自己的食谱里剔除了燕麦糊、奶酪、能量棒，相应的热量用压缩饼干和巧克力补足。超市出售的茶包味道寡淡，Paul 决定再多买些。运丢的衣服也必须补齐。于是我们再度出门采购。一路上冷冷清清看不到几个人，我们也没有兴致闲谈，一前一后地走着。事已至此，只得认命，但沮丧还是在所难免。

到市中心的户外用品店吃了个闭门羹，我们这才意识到今天是周日，只上半天班。又转道去超市碰运气，结果也是中午才开门。商量了一下还有不到两小时，不想来回跑了，干脆在路边发发呆，反正街上也没人，安静得像座空城。但没等找到地方坐下，又开始飘起了小雨。这运气差到我们都忍不住自嘲。最后，Paul 提议到 ALE 的基地看看，现在正是他们最忙碌的季节，肯定有人值守。

雨很小，走在树下几乎感觉不到。Paul 的手机嘀了一声。他把手插进裤兜，没掏出来，继续走了几步，然后站住，拿出手机，划亮屏幕。我看到笑容从他的嘴角荡漾开——历史性的时刻，Kelly 发来短信："BAG FOUND！"（行李找到了！）Paul 立即和太太通了电话，获知 Air Canada 保证今天将行李送达。我们激动得手舞足蹈，收线前轮番向 Kelly 大喊"我爱你"。两个疯疯癫癫的人开始话多起来。ALE 也不去了，干脆在街上漫无目的地闲逛。下雨又有什么关系，我只觉得阳光明媚。

超市一开门我们卡着点儿进去。除了茶包，Paul 又拿了少量薯片，让我也再选些喜欢的巧克力。我挑中了树莓酱夹心的，他扫了一眼说果酱水分太大，不行。我想起冰激凌里的果酱并不硌

112

牙，最后决定少拿几块试试看。劫后余生的人需要一个散漫的下午来庆祝，我们找了家不错的馆子用过午餐后就地解散。

　　11 月 13 日上午的任务是分装食物。和 ALE 的七人远征队一样，我们全程将有 3 次补给，中间一次的位置是固定的，在 Thiel Mountains^①，距离正好是全程的一半，另外两次 ALE 会根据我们的进度调整。按照合同规定，远征者必须随身携带 10 天的应急食物和燃料，以防遭遇意外情况拖慢进度。导致远征失败的原因有很多，相当一部分是由于断粮。

　　为了控制食物的消耗速度，我们先把每种东西按照 5 天的量分装，最后再组合成完整的早午餐袋。Paul 丢过来一只塑料量杯，让我打包水果干。装好的袋子胀满空气，Paul 试着卷紧些，结果砰的一声爆掉了。双封条倒是没有什么问题，但两边的接口太脆弱，完全吃不住劲儿——难怪没人买。我从北京带去的 25 只自封袋被紧急征用，坚果、水果干和巧克力混装在一起，salami 容易串味儿，保留了单独的包装。我的食谱里有大量花生和葡萄干，这是我明确要求在远征中不吃的东西，当时看着 Paul 用本记下了，我就再没过问。我压着火问他为何疏忽大意。他没有道歉，只是说行前事务繁忙。我再一次让步了。这样我的坚果组合

─────────────

① 泰尔山脉，大致位于 S85°23.39′，W87°07.69′，是跨南极山脉（Transan-tarctic Mountains）的一部分，占据着靠近东西南极边界的战略位置。

113

就是花生、葡萄干、腰果、扁桃仁、瓜子——除了腰果，没一样爱吃的。Paul 翻出两个袋子递过来示好，说是专门为我采购的。金黄色的果肉，被糖渍过，看起来像是菠萝或者芒果。我揪出一小块放到嘴里。

"怎么样？" Paul 一脸得意。

"为啥给我带这个？" 我头都大了。

"中国人不是都喜欢吃姜吗？" Paul 对我的抗拒反应很惊讶。

对我来说姜是配料，用来提味，长这么大第一次吃糖渍姜片，一点儿也不喜欢——接下来两个月还得吃掉一公斤。这算是跨文化误解，临行在即，必须提振士气，我干脆当它是驱寒中草药。

每五天的食物组合确定后被装入一个中号的袋子，三个中号的袋子又集结在一起放到一个红色的大袋子里，最后四个红色的大袋子分别编了号，额外一个黑色的大袋子上写着"emergency"（紧急物资）。

忙活完已经到了下午，我们还有件重要的事没做。

市中心武器广场上矗立着一组铜像，底座正面的铭牌显示这是 José Menéndez[①] 的遗赠，纪念麦哲伦海峡首航四百年。铜像整体维护得很好，看不出已塑造近百年。麦哲伦气宇轩昂的形象坐

---

① 何塞·梅内德斯（1846年11月2日—1918年4月24日），西班牙商人，居住在阿根廷和智利的巴塔哥尼亚。

落在基座顶端，两个印第安原住民分别位于底座两侧，一边是巴塔哥尼亚的 Aónikenk① 人，另一边是火地岛的 Selk'nam② 人。据说曾有个航海者请求土著为他祈福，当他再度到访 Punta Arenas 时，亲吻了 Selk'nam 人的脚趾。此后成为仪式——保佑平安回到 Punta Arenas。

这传说想必是广为流传，当我遵循传统祈福时，注意到铜像的右脚褪去了青灰色，露出金属光泽。但现实中 Selk'nam 人的历史尽是血泪。由于地理隔绝，他们是南美洲最后与西方接触的原住民，曾以狩猎采集为生，延续数千年。19 世纪末，伴随着淘金热和绵羊养殖，岛内涌入大量外来人口。和很多原始部落一样，Selk'nam 人没有私产观念，他们的生存空间被挤占，开始捕食绵羊维持生计，结果遭到了农场主的血腥报复——悬赏猎杀。猎杀持续了十余年，导致人口规模从三四千锐减至不足 500。最后一个血统纯正的 Selk'nam 人在 1974 年去世。历史不断警示我们，

---

① 阿奥尼肯克人最著名的外来语名字是特胡尔切（Tehuelche），是巴塔哥尼亚和阿根廷南部和智利潘帕斯地区的一个土著民族群体。早期欧洲探险家关于南美洲巨人巴塔哥尼亚人的故事可能是以特胡尔切人为基础的，因为特胡尔切人通常比当时的欧洲人平均身高高。

② 塞尔克南人也称为奥纳人（Onawo 或 Ona），是阿根廷和智利南部巴塔哥尼亚地区，包括火地岛的土著人民。他们是 19 世纪末欧洲移民在南美洲遇到的最后一个土著群体之一。在 19 世纪中叶，大约有 4000 人；到 1919 年，有 297 人，到 1930 年，只有 100 多人，1974 年最后一个血统纯正的塞尔克南人去世，该民族现存少量混血儿。

实力永远是维护正义的基础，退让没有出路。

11月14日一早，ALE到旅馆来取行李。我们的限额是每人110公斤，这还不算燃料的重量，危险化学品要等到抵达南极大陆之后向ALE购买，像食物一样分为4份，用于出发时携带和散置在3个补给点。远征的装备太多：两个大雪橇用来携带食品、燃料、备用衣物、帐篷、睡觉系统、炊具、餐具、太阳能板、蓄电池、急救包、修理工具，还有个人物品；滑雪板和雪杖单独打包；随身行李是GPS、卫星电话、手机、相机、无人机等电子产品，全部一起称重，超重费用每公斤15美元。我们拆掉了所有能剔除的包装，连药片外的铝膜也被精心修减成最小尺寸，衣服没打包，打算全都穿在身上。称重结果218公斤，涉险过关。

远征进入倒计时。原本乱哄哄的旅馆房间一下子空了，暂时没什么可以改进了，如果有什么用起来不顺手，也要等上路才知道。

11月15日上午在候机厅等了将近3小时后，终于得到登机通知。

Ilyushin 76（伊尔-76运输机）机舱很大。前部是紧凑的客用座椅，一共八排48个。中部有个开放式行李围栏，两侧贴着机舱设有硬长椅。后舱大量行李用织网和拉帘隔开。IL-76是重型运输机，我们的活动空间内只有四个小圆窗。导航器的摄像头连接舱内唯一的屏幕，传输起降画面。我穿了太多衣服，嵌在座位里活动受限，四个多小时的航程相当疲惫。直到终于走下舷梯

2017 年 11 月 15 日，在蓬塔阿雷纳斯乘坐伊尔 -76 飞机，去往 Union Glacier Camp

时，我们才发现这天微雪飘落，能见度很低，多亏了技术过硬的俄罗斯机组。

　　Paul 环顾四周，似乎是自言自语："这种地方，60 天。"我只顾着兴奋，当时并没有领会到这句话的含义。短暂停留之后，所有人按照预先分配好的车次，被运往几公里之外的 Union Glacier Camp[①]，那里是 ALE 在南极大陆的基地。在基地使用 Punta Arenas 时间，确保工作衔接顺利。

　　远征者被指定扎营区域。ALE 的客户享有特制帐篷，每一个都以史上杰出的极地探险家命名。空间宽敞，我在里面可以站

----

① 　联合冰川营地，位于 S79°46′，W83°24′，是 ALE 公司在南极的大本营。

直。两张单人床铺配备支架，这样比睡在雪地的垫子上暖和很多。公用设施包括淋浴间、卫生间、商店、电话间、医务室、技术工作站。最受欢迎的地方是两个巨型帐篷搭建出的餐厅。暖炉烧得很旺，有人干脆穿起了短袖。点心、水果、饮料随时供应。

安顿好住处，我们先享用了一顿加餐。Paul 要求我"能吃多少就吃多少"，他自己的饭量也比平时大了一倍。饭后 ALE 把行李送到，还好这次一件不落。

下午的工作是把物资按照远征时的习惯重新打包。比方说睡觉系统会单独装个大包裹，包括一薄一厚两个睡袋、铝箔蛋槽、Therm-a-Rest[1] 的充气垫、折叠座椅、帐篷里专用的毛线袜、营地鞋、睡帽、眼罩。另一个大包裹用来收纳备用衣物、药品、护肤品、洁牙用品、卫生纸和个人杂物。所有的电子产品装在登山包里，修理工具、燃料、食物直接放在雪橇底部。

等我把一切安顿得差不多了，发现两个雪橇的保护罩上都对称地磨出一对破洞。估计是托运时蹭坏的。我们试图用胶布修补，但完全粘不住。如果放任不管，南极持续不断的大风会把保护罩从破口处撕碎。失去保护罩的行李很容易丢失，曾有远征者没有拉好保护罩的拉链，扎营时惊觉丢了睡袋。雪橇太大，不能

---

① 美国户外舒适品著名品牌。——编者注

118

拖进帐篷。寒风中，每缝补几针就需要把手指缩回衣袖取暖，四个破洞我修补了三个多小时。完工时十指开裂，指甲下映出一道道细微的血痕。

晚饭时得到通知：前往 Hercules Inlet 的时间不会早于次日下午。这下我可以踏踏实实睡到自然醒。只要戴好眼罩，极昼时的光照并不干扰我睡觉。

11 月 16 日，大半天都在开会。

ALE 的医生审核过资料后说："你们的组合挺特别呀。"

是的，我们俩加起来快 100 岁了。还从没有人雇用 Paul 这个年纪的向导，别人的向导都年轻二三十岁。医生确认过我们各自的病史，重申出现任何急症在南极远征路上都是致命的，如果路上犯了心脏病，不太可能撑到飞机来救援。

"毕竟他很有经验，你还年轻。"医生最后这样评估我们。

离开医务室，正好是安全会议时间。ALE 有专业顾问根据卫星数据提供建议。我们得到一份详细报告：Hercules Inlet 路线大约从 S79°57′ 出发，除了 S81°00′ 到 S82°00′ 以及最后两个纬度，其他区域都面临局部冰隙风险。

安全会议之后是通信会议。按照合同，我们需要每天定点给 ALE 基地打卫星电话，确认位置以及当天状况。同时，随身携带的 Garmin inReach[①] 每小时自动发送一次 GPS 坐标。如果基地连续 3 天没有接到来电，他们将会派飞机前往最后位置搜救。这个小设备每天还会接收一两次天气预报，也可以互发英文短信。

连续开完三个会，午饭时间已经快结束了，我们匆匆赶往餐厅。碰见 Carl，听到了 ALE 七人远征队的更多消息。五名客户里有一女四男，都是单独报名。长途跋涉是身心的极限考验，既缔结深情厚谊也滋生怨恨，既诞生传奇也充斥阴谋。友情可能会得到升华，也可能就此终结，所以朋友同行的状况并不常见。但随机组合也面临风险。每个人的能力、习惯不同，朝夕共处几十天，需要找到所有人都适应的节奏。比寒冷、饥饿、疲劳、伤病更糟的是人心涣散。Carl 对他的客户很有信心。除了英国人 Ali，另一个葡萄牙人也提前训练过。唯一的女孩来自挪威，擅长滑雪。虽然远征对越野滑雪要求不高——中等业余水平即可，但技术精湛意味着优化能效比：完成同等距离，消耗更低能量，需要更少食物，行李更轻，速度也就更快。因此以滑雪见长的挪威人从阿蒙森时代至今始终统治着极地远征领域。Aleksander Gamme 在终点线前等了两天，帮澳洲二人组保住了"世界纪录"，其淡泊超然的境界令人折服，传为美谈。

下午晚些时候，接到通知：计划在晚饭后将我们第一批投放

---

① 佳明户外通信产品，一种内置 GPS 导航的手持式卫星通信器。——编者注

120

到出发点，英国单人探险者 Scott（斯科特）同机。

最后几小时，Paul 要求把一切"填满"，包括电池、水瓶、肚子。

南极大陆内部运输多用 Twin Otter[①] 小飞机，下面改装成滑雪板，操控灵活，可以在相对平坦的雪地起降。跑道距离餐厅帐篷不远，透过窗户我看到飞机已经就位。

目前没有合适的天气窗口可以飞往企鹅栖息地，观光客仍在基地滞留。他们大多不了解远征安排，听到飞机引擎发动立刻涌出去看热闹。

晚上八点半，出发的时刻到了。

我背好登山包，穿过餐厅，穿过人群。气氛越来越热烈，有人在说 Hercules Inlet，有人在说 expedition。但似乎有层薄膜把我和混乱隔绝开，我看到人们嘴唇翕动，嘈杂的议论声逐渐消失。

"辛苦了。"乡音传来，薄膜破裂了，一切恢复如初。我循声望去，看到几张亚洲面孔，想起他们来自山东，前一天刚打过照面。我点点头，径直走向机场。

平日里，机场禁止随意出入，但出征是个特别的时刻。一位年迈的老太太，没来得及披上厚外套，也不顾膝关节的旧疾，一瘸一拐地踏着松软的积雪，赶在我前面，向飞机靠近。我记得她，在 Punta Arenas 最后半天的行前会议上，ALE 的大老板亲自介绍每一个远征者，轮到我的时候，她正好从第一排回头看到

---

① 双水獭，轻型双发动机通用机型。

了。Social talk（社交谈话）时间她主动找到我，带着真诚的好奇提了好些问题。她独自一人从欧洲过来看企鹅，飞入南极大陆之后，我们的安排完全不同，再没碰过面。显然她也记得我，热切地期望从网络上跟踪进度。很抱歉让她失望了，我计划一周给紧急联系人发一次邮件，由她转告我的几位亲友行程状况。我几乎不使用社交媒体，没有网友，所以不需要在网络上公布信息。

荻田泰永和 Carl 也来告别了，他们将在次日启程。飞行员还没见过我这个体格的远征者，热情洋溢地鼓励了好一阵。Paul 开

2017 年 11 月 16 日，在 Union Glacier Camp 和 Paul 准备乘坐内陆双水獭小飞机到 Hercules Inlet

玩笑说我们将打破 Hercules Inlet 路线的最慢纪录。Carl 的临别赠言是："三天之内我们就会反超。"

这印证了我一直以来的猜测：极地向导之间关系微妙，Carl 和 Paul 有点儿较劲。我知道自己在 Carl 看来傻乎乎的——第一次去 Haugastøl 时不会滑雪，远征还要坚持自带帐篷，最关键的是独树一帜地雇用了 60 岁的向导。我不确定他是怎么看待 Paul 的，也许觉得老头把我忽悠了，让我放着好好的 ALE 不用，非要组建自己的老弱远征队。我从来没跟 Carl 提过想去难抵极，那只会让我看起来更蠢。ALE 的远征队想超就超吧。我无意竞速，只想让事实来评估：究竟能不能走着去难抵极。

雪橇被搬进机舱，我们也依次入座。飞行员交代了安全须知，计划先投放我和 Paul，滑行一段距离后再放下 Scott，确保互不干扰。得到我们的确认后，主驾驶拉动了操纵杆，飞机开始颠簸着滑行。人们聚集在餐厅外挥手道别。

Twin Otter 飞得很低，我看到青灰色山脊上斑驳的残雪，想起在 Longyearbyen[1] 的 Nina 之墓[2] 远眺也是这般景致。那是 2013

---

[1] 朗伊尔城，是挪威属地斯瓦尔巴群岛（Svalbard）的首府，位于其中的最大岛——斯匹次卑尔根岛。地处北纬78度，距离北极点只有1300千米，是世界上离北极最近的城市。

[2] 为纪念1995年3月30日在朗伊尔城附近被北极熊杀死的22岁的 Nina（妮娜）而建。——编者注

2
1 3

年在地球另一端的夏天，同样是极昼。午夜的太阳高悬天际，我用 GPS 找到正北方向，只见远处群山绵延。我想象自己升上天空，掠过 Svalbard（斯瓦尔巴群岛），掠过北冰洋，一直飘到 1300 公里之外的北极点。那是我第一次动了踏足极地的念头。北极没有陆地，核动力破冰船可以把客人一路送到北极点。南极大陆面积 1239 万平方公里，海岸线漫长，周围遍布岛屿，整个南极洲面积约 1400 万平方公里。南极邮轮路线多样，有些只到南极半岛的边缘，并不进入南极圈的行程价格低廉。我曾以为巨轮所到之处就是梦想的极限。

群山渐渐远去，冰雪覆盖了一切，向天际延伸。突然，视野

2013 年 6 月在挪威属地斯瓦尔巴群岛（Svalbard）朗伊尔城（Longyearbyen）的一个山头上，第一次萌生去极地的念头，当时想去北极点

中出现了一条巨大的裂隙，把我目力所及的雪原割成两半。此前，冰隙只出现在文字里、图片中，阴森可怖但伤不到我，现在它终于从噩梦中现身了。Paul 没有安排我学习冰隙救援，他认为一对一施救时他拉我不成问题，但我没能力帮他脱困。ALE 提供的安全信息相当可靠，只要在建议范围内活动，就不会掉到冰隙里。但这道看不见尽头的死亡陷阱仍然带给我巨大冲击，如果摔得很深，超过救援范围，又没有当场去世，就要在疼痛和绝望中煎熬至死……容不得我想太多，飞机开始降落。

我们被放在 S79°57.7071′，W79°44.5130′。飞机又向西滑行了五六百米，放下 Scott，没有停留，立即起航。我目送它远去，直到在空中变成了一个小黑点。

"静，很高兴和你一起到这里。"重返南极让 Paul 非常开心。

这个夜晚很不寻常——没有风。我的新款大面罩没派上啥用场，唯一的功能就是防晒。可能是丢行李的事已经把霉运耗尽了，远征以 easy（轻松）模式打开。

正如 ALE 数据所示，刚起步阶段我们面临大幅爬升。经过几百米平缓地带后，Paul 停下来脱掉硬壳外衣。我也打开衣裤上全部 7 个散热口。太阳高度角很低，目测 30 度左右。远征用影子定向，需要正午时刻指向南极点。Hercules Inlet 路线适合纽约时间，比基地晚一小时，此时已近晚上 10 点。极昼中的太阳在 11 点方向投射出一条金光大道，令人目眩。Paul 走在前面，显然深受其害——他的轨迹扭曲着，远没有在挪威训练时平直。雪坡越来越陡，我很快就顾不上看 Paul 了，开始喘着粗气，盯住脚下，数着步子八字蹬坡。我听到心脏像擂鼓似的撞击着胸腔，感觉一阵阵反胃，后悔晚饭多吃了一块肉排。面罩被汗水濡湿，蹭在脸上黏糊糊的。我停下来，松了松登山包的胸扣和腰带，用力吸入几口干冷的空气，感到鼻腔一阵刺痛。片刻工夫，Paul 又远去了数米。我赶紧铆足劲儿向上冲。大腿肌肉在剧烈收缩，拖动沉重的雪橇一寸寸往前蹭。数秒之后，三磷酸腺苷^① 耗尽。我感到腿软，吃不住劲儿，只能慢下来。半分钟左右，蓄能完成，又开始新一轮冲刺。我要求自己不惜力，多走一步是一步。

晚上 11 点，Paul 决定扎营。找不到平地，帐篷一头高一头低。我把行李当成护栏堆放在睡袋低斜的一侧，避免自己半夜滚下气垫。临睡前查看坐标：S80°00.0102′，W79°59.9651′。远征南极点比较特殊，东西方向几乎没有漂移，最佳策略是沿同一经线抵达目标，这样每个纬度之间距离 60 海里（海里和公里之间的换算不是定值，最短的海里在赤道，1 海里约等于 1843 米。最长的海里在南北极，1 海里约等于 1862 米）。只要计算纬度差就可以判断进度。爬升太辛苦，两个多小时才行进 2.3 海里。熬过前 3 天进入缓坡就好了。重要的是我们已经进入南纬 80 度——还有 10 个纬度。

---

① 又叫作 ATP，它是体内广泛存在的一种辅酶，是体内组织细胞所需能量的主要来源。——编者注

9

苦痛旅程

11 月 17 日早上 6 点，闹钟响起。大脑还没适应远征模式。我拉开眼罩，被晾衣绳上低垂的长袜吓了一跳，回过神来想起要先跟 Paul 对暗号。我的登山包胸扣上有个哨子，长吹 3 声表示起床。Paul 没有哨子，只能大喊"早安"作为回应。出发时间定在8 点，7 点吃早饭，最迟 7 点 40 拔营。

帐篷里很冷，我把晾了一晚的抓绒衣裤塞进睡袋回温，松开气垫阀门，收拾静态衣物。起风了，今天肯定不会像前一晚那么"热"。我决定沿用相同的搭配，正要穿时，发现贴身速干裤破了。左腿内侧的拼接处，已经脱线一尺多。幸亏我提前纫好了针，也顾不上针脚粗细，紧赶慢赶缝补上。被意外事件挤占 5 分钟，我只好放弃梳头胡乱扎了一把，准时和 Paul 碰面。

拔营时遇到 Scott。他前一晚没有行进，落地后直接扎营休息，显然今天起了个大早，正斗志昂扬地阔步前行。和我打过招呼，他继续赶路。我看着 Scott 远去的背影，想起 Carl 带领的 ALE 远征队很快就要出发了。我不觉得 Carl "3 天内反超"的宣言是冲着我来的。他们 7 个人最多 3 顶帐篷，炊具、太阳能板、修理包都可以共用，公共物资负担轻很多，扎营、做饭、挖厕所的工作也可以轮值。击败我这种体格的远征者没什么好骄傲的，Carl 更像是意在挑战极地向导圈的既有秩序。

我前一晚兴奋过了头，不到 11 点半躺下，将近 1 点还没睡着，所以整个上午都处于游离状态，还把自己绊了一跤。为了方便记录行程，我特意买了款带摄像头的滑雪镜，只有两个操作键，单手可控，镜头位于眉心，所见即所得。但缺觉的大脑反应迟钝，踏过冰隙的时候丝毫没想起拍摄。不止一次地，我觉得自己悬浮在空中，从一个不远不近的位置，俯瞰两个小人慢吞吞地行进。几个小时之后，坡度略微放缓，但我的状态毫无改善，呆滞地循着 Paul 留下的痕迹，机械迈步，只剩躯壳在执行指令。滑雪板偶尔踢上 Paul 的雪橇，我会清醒片刻，很快又陷入无意识的旋涡。下午 4 点半，扎营。

这一天八个半小时，才行进了 6.64 海里。按照 60 天完成 10 个纬度计算，日均至少 10 海里。考虑到出发时行李最重，又处于大幅爬升阶段，暂时落后于计划是正常的。但南极尚未展露真容，绝非近日所见般温和模样。我亟须调整状态——赶在真正的战斗打响之前。

11 月 18 日不到 5 点我就醒了，睡足 8 小时感觉神清气爽。时间充裕，我干脆洗了个澡。不是搓雪擦身，用的是德诺免冲洗洗澡绵。只需洒上一茶匙水，反复挤压薄海绵，就会产生大量泡沫，直接擦拭身体，自干后皮肤就像用香皂洗过一样舒爽。我给 Paul 也准备了几包，打算当作新年礼物。洗澡梳头之后，我涂了些美加净护手霜，特意带的栀子花香型，忍不住闻了又闻，最后在鼻尖下抹了一点儿。脚上起了两个水泡，这是远征标配，疼痛可以耐受，但需要敷上水泡贴防止感染。一切就绪，我感觉自己像是被精心维护过的机器，上好润滑油、拧紧螺丝准备拼个痛快。

这天应验了"南极典型的一天：晴朗、顶风，爬升"。Paul 一早就拉起了硬壳外衣的兜帽，抽紧帽口，把脸缩进一圈狼毛里。大面罩可以护住耳朵，我在里面套上巴拉克拉瓦盔式帽，外面又罩了个可以把马尾辫掏出来的针织帽，没戴兜帽就开始了新的一天。风越刮越猛，但有了大面罩的防护，我可以自由呼吸，时刻都能闻到鼻尖处的花香。这种愉悦感从没在任何一个远征故事中读到过。

第四次休息时，我看到 Paul 的领口露出一截耳机线，知道他在听音乐。很多人都难以忍受风噪，需要音乐抚慰。可在我听来，风嘶吼得越凶，越是拿我无可奈何干生气。我不禁得意起来，坐在雪橇上踢了踢腿。Paul 很快走过来，大声问我是不是冷。

我摇摇头。他指指我的脚，我又摇摇头。这才意识到他误会了，不知道我踢腿是在向大风示威。和手比起来，脚更容易冻伤，通常从失去知觉开始。Paul 教会我只要手指尖、脚尖触感迟钝，就要甩动四肢，帮助血液循环。而且他强调下肢的穿搭通常要比上身厚实些，因为裤子不像衣服那样好调整。Paul 算是接受了我的眼罩，在飞入南极大陆的航班上亲自试戴，再没取笑我像个抢劫犯，但他坚决不允许我在基地使用新款大面罩。也许他是对的，当我在降落 Hercules Inlet 前几分钟戴上的时候，Scott 一脸震惊又嫌弃。事实证明，我可以彻底抛弃狼毛领。原先用尼龙搭扣固定在兜帽上是为了方便抖落绒毛上的雪屑，现在倒是一秒钟就可以扯下来，免去了拆除的麻烦。

这天我们用九个半小时完成了 9.53 海里，最后一节大幅爬升，当远处 3 块帆状岩石完全露出地平线时，终于进入缓坡地带。

11 月 19 日早晨晴朗微风。我出发前打开了上衣 4 个散热口，行进没多久感觉手心出汗，摘下外层手套时想，如果上面也有拉锁开关的散热口就好了。Paul 干脆脱掉红色硬壳外套，挂在登山包外面的卡扣上。我跟在后面走了没多久，眼看着红色外衣掉落在地上。Paul 没察觉，继续行进。我立即喊他停下。训练时我捡到过他的手套、指南针，Paul 会道谢，但这一次没有。他捡起衣服后打开背包，一边塞进去一边说要是丢了远征就完蛋了。这是低级错误，隔着滑雪镜也能感到有多尴尬。

我很少丢东西，早已习惯外出时把物品拴在一起，这是漂泊多年总结的经验。在新西兰训练地摔倒时飞出去的水瓶是个教训，再次强化了我的管理意识。现在登山包外置袋里的羽绒服、食物袋、水瓶都用快挂拴在包上。

我每天早晚两次到访 Paul 的帐篷。扎营后拎上晚餐袋，每个袋里面有 5 天双人份的脱水餐，一直是我负责拖运的公共物资。没开封时很重，大约七八公斤。我曾提议每次取出一份带过去，避免无效搬运，被 Paul 拒绝了，他坚持自己挑选食谱。晚餐袋我将在第二天吃早饭时取回。因为同时需要带蛋槽、帐篷椅、水瓶，双手顾不过来，我就把这些东西分装进两个抽口袋，抽绳系在一起后挂在脖子上。有时抽绳缠在一起拧成麻花，每当我忙着解开，Paul 就会调侃："静，早晚有一天，我将发现你在帐篷里绕颈身亡。"

同样是挂在脖子上，换成将雪地钉放进抽口袋，Paul 就非常不高兴，他认为那样碍事。我的帐篷一圈有 12 个锚点，我不喜欢拎着雪地钉到处走，随手一放不好找，挂在胸前用起来更顺手。但 Paul 就是不同意，我也想不通为什么，只当是他的又一项个人风格吧。搞得我扎营时离他八丈远，还得鬼鬼祟祟地生怕被抓现行。

这天下午风力越来越强，到了六七级的时候，Paul 决定提前扎营。我们在挪威测算过，顶着七级风行进是我的极限，更猛些我在原地站不住，直接被吹走。大风时 Paul 会和我一起作业，隧道式帐篷一旦支起来能够抵抗极端恶劣天气，但在强风中难以搭建。Paul 曾有个客户 T 和两名好友一起穿越格陵兰岛时遭遇风暴。他们判断失误，错过扎营时机，最后三人不得不就地挖雪坑过夜。次日一早，T 发现好友们冻死在身边，他被夹在中间得以幸免。多年之后，T 决定远征南极点，因为那曾是三人的约定。

一天 7 小时 45 分钟，8.65 海里。左脚的水泡更大了，我看到它的边缘拱出了水泡贴。右脚跟腱有种奇怪的牵拉感，这在训练中还从没发生过。

11 月 20 日风起云涌。一整天不见阳光，顶着六七级风，速度很慢，8 小时完成 8.67 海里。老天像是戏弄人，刚一扎营就开始放晴，不多时，风也停了。无风的雪原声音传导力惊人，隔着几十米我竟然能听清 Paul 在电话里说什么。他每晚固定时间跟 ALE 报备，每周至少三次打给在加拿大的秘书，也会不定期和太太通话。我只预约了 20 分钟话时，计划在抵达南极点后使用。我的左脚适应了水泡刺痛，但右脚跟腱的牵拉感加剧，走起来一瘸一拐。Paul 一直在前面领路，没有察觉异样。行前他要求我每日汇报伤情，鉴于一直落后于计划，我决定隐匿不报。每晚的餐后甜点是黄油酥饼干，我拒绝了两次之后，Paul 再没问过，他自己那份也不当着我的面吃。早上聊了几句我采购的压缩饼干，Paul 听说是挪威生产的远洋航海储备粮，很感兴趣，我晚饭时带了一块给他尝尝。结果他不领情，说是像在吃糖，不喜欢。扎营后我发现右脚最外层滑雪袜后跟破洞，吃过晚饭赶紧回去修补。由于右手小鱼际①不明原因的疼痛，我缝了一个多小时才完工。

我最喜欢的远征晚饭之一——泰式蔬菜饭，煮出来的成品很像什锦粥，煮好后撒上自带的辣椒粉

---

① 手掌内、外侧缘由一组肌群构成稍隆起的部位称鱼际，大拇指一侧称"大鱼际"，小拇指一侧称"小鱼际"。——编者注

11月21日出发时还是晴天，到了下午开始降雪，能见度越来越差。我几次抬眼看到Paul佝偻着领路，拖雪橇吃力的样子让人很伤感。我也很累，呼出的大量水汽在面罩里结冰，挂在边缘像是房檐下的冰柱。一天8小时10分钟，完成9.44海里。我的右脚跟腱状况恶化，撕裂感让我蹲不下去，上厕所时只能跪在雪地上。右手小鱼际疼痛加剧，不过总算找到了原因。越野滑雪固定器分三大类共五种，我们使用NNN BC（New Nordic Norm backcountry，新北欧标准偏远地区）手动款。开关有时被雪屑卡住，不能完全打开。Paul教我握拳，小鱼际向外用力捶。没想到捶得太狠，软组织损伤。为了预防左脚袜跟磨破，晚饭后我想提前打上补丁，结果发现右手持针困难，只能改用左手。

11月22日浓云遮天蔽日，只有半小时阳光曾穿透云层。全身到处疼，我忍耐着，没服用止痛片。虽然那是迟早的事儿，但能拖一天是一天。8小时35分钟，完成10.19海里。这是我们出发六天半以来，第一次单日进度超过10海里。晚饭时Paul接到天气预报，次日大风。他决定早上再判断是否休整一日。

11月23日果然狂风大作，但Paul过来通知我正点出发。我其实挺盼望休息，所以有点儿失望。好在外面碧空如洗，阳光让我的心情也跟着灿烂起来。强劲的阵风几次把我拍倒在地，要

行进中呼出的大量水汽在面罩里结冰，挂在边缘像是房檐下的冰柱

是被这样的风吹上一天，脸会变成砂纸。9 小时 5 分钟，行进 9.91 海里。我们终于完成了第一个纬度。但 Paul 满面愁容无心庆祝，他认为在拿到补给前就会断粮。此前我一直觉得只要跟着安排推进就好，这才头一次关心起补给点的位置——坐标：S81°59.7575′，W80°14.1352′。距离我们 56.71 海里。我的雪橇里还有 8 份双人晚餐，外加一大包能撑过 10 天的"emergency"，我没理解为什么会断粮。Paul 一脸凝重吓到我了，断粮不就是远征失败了吗？那怎么行呢？我想都没想就问他："你愿意吃压缩饼干吗？"

"你有？"

"还有不少呢！"

11 月 24 日又是晴朗的大风天，Paul 第一次让我领滑。过去一周每天都要从早走到晚，我扫一眼就能分辨雪是粉状、硬壳状还是冰凌状。爬升时粉状雪提供最大抓力。到了平缓地带，冰凌状雪上拖雪橇最轻，但这种区域不多，每次遇到我都要加速，让雪橇借助惯性冲一段。最常见的还是硬壳状雪，滑雪板踏过或是雪杖戳上去会发出嘎吱的声音，像指甲划黑板那样刺耳。我双脚跟腱都出了问题，平地行进时疼痛还能耐受，稍有拉伸，感觉就像被砍了一样，这时我的内增高鞋垫提供了些许保护。垫高后跟本来是为了方便爬升，虽然只有 2 厘米，每一步节约的体能微不足道，但我相信所有细节都关乎成败。两只脚均衡疼痛的好处是

138

看起来不像跛脚，我加强了雪杖支撑的力度，Paul 在后面完全没有起疑。八个半小时，完成 10.42 海里。Paul 很满意，扎营前过来击掌庆祝。

晚饭时 ALE 传来了 Carl 的消息。这已经是我们徒步的第九天，一路状况不断，我早把"3 天内反超"的事儿忘脑后了，过了这么久，想必把我们落下很远。但我从没在附近发现板痕，也没在雪原见到人影，7 个人目标庞大，方圆一公里之内肯定会被注意到。也可能是在我们扎营时突击反超，只要相隔 50 米以上就很难追踪到痕迹。结果完全出乎意料，23 日 Carl 扎营的纬度是 S80°34′，也就是说直到前一晚，他们还落后我俩 31 海里。我的第一反应是他们推迟出发了吗？Paul 很肯定 ALE 在 17 日分别送出了 Carl 的远征队和荻田泰永，顺便告诉我荻田泰永 23 日的扎营纬度是 S80°40′。这下我彻底蒙了，Carl 7 天只走了 36.3 海里，日均 5.1857 海里？我们走不到 10 海里都压力山大，他们这是在干什么？"肯定出岔子了。"Paul 给出判断。

11 月 25 日，风力渐弱，晴空万里。我们已经看不见任何冰凌状雪了，到处都是粉状雪，又松又软。早上还觉得踩上去能产生缓冲，让跟腱轻松片刻。不到中午，即便是坐着休息，把脚悬空，疼痛仍然持续发作。我只好更用力地撑雪杖，很快，右手腕感到刺痛，但行进中没法处理。粉状雪阻力太大，就算我的跟腱没受伤也走不快。Paul 对进度不满，让我把部分物资从雪橇转移到登山包。我抓了一个没开封的晚餐袋，这样背上的负重大约20 公斤。独自旅行时，我的登山包经常卡着航空公司的托运限额——23 公斤。经过近 10 天的消耗，体能下降，调整背包和雪橇的负重后我只觉得更吃力了。9 小时 10 分钟，完成 11.64 海里。扎营之后我瘫倒在蛋槽上，连换衣服的力气都没有。左侧斜方肌僵成一坨，按都按不动。右手腕起了半圈水泡，几处破溃，血肉模糊。Paul 不总是对的，他也是第一次带我这样的客户，没考虑到体重和负重比，多背少拖对于 80 公斤的人来说可以，但对 50公斤的人没那么容易。以后 Paul 的建议不能照单全收。

11 月 26 日，阴云密布。出发时地平线泛着一道青色的微光，此外天地一色，没有阴影，看不到地形变化，无从分辨高低起伏。Paul 走在前面，右臂绑着指南针。他摔倒一次，我两次。时近中午，地平线上的微光也被浓云吞噬，只留下一道浅浅的灰线。不到休息时间，Paul 突然停下来，摘掉登山包，向东滑行了几十米，立住一根雪杖——我们偏航了。原以为白化天将至，对进度的担忧压倒了伤病困扰，回想在 Haugastøl 的经历，我也开始担心赶不到补给点。但南极总是出人意表，下午 4 点，太阳露面了。我们抓紧最后一节赶路。9 小时 40 分钟，完成 10.2 海里。

11 月 27 日早上我还没吹哨，Paul 就过来通知：暴风雪降临，遭遇白化天，休整一日，8 点早饭。我蜷在睡袋里，静听大风裹挟雪屑袭击帐篷发出的嘈杂声，看着头顶晾衣绳上垂下的一串衣物抖个不停。失去日照，帐篷内外几乎一样冷。即便挂了一整夜，东西还是晾不干，摸起来冰冷潮湿。我很累，但没有前一阵那么盼望休息。自从 4 天前谈到断粮，我也开始不由自主地分析进度。"结硬寨、打呆仗"仍是唯一可行策略。距离第一个补给点还有 24.45 海里，经过 11 天的消耗，雪橇负担减轻，不出意外，行进两天将拿到补给。我所担心的是补给的负担会加重伤情。跟腱没有最初那么疼了，但并未好转，脚后跟圆鼓鼓的，肿得发亮，只是我的痛阈提高了。这和水泡一样是正常现象，我之前读到过。训练中没发生是因为走得还不够多。跟腱会不会在某个时刻超过临界值绷断的念头偶尔闪现，我不愿细想。

早饭时我带给 Paul 七块压缩饼干，这是他前一晚要的。按照计划，我每天有 4 块配额，第一周根本吃不完，剩下一多半。淡淡的奶油味儿，我没觉得不好吃，但肯定不是首选，因为没有嚼劲儿，只是一堆压实的粉末。晚饭里的豆角、胡萝卜丁、玉米粒、蘑菇碎是最馋人的，煮好后还原了接近原始的颜色和口感。最初几天我还有心思猜测晚饭吃什么，后来累到有口饭吃就行。

9 小时睡眠勉强能撑过一整天，8 小时就会在次日下午反应迟钝。早饭前我就把这一天的日程排满了：打扫帐篷、发邮件、处理伤病、洗澡。阴天时帐篷内外温度无差，非常冷。面罩、滑雪靴都晾不干。有一次我起夜时意外发现大面罩里结的冰纹丝不动，那晚阴天，等到天亮也干不了。我急中生智：把面罩装进封口袋，贴身焐热，拧出水分后再用手纸缠绕，重新装回封口袋抱着睡觉。早起时手纸是潮湿的，面罩干燥到八九分，足以应对一天。当时没想到滑雪靴也有类似问题，换鞋准备出发才注意到里面都是冰。来不及处理，那天我穿上 5 双袜子，平时 3 双就够。有了教训之后，傍晚遇到阴天，我就把滑雪靴也塞上手纸，用大塑料袋装好，和封口袋里的大面罩一起放进睡袋。远征装备都是为身形高大的人设计的，我的睡袋长度超过 2 米，适用于 1.83 米以内的身高。我一直对多余尺寸的重量耿耿于怀，甚至考虑过儿童睡袋，因为不够保暖作罢。直到我把靴子、面罩、滑雪镜、充电宝、手机、水瓶、抓绒、袜子统统塞进去，才意识到睡袋冗余空间是有用的。

　　休息日过得飞快，晚饭时间转眼就到。Paul 把我的饼干屑都要去煮汤。他看起来闷闷不乐，我不知道发生了什么，就安静地坐在角落修改邮件，没想到被呵斥了一通，说是晚饭时间不应该处理私事。这是我出发 12 天之后第一次发邮件，被 Paul 粗暴的态度吓傻了。过了一会儿他可能也觉得自己过分，没话找话地问我前一晚是不是在录音。我想都没想就否认了，反问他为什么这样想。他说每晚临睡前都要出去走走，听到我在帐篷里讲中文。

我说也许是太累了说梦话。

11 月 28 日早上，Paul 神色凝重地告诫：记着，今天将是艰难一日。暴风雪持续了 30 个小时，出发前风小了，雪时下时停，不见天日，能见度极低。我紧跟在 Paul 后面。他也走不快，经常校正方向。雪太松软了，好在我们处于补给前负担最轻的时候，又经过一整天休息，体能相对充沛。我一遍遍回味 Paul 的告诫：艰难一日。那么更难、最难会是什么时候？一直以来，我都在为寒冷、强风、雪脊做准备，Paul 也说南极的雪被大风吹得像木头一样硬。可是我们此刻正陷在新雪里，每迈一步都要推开重重阻力。这种状况会持续多久？一天？两天？后天拿到补给，我又要增加负重 20 公斤……出发以来，我的头脑一直被各种初体验占据。开始是兴奋，然后是伤病，还要应对意外。这是我第一次从琐事中脱身，以战略视角审视远征——没有哪天不难，最容易的一天永远是昨天。休息时 Paul 让我估算进度。我随时可以查看 GPS 手表，不过还是根据经验推测了距离，非常接近实测值。雪原缺少参照物，走多了感觉就是参照物，熟悉步频节奏就能计算走了多远。9 小时 40 分钟，完成 12.69 海里。

11 月 29 日，雪一直下。早上是细小的雪粒，到了下午飘起大片雪花。我浑身疼，最严重的仍是跟腱、手和肩膀。跟腱已经肿得看不到皮肤褶皱，撕裂痛变得习以为常。撑雪杖太用力，不可避免地持续摩擦手套接缝，两个手腕都破了。对伤口不断地压迫刺激带来奇怪的反应：除了患处疼痛，还不断引起手背肌肉痉挛。必须每晚换药，预防感染，消耗的胶布大大超出预期，我很担心会不够用。右手小鱼际的痛感越来越严重，连一个空塑料杯也拿不起来。我猜测这是因为寒冷影响了末梢循环，软组织损伤恢复很慢。左肩硬得像块盔甲，又酸又疼，怎么捶打都无济于事，就是松弛不下来。我只好放长左侧背带，先让右肩负重。至于水泡、乳酸①堆积、口腔溃疡都不算什么。我一直没吃止痛片，有时某处疼得太厉害，我会故意咬一下舌头上的破溃，刺激大脑分泌内啡肽②，以痛治痛。休息时脱掉滑雪板去上厕所，我看着踩出的一串大坑心想：明天就是更难的一天了。9 小时 5 分钟，完成 11.76 海里。我们拿到了第一个补给。除了必备的食物和燃料，远征者通常会在补给点放置少量解馋的零食，即便省着吃，三五天内也会消耗光，理论上会激发赶赴下一处补给的斗志，就像在马鼻子前吊根胡萝卜。Carl 的补给就在附近不到 1 米。和 Paul 一起挖出物资后，我独自回填了雪坑，防止后来者摔伤。

---

① 乳酸是运动过程中，体内葡萄糖的代谢过程中产生的中间产物。由于运动相对过度，导致大量的过度乳酸在体内形成堆积。乳酸堆积会引起局部肌肉的酸痛。——编者注
② 内啡肽，也称为安多芬，它是人体脑部下垂体生成的一种纯天然的镇痛剂。——编者注

扎营前我们不得不先把雪踩实。积雪轻易没到 Paul 的小腿，他在营地四周走了几步，说从没在南极见过这么多松软的雪。晚饭时他又要了 9 块压缩饼干，都是补给前剩下的。这几天一直深陷积雪，我才发现自己的营地鞋护腿太短了，每走一步，就是在往鞋子里盛雪，回到帐篷要清理半天。这是个疏忽，我一早就知道 Paul 用的营地鞋有长及膝盖的护腿，可国内只能买到刚到脚腕的。我觉得是件次要装备，就自己缝上一截，但不够长。每天我要往返两个帐篷至少两次，最少需要清理四次营地鞋——这完全是自作自受。

很快另一个教训也来了，帐篷椅坏了。当时正在吃晚饭，只听到刺啦一声，我的后背就失去了支撑。声音很小，Paul 没听到，我也没声张。回到自己的帐篷里仔细一看，发现是后背左侧支杆戳破了面料。帐篷椅的结构很简单，就是一块能对折的长方形坐垫，两侧用带子拉成个折角，坐进去后背能靠着休息。这东西在国外要价 50 美金，我在淘宝网买了个 43 元包邮的，带到挪威、东北、新西兰都没问题。破洞不大，我把补袜子的经验照搬，用 5 厘米宽的运动胶布内外夹住坏面，针脚细密地缝了一圈，忙活到快 12 点才安心躺下。

11 月 30 日，考验来了。雪依然下个不停，我们已不再为此感到惊讶，甚至早饭时没人提起。

雪花飘落，我抬起左臂接住几片，看到黑色硬壳反衬出冰晶精巧的形状。但我无暇仔细欣赏，雪花的形状越复杂，踩在脚下时带来的摩擦阻力越大。

Paul 在前面领路，他走起来看着就像是慢动作，有时卡住，要几次发力才能继续拖动雪橇。他把指南针放在一个自制装置上，像是把弓，横向挂在腰前，上面用细绳吊在脖子上。我知道那是风筝滑雪时用的，方便随时定向。

Paul 把上身压得很低，全力拖动雪橇。我跟在他开辟的雪道上，理论上阻力减小，但真的感觉不到——雪橇太重了，有几次我原地打滑，不得不在平地八字行进，很快气喘如牛。我们挣扎着走了最多 10 分钟，Paul 停下来，靠近我问："你感觉怎样？"我上气不接下气，一个字也挤不出来，只能点点头表示还要坚持走。"你能拖更多东西吗？"我摇头，不知道这算什么问题。

Paul 没说话，转身继续行进。又过了不到 10 分钟，他突然停下来，坐在雪橇上，滑雪镜推到头顶，环顾四周，示意我跟过去。他皱着脸，沮丧地告诉我："静，我做不了这个。"我从没想过会有这种情况，完全不知道该怎么办。Paul 给了我三种选择：第一，就地扎营，等待雪况好转；第二，换我在前面开路；第三，我来拖运一些他的行李。难度递增，我选了三。没选开路是因为担心自己定向不准，本来就举步维艰，再绕路的话岂不是更慢。

Paul 拿了一个自己的早午餐袋拴在我的雪橇外面，大约五六公斤。再启动时，我四肢发力，颤抖着拉动了雪橇。增加负重之后逼近了我的极限，没走几步就开始冒汗。我感到眼睛刺痛，视线模糊，汗水顺着前胸、后背滚落。我没忘记"出汗会死"，但杀人的是风，不是低温，趁着风还没刮起来，能走一步是一步。

我落在 Paul 后面，越来越远。每次休息，他都要先坐下等一会儿。我出汗太多，迅速脱水，第三次休息时水喝光了，用茶则直接铲雪吃。幸运的是风始终没有突袭。8 小时，行进 7.27 海里。坐标：S82°07.0268′，W80°10.0481′。我们完成了第二个纬度。

12 月 1 日，几乎是前一天的翻版，除了风越刮越猛，天渐渐放晴。我依然拉着 Paul 的早午餐袋，依然越落越远。过一道小障碍时动力不足，被雪橇拽倒，背着登山包怎么也爬不起来，最后只能先摘下背包再起身。

体能迅速衰退，但大脑还没罢工。出汗没死是走运，不能总是心存侥幸。前一晚发现两件速干衣、两件抓绒全部被汗水湿透，能拧出水。我担心闷在帐篷里晾不干，晚饭前把湿衣服拴在外面的防风绳上。两小时后取下时已经冻成硬壳，能搓出大量冰屑。这样不行，得想个办法。雪橇里物资非常有限，我很快就决定要在两件速干衣之间，后背的位置，夹上一片卫生巾。

又是大汗淋漓的一天，顶着强风，我居然没死。8 小时，完成 8.03 海里。背上的卫生巾吸收了绝大部分汗液,衣服只是微潮。而且因为护住脊柱,休息时背对大风完全不冷。但这只是远征的第 16 天,我没有那么多卫生巾可用。

晚饭时 Paul 告诉我前一天 Carl 扎营的纬度是 S81°09′,也就是说我们已经相差 58 海里,近一个纬度。这很反常,他们肯定遇到了大麻烦。Scott 一马当先,位于 S82°46′,荻田泰永稳扎稳打,位于 S81°38′,就像我们和 Carl 的远征队一样,他俩出发也只相隔一天,都是男性,单人无补给徒步,难免被拿来比较。但 Scott 身高接近一米九,比荻田泰永高出大半个头,不出意外的话,结果将毫无悬念。Paul 很少议论 Carl,但这次没忍住说了几句,他不赞同 Carl 对客户粗放训练的方式。Lucy 在 Haugastøl 风筝滑雪时受伤,远征取消。Paul 认为 Carl 有很大责任,不该给她安排超负荷训练。

吃完饭就在我收拾东西准备告辞的时候,Paul 背对着我,一边整理炊具一边说:“静,我以前还从来没让客户拖过我的行李。”他没说对不起,但我听出了道歉的意味。第一次是我自己选的,意外的是第二次,他没和我商量,直接把早午餐袋递过来,让我“像前一天那样”拖着。行前有过口头约定,Paul 不负担任何我的行李。因此我谨慎地挑选装备,虽说并不是每一样都非带不可,但也舍弃了很多。此前从没想过事情会反过来——我还要去拖向导的行李。Paul 是个非常骄傲的人,这句话压在心里

148

拖到最后才说，想必是伤了自尊。我心软了，安慰他："咱们是一个队伍。"关于行李太重，导致左腿有一处拉伤，行进中伴随着撕裂感我闭口不谈。

12 月 2 日，经过一夜大风，雪面有所硬化。这对我们是利好。地形出现了变化，雪脊开始零星现身。遇到和帐篷一样大的雪脊只能绕行，Paul 的雪橇在一片小的雪脊上面翻了车。雪脊有着非常明显的条状纹路，可以配合影子一起定向。8 小时 40 分钟，完成 8.98 海里。这些天我们已经不去想日均 10 海里的最低进度，目标调整为保持移动，不要原地停留。扎营时我翻了半天没找到雪地钉，以为丢了。这些天积雪太厚，也许拔营时被埋了看不到，没装进雪橇。Paul 听了也吓一大跳，只好让我去他的帐篷先安顿下来。我很沮丧地把摊开的物件往雪橇上堆，结果雪地钉从打卷的帐篷里滑了出来，虚惊一场。

晚饭时 Paul 又要了一块压缩饼干。我突然想起 Carl，他们出来 16 天了，离补给点还远着呢，那不就断粮了吗？总不可能 7 个人一起饿着肚子行进。Paul 说不用担心，Carl 带的是 ALE 自己的远征队，会给他们解决食物缺口的。

连续几天行进时长缩短，我有了稍微充裕的休息时间，晚上着手一项计划已久的改装。Paul 在我的晾衣绳上串了 6 个特大号别针，晾衣服时总是坠在中间堆到一起。晴天好说，只要有日照，帐篷里就会升温，一夜时间足够烤干。赶上阴天，微潮的衣服挤作一团，隔夜后可以抖落冰屑。我把晾衣绳一头解开，等分 7 份，6 个别针打结拴住，固定在分散的位置上，晾衣服方便很多。帐篷椅靠背右侧的支杆也把面料戳了个洞，这次我没那么多时间仔细缝补了，还是用运动胶布夹住坏面，粗针大线缭上了事。

12 月 3 日早上哨子吹响 20 遍，Paul 毫无反应。我又大喊几声他的名字，总算苏醒了。拔营时我不再避讳，把装雪地钉的抽口袋挂在胸前。Paul 见了没再阻挠。原以为风会进一步硬化雪面，没想到这天的雪发涩，雪橇拉起来一顿一顿的。我的大腿、腰、后背、腹部接连抽筋儿。这些不常见的疼痛让我动作变形，扭着前进。Paul 领滑时经常回头看看我跟丢了没有。偶尔被他看到，我就假装活动腿脚、观赏景色。9 小时 15 分钟，完成 10.03 海里。

12 月 4 日噩梦不断，我惊醒了两次，凌晨 3 点后再没睡着。早上 Paul 把一兜帐篷备用配件放到我的雪橇里。晴空万里，寒风凛冽，雪更涩了。我吃力地拖着雪橇，感觉像在砂纸上一样拉不动。非常冷，我累得大口喘气，但几乎没出汗。9 小时 10 分钟，完成 10.06 海里。Paul 又要了一块压缩饼干。晚上我第三次缝补帐篷椅，后背两根支杆都从另一端戳破了面料——这是设计缺陷。支杆的两端应该折成直角，现在只是用塑胶封住锐利的断口，使用时局部压强过大，戳破面料是早晚的事。

12月5日，晴天、大风、涩雪像是个套餐，又一起来了。我对一卡一顿的前进方式麻木了，不再觉得别扭。思维也松弛下来，回忆起一段段往事。8小时55分钟，完成9.9海里。晚上Paul继续问我要压缩饼干，我第一次拒绝了他。拿到第一个补给之后，我们一直超负荷运动。我每天的食物配额都吃光，没有富余，给他的是从后面的口粮里预支出来的。按照目前的进度，我们到达第二个补给点之前，我将面临食物短缺，不能再冒险满足他了。

12月6日凌晨，我又被噩梦惊醒，翻来覆去睡不着，眼看着起床时间快到了，勉强躺了一会儿干脆提前收拾。我不是个迷信的人，但接连噩梦难免情绪低落。这已经是出发后的第21天，一直没敢松懈，每天都走到精疲力竭，可是GPS骗不了人，进度只有那么一点点。早饭时气氛压抑，我心事重重，潦草应付几口就回去了。帐篷之间相隔二三十米，就在这段路上，我忽然觉得有什么不对劲儿，掂了掂手里的晚餐袋，恍然大悟。一路小跑钻进帐篷，打开一看，果然——在两份双人晚餐的下面，是Paul的早饭、针线包、老花镜、塞满垃圾的封口袋，还有些我不认识的东西。这就是为什么晚餐袋消耗掉三份还是那么重，这也是为什么 Paul 坚持必须由他挑选晚餐食谱。袋口系得很紧，物品摆放位置有意为之。他这么干多久了？肯定不是第一次，也绝不会是最后一次。早上的安排环环相扣，要不是今天失眠，时间稍有富余，我可能又没注意到。我反感 Paul 自作聪明，当面说会好很多。

这天是我出发后第一次系统地思考问题。首先，局面被动，花了三分之一的时间但没有完成三分之一的进度。第二，Paul 行前反复要求降低难度。我还记得第二次从 Haugastøl 回家之后，他发来邮件："只有远征季一切顺利，如下条件同时发生——航班按计划飞入南极大陆，小飞机及时把我们投递到 Hercules Inlet 出发点，常规的冰雪覆盖，常规的雪脊，没有太多暴风雪，才有机会完成远征。"

他的意思是要求我慎重考虑缩短行程，增加助理。我拒绝了，但当时并没有细想 Paul 的动机——究竟有几分是为我考虑，又有几分是为他自己。也许在出发之前，根本没有答案。那个说着"从没让客户拖过行李"的背影让我看了心酸，很难想象和现在偷偷摸摸转移负重的是同一个人。航班已经按计划飞入南极，小飞机也及时把我们送出。但我不知道什么叫"常规的冰雪覆盖"，也不知道会不会遇到"常规的雪脊"。暴风雪的确拖住了我们，显然也拖住了 Carl 的队伍。即便"领先"，也不过是五十步笑百步，结果难料。Paul 是我的向导、我的军师，可如果他对自己都失去信心，又怎么能引领我走到南极点呢？

　　Paul 极为成功的职业生涯让他心高气傲，不磊落的行为一旦被挑明会怎样？无地自容或者恼羞成怒——都不会让后面的行程更顺利。还是让他继续瞒天过海吧，我决定看破不说破。

　　这天的雪况有所好转，9 小时 15 分钟，行进 12.26 海里。完成了第三个纬度。

　　12 月 7 日早上，Paul 不小心把燕麦粥洒了一点儿，他叫了声："呀，我的早饭！"然后毫不避讳地用勺子从地垫上一下下刮起来吃掉。拔营前他给我两个大号黑色垃圾袋，一个已经装满他的垃圾，一个空着用来装我的——都要放在我的雪橇里。这天早上，例假提前一周来了。我服用了止痛片，明显感觉全身疼痛都得到缓解。路途漫长，为了避免药物依赖，我一直忍着没吃。8 小时 55 分钟，完成 11.85 海里。连续两天进度超过 10 海里，对我们来说意义重大。但是天气预报显示，强风即将来袭。

　　12 月 8 日起床时我就知道帐篷又被埋了。大风呼啸了一夜，几次把我震醒，看着悬挂的衣服随着帐篷抖动。我已经习惯了这种场景，并不特别担心，只是拔营会耗费更多时间。果然，迎风的一端被狂风堆起了和帐篷一样高的雪墙，大部分得靠我手脚并用清理掉，只有锚点可以用铁锹挖。右手小鱼际疼痛反复发作，膏药用掉了七八张，夜里还不时疼醒。需要上手的工作做得慢，所以我每天比 Paul 提前几分钟开始拔营。尽管早上要争分夺秒，我还是挤出时间查看晚餐袋，发现东西重量经常有所调整，看来 Paul 经验丰富。这天视野里雪脊开始增多，但都不太大。我的雪橇也在 sastrugi dash（雪脊冲刺）时翻了一次车。8 小时，完成 10.09 海里。顶风消耗更多体能，晚上我困得睁不开眼，睡袋开了线，还没缝好我就睡着了。一旦累过了劲儿，极昼完全不干扰睡眠。早上闹钟响起时我仍保持着前一晚的姿势。

12 月 9 日—13 日，我觉得自己完全适应了远征生活。无论天气怎么变化，伤病怎么发作都能从容应对。跋涉了 400 多公里之后，脚踝劳损突然暴发。没有任何重大事故发生，一天之内，两侧都肿到发烫，右边更严重，比左边粗了两厘米。一粒止疼药已经不够了，我把散利痛塞在登山包腰带的小口袋里，随手可以拿到，有几次熬不到休息时间，就直接嚼碎咽下。药很苦，但我不觉得苦。我们的进度喜人：11.92 海里、12.31 海里、12.95 海里、16.91 海里、12.77 海里。12 日这天快结束时，天气预报显示风暴将至，次日可能无法行进。Paul 再次让我选择：第一，就地扎营；第二，加时 45 分钟；第三，加时两小时。难度递增，我选三。超负荷行进让药物失效，脚踝像是一堆碎片拼凑起来的，任何动作都带来尖锐的疼痛。我盯着滑雪板前端自己写下的

154

"Every Step"（每一步），心想：绝不能在十年后的某一天跟自己说，当时差点儿就完成远征了，可惜因为太累、太痛提前回家了。

13 日这天，我们终于追赶上计划，距离第二个补给点还有 30 海里。这个站点因为靠近 Thiel Mountains，因此常以同名或 Thiels 代称，纬度是 S85°05′，正好约为 Hercules Inlet 到南极点路线的一半。ALE 在那里还设有加油站，常有内陆小飞机经停，所以远征者得到一次垃圾清运服务——我将在那里丢掉雪橇上的两个大号垃圾袋。Paul 完全抛弃了最初的自尊，明里暗里转移负重，我看不出他有丝毫羞愧。在近一个月的艰难行程中，我所获得的

ALE 设在 Thiel Mountains 的加油站，常有内陆小飞机经停，远征者在此可得到一次垃圾清运服务

155

成长是在日常生活里无法想象的，每天都和残酷环境搏斗到心力交瘁，胜利看起来遥遥无期，但第二天早起时仍然命令自己准备作战。基于这段共同经历，我可以谅解 Paul——毕竟 62 岁了，早已不复当年。

天气晴朗，能见度极好。扎营后肉眼可见西南偏南方向高高隆起的雪坡上有一道道冰隙，距离我们大约 5 公里。ALE 连续发来安全警告短信，Paul 觉得他们对远征管得太多了。现在他每天都要给 Garmin inReach 充电，行进时还得贴身携带，用体温煜热电池，确保 24 小时开机，十几年前完全不必如此。

12 月 14 日——1911 年的这一天，是阿蒙森创造历史的日子。我对他的敬意在踏上征途之后越来越深——"所有的困难都要被预见、被防范"。我哪里没有做到呢？营地鞋、帐篷椅，但这些不是重点，关键在于我曾以为进度、补给是不需要操心的，我曾以为 Paul 会把一切安排好，只要照他说的做就够了。如果没有 Carl，我可能会责备 Paul 准备不足。虽然没有确切消息，但 ALE 远征队大幅落后显然和极端恶劣的天气雪况有关——我们都对此疏于防范。8 小时 55 分钟，完成 12.47 海里。距离 Thiels 只有 17.6 海里了，再有一天半就会拿到第二个补给。我的饭量大增，夜里经常饿醒，不吃上几口根本睡不着。肚子就像无底洞，哪怕是刚放下饭碗，我都觉得还能再来一份。早就不在乎爱吃不爱吃了，花生、葡萄干、糖渍姜片来者不拒，Couscous 成了最期待的晚饭，因为出锅时看起来很多，每次可以分到一碗半。被 Paul 索要食物造成的热量缺口影响越来越明显，这天最后一次休息，我的配额基本耗尽，只能收集些碎屑勉强充饥，靠着对晚饭的向往苦撑到扎营。我饿得脚步发飘，眼冒金星。Roland Huntford[1] 的话值得玩味："claptrap"（无聊的蠢话）"sentimental tosh"（伤感的废话）——真的，山穷水尽时除了活命一切都是废话。

远征需要仪式感，通常会庆祝每一个纬度、节日、生日。但我们实在太累，之前 4 个纬度都平淡地过去了。这一晚应该是"阿蒙森之夜"，我起了个话头，见 Paul 兴致索然，也不想勉强，沉默地吃过饭，收拾东西准备告辞。Paul 突然说："后天我们会到 Thiels，从你的补给里拿 15 块压缩饼干，当成'group food'（集体食品）。"我大吃一惊，这句话如此离奇，简直难以置信，听不出商量，是在下达指令。Paul 阴着脸，咄咄逼人的样子看起来完全像个陌生人。我感到头晕目眩，各种想法乱成一团，半天才憋出来一句："为什么？"

---

① 罗兰·亨特福德，英国人，生于1927年，著名极地探险传记作家。

我在滑雪板前端写下"Every Step"（每一步），每走一步，
就离目标更近些

10

坚忍致胜

12 月 16 日中午，抵达 Thiels，拿到了第二次补给。从两天前起，我和 Paul 就变成了名义上的团队，彼此之间仅有的联系就是合同。14 日是场噩梦，我始终盼望自己突然惊醒，在心有余悸中庆幸一切都不是真的。在那之后的两晚，我一共只睡了五六个钟头，躺下后反反复复查看时间，呆滞地盯着太阳的光影在头顶一寸寸转动。白天如同行尸走肉，甚至忘记套上围脖，下巴和鼻尖都出现浅褐色的冻伤。极度困乏令我动作失调，行进时磕磕绊绊，满嘴都是自己咬破的溃疡，思维混乱、反应迟钝，说起话来肯定像个白痴——好在已经没什么话需要说了。15 日晚上我带着手机，想借吃饭的两小时充电。Paul 警惕地扫了一眼，绝不说出多于三个词的句子，他在戒备我录音——这段关系已经无药可救，不要说难抵极，连能不能走到南极点都成了问题。

14 日晚上我们大吵了一架。

Paul 对于扣除我四分之一的压缩饼干作为"group food"的解释是："可能"遭遇断粮。这完全莫名其妙，因为我们的进度正好追上了计划，还没有动用额外能撑过十天的应急储备。前两个补给点的物资是 15 天的份额。在最艰难的时候，每天也完成了至少 7 海里，剩下 295 海里总不可能天天都是暴风雪。如果一开始没答应给 Paul 压缩饼干，我的口粮也就刚好够用。若是饼干再被拿走四分之一的话，饥饿将使我很难撑过每天最后两小时。所以我提议向 ALE 购买食物。鉴于 Carl 远征队的状况，补充物资是正常的，Thiels 又是个中途加油站，顺便送点儿东西 ALE 应该不会漫天要价。在我看来非常合理的建议却被 Paul 一口回绝。他斩钉截铁地说绝不会跟 ALE 要食物，又把克扣我的压缩饼干说得理直气壮。这种蛮横的态度激怒了我，我质问他既然是"group food"，为什么只捐献我的份额，而不是两人共担？Paul 开始语无伦次，但他气势不减，凶巴巴地呵斥："你以为你的食物就是你的食物吗？"

我接过他的话还击："你到底在吃谁的饼干？总跟别人要东西吃的不是我！"

"那是多余的，你没吃完！"

"我没吃完的在第一个补给前就给你了，7 加 9，16 块！我早就没有剩的！"

"你越吃越多怎么不告诉我?！"

160

"我吃自己的，又没吃你的，报告什么?!"

"我可没法再信任你了! 你给我拖行李的时候我们还是个很好的队伍!"

"我拖你的行李，你吃我的食物，就是好队伍? 一共就两人，还扯什么'group food'? 不就是你抢我的吗?!"我气得声音都发抖了。

"如果你敢不照做的话，我马上叫飞机终止行程!"Paul 气急败坏，咆哮着威胁，声音和表情一样扭曲。

我怒火中烧，感觉太阳穴上青筋跳动，死死地盯着 Paul，诅咒的话到了嘴边，像子弹上了膛。Paul 警觉地和我对视着。我们都从对方的眼神里看到了自己的杀气腾腾。

脑海中闪过一个画面，差点儿让我忍不住哈哈大笑。Paul 紧绷着下巴，几周没刮的胡碴儿微微抖动，我也一个月没洗头了——就像两条虎视眈眈的流浪狗，斗殴一触即发，为了争夺压缩饼干。

接着脑海中涌出更多画面，引向的结局各不相同——

　　我尖叫着骂他是个混蛋，Paul 用挑衅的眼神回应，我扑上去打他……

"ALE 吗? 我的客户发了疯。对，她受不了这么辛苦，精神失常。不用担心，已经被我制服。好的，请尽快派飞机来。"

161

我咬牙切齿地说:"我要告你!"

Paul冷笑着:"你试试看,他们究竟会听谁的?我干了一辈子极地探险,你不过是个客户。"

我走投无路,委屈得哭了起来。

Paul神情漠然:"如果眼泪有用,一百多年前斯科特比你哭得惨多了。"

　　只要我愿意,这些都可以不是最终结局。逞一时口舌之快不难,但我的余生将无处申诉冤屈——这世上本就有太多不公之事。或者退一万步讲,我闯过重重难关,在法庭上胜诉,Paul要为他的行为付出代价——难道我就赢了吗?连南极点都没去成,还梦想什么难抵极?我感到一阵窒息,周围安静极了,只听到自己扑通扑通的心跳。这样过了多久?可能是一分钟,也可能只有几秒。我深深地吸了口气:"我同意,会拿出15块压缩饼干的。但是记着,那不是'多余'的,是我饿着肚子省出来的。"说完不理会Paul做何反应,旋即钻出帐篷。阳光刺眼,我大口呼吸,就像多年之前险些溺水的中午。

　　回到自己的帐篷躺下,这回真的身处"孤山"了。我不是个被胁迫就轻易屈服的人。多年以前,波黑边检半夜把我从国际长途巴士上抓下来,护照盖上遣返章,勒令我自行返回黑山。我持

162

有合法入境资料，拒绝被粗暴对待，孤身一人反抗到底。六七个边检围攻我，威逼恐吓方法用尽，就差上手了。年纪最长的一个恶狠狠地指着我的鼻子，用母语说了些什么，另一个年轻的翻译给我听："送你去坐牢！"我冷冷地回答："士可杀不可辱。"对峙到次日一早，上级长官到访，亲自核验资料后放行。没做错事就不能低头是我的原则。

到底谁错了？一个巨大的疑问升起：Paul 为什么要抢我的食物——而且是他嫌弃的压缩饼干？事发突然，我才意识到还有情况没厘清：饭后甜点黄油酥饼干，我只在出发后第二天吃过一块，剩下的哪儿去了？在拿到第一个补给前，自体脂肪大量供能，虽然累，但胃口和从前差不多，我的食物吃不完，Paul 却很乐意拿走 16 块饼干是为什么？那东西很重的。一边跟我要吃的，一边想方设法转移负重……种种迹象指向唯一结论：Paul 自己的食物严重短缺。这绝不是意外导致，跟暴风雪没关系，而是系统性重大失误，他在每一个补给点的食物都没备足。国际著名极地向导怎么能自曝其短，跟 ALE 要东西呢？Paul Landry 的显赫声望不容玷污，他所负责的远征必须无往不胜，哪怕以抢劫客户作为献祭也在所不惜。

细想下去，我真的笑出了声，某些场景有了特定含义："你会和网友互动吗？""多久上一次网、打一次电话？"……通讯由 Paul 管控，而这还是我自愿的——为了减轻负重。结果呢，我一路拖着向导的私人物品，还得装出毫不知情的样子。一个个孤立的小事件，已经拧在一起像条无形的绳子勒住了我，还有多久会像 Paul 所说的"绕颈身亡"？想到这些怎么睡得着……

一旦越过那道门，人性的黑暗深不见底。Paul 究竟是怎样一个人？最初是个镜像中的形象，有着辉煌的职业生涯，帮助所有客户到达了极点，被业界誉为"世上最好的向导"。短暂相处之后，我的所见所感和他身边大多数人无异，Paul 待人和善，话不多，总是散发着"已识乾坤大，犹怜草木青"的超然气质，他有看穿别人心思的本领，也引以为豪。但当世界缩小到只剩下我们两个时，情况变了。他有过挣扎，试图维护孤傲的自尊，但终究还是败下阵来。

镜像破碎，每一块碎片上 Paul 的形象各不相同，有的熟悉，有的陌生：恪尽职守，严苛训练我的是他；让我边走边尿戏弄我的是他；拦截阿尔法男保护我的也是他；背信弃义，恃强凌弱的还是他。盛名之下的 Paul Landry，和世间芸芸众生一样，有着人性的弱点。他虚荣、刚愎，没有勇气正视错误，更不可能接受批评。当他认定可以逃脱责任而无须付出代价时，不常示人的阴暗面就暴露出来。适度自私是生存所需，但法律要约束无度的自私。可南极是个法外之地，诉诸法庭只会演绎罗生门，Paul 显然比我更清楚这一点。太阳和人心无法直视。我凝视深渊，该如何摆脱深渊的凝视？

显而易见，我孤立无援。就算想办法偷出卫星电话，联系ALE 要到食物，以 Paul 的个性，怎么可能善罢甘休？只会反目成仇。我甚至设想过在 Thiels 补给点等 Carl 路过，转而加入 ALE 的远征队。但我是 Paul 的客户，他才是 ALE 的客户。合同成了障碍，没有 Paul 的许可，ALE 无权收编我。或许我可以考虑独自完成后半程。但除了雪橇，包括帐篷、炊具、太阳能板在内的必需品都归 Paul 所有。事实是 Paul 掌控了远征的命运，我只能听凭摆布。但饥饿的感受是真实的，如果我哪天走着走着栽倒在地人事不省，Paul 就更可以明目张胆把责任全都扣在我头上——静体力不支，远征对她来说太难了。

我有生以来头一次感到举目无亲，连个可以说话的人都没有。几乎一夜没合眼。第二天早上准备出发前，我拍了拍雪橇，心想："跟上，现在只有咱俩相依为命了。"

我每晚都记录 GPS 坐标，计算进度。当我因为连续失眠，第一次通览数据时，希望重燃——已经有越来越多的日子可以完成12 海里。如果保持下去，后半程 295 海里用不了 30 天。

拼了，这就是 16 日中午我抵达 Thiels 时的全部念头。

这个区域有简易机场跑道、油桶、卡车、固定厕所，总之到处都是人类活动的痕迹。在茫茫雪原与世隔绝了一个月之后，再看到这些感觉很特别。更特别的是 Robert Swan 的队伍已经驻扎了几天，发现我们到来之后，全体出动打招呼。这么隆重的待遇

扎营路遇其他远征者

是因为 Paul。英国极地文化源远流长，他在帮英国客户完成远征的同时树立了威望。

　　Robert 和 Paul 素未谋面，他们敬重彼此已久，初次见面相谈甚欢。我不想让 Paul 难堪，没暴露我们之间的冲突。Robert 正在等待撤离，他的身体吃不消，将要先回基地休整，等待队伍行进到 S89° 时再重新会合，一起走到南极点。站在雪地里聊了 20 多分钟，临别时 Robert 说如果有什么能帮忙的要让他知道。

　　自从大吵一架，我只想离 Paul 远一点儿。白天行进没办法，扎营时恨不得看不见才好。每天搭好帐篷我先把自己的气垫充好，然后带着气泵和晚餐袋去吃饭，第二天一早再拿走。这天我可以按规矩等到晚饭时再见面，不过没有气垫，躺在蛋槽上会很冷。我做人有自己的原则，就算遭遇背叛伤害也不会轻易改变。尽管讨厌 Paul，但我不希望他整个下午都在挨冻，所以收拾停当后决定跑一趟。

　　和往常一样，我进入帐篷之前先打招呼："可以进来吗？"无人应答。我轻轻摇晃支杆，问 Paul 在不在。还是没反应。也许是去上厕所了，ALE 早有要求，到达 Thiels 时必须使用固定厕所。所以我打算把东西放在内外帐之间就走。刚拉动外帐的门，就听到 Paul 大叫："静，我正要去找你！"声音又尖又细，跟那天吵架时一样。把我吓了一大跳，话都说不利索了："我，我，我来送气泵的。"他从里面拉开门，让我等一下。片刻之后端出一口小锅，装着大米和玉米混合的捞饭，说是加餐。迟疑的回应，反常的声音，不自然的表情出卖了他——吃独食不巧被撞个正着。我假装什么都没发现，道谢后接过饭锅就回去了。最后留心多看了几眼，密闭的外帐证实了猜测——做饭需要通风，Paul 宁可闷在帐篷里也不想冒险升起炊烟。和抢劫相比，吃独食真算不上什么，我甚至无意深究食材的来路。但这一系列事件背后，他到底是少带了多少食物才会变成这样？15 块压缩饼干真的够吗？

晚饭时 Paul 再次让我选择：第一，向 Robert 求援，既然他主动提起，我们得到帮助的机会就很大；第二，直接向 ALE 购买食物。我选了一。Paul 立即动身，留我像小兽一样守在巢里嗷嗷待哺。没过太久，他空手而归，不过一副胸有成竹的样子。我知道搞定了，不必急于追问。我们还没吃完饭，就听见有人拖着雪橇越走越近，接着 Barney 的声音透了进来。父亲派他送来一个大纸箱，还捎来两袋写着祝语的三文鱼，他寒暄几句就告辞了。

开箱之后，我跟着开了眼——原来远征时也可以吃得很好。Paul 先扣下所有巧克力，剩下的让我随便拿。除了送给我们的两袋三文鱼，箱子里还有三袋，Paul 嫌沉不肯带，我都拿上了，而且承诺他以后一起吃。

Robert 告诉 Paul，现在南极的雪况和"记忆中大不相同"，他的腿脚出了些状况，所以改变行程。Robert 和 Roger Mear（罗杰·米尔）在 1985 年复刻了斯科特最后远征南极点的单程路线，两人合著 *IN THE FOOTSTEPS OF SCOTT*《跟随斯科特的脚步》一书。Robert 也是史上徒步南北极点第一人。在我看来，他最杰出的成就是在 1996—1997 年组织清理了 1500 吨南极的垃圾。随着时间流逝，这一义举早已淡出公众视野，近些年环保激进分子瑞典少女 Greta Thunberg（格蕾塔·桑伯格）曾异军突起，博得

来自 Robert Swan 的好运三文鱼

广泛关注。短暂爆红之后，她受到了多国政要的负面评价，普京更直言她是"被成年人利用的无知青年"。2021 年初，"环保少女"度过了 18 岁生日，也重新开始了中断的学业。无论她是因为年龄增长被利益集团抛弃还是成长中自我觉醒，回归现实对她的余生意义重大——坐而论道不如起而行之。

荻田泰永在这天晚些时候也赶到了 Thiels，走了这么远大家都很累，打过招呼浅谈几句就各自散去休息。

"食物危机"以出乎意料的方式平息了。这件事因 Paul 而起，也正是凭借他的国际声望才得以解决。我不会忘记，但决定让此事就此了断。终于能睡个踏实觉，一下就睡过了头。

12 月 17 日，荻田泰永早早就出发了，我们直到 10 点才动身。Robert 亲自来送行，说了很多鼓励的话。他的慷慨和善意给了我久违的温暖。这天的一切都很美好，只用了 7 小时 10 分钟，我们就完成了 9.91 海里。这是下半程的好兆头。

虽然食物问题解决了，但我的策略没有动摇，为了尽快完成远征——全力去拼！

12 月 18 日到 24 日的进度是这样的：14.03 海里，15.13 海里，15.82 海里，15 海里，15.03 海里，16.04 海里，13.95 海里。有一天 ALE 的接线员忍不住告诉 Paul，基地的人都觉得我们俩疯了。这是称赞，Paul 很骄傲。不过这么拼命赶路他另有目的。刚离开 Thiels 没多远，Paul 就说我们自从上路只休息过一个整天，是时候再安排一个休整日了。见我没反对，他就提议定在圣诞节。我一口回绝——我是无神论，他也不去教堂，这样的两个人为什么要过圣诞节？Paul 很无奈，是他自己告诉我不信教的。几轮协商之后，我们决定 25 日和 31 日各休整半天。原以为这样 Paul 就会满意，不再节外生枝，可如果真的消停了，那就不是 Paul 了。

12 月 21 日早上我准时去碰头。吃完饭正要回去时，Paul 突然提议等到下午太阳出来之后再上路，因为天气预报显示上午阴天。我听得一头雾水。这又不是远征的第一天，我们已经在阴天里穿越了几百公里，为什么现在非要等到太阳出来？Paul 就跟突然信了什么教一样，坚称太阳出来才是"最好的行进时间"。我暗自觉得好笑，前一阵他还说过天气不好宁愿多赶路，因为帐篷里没阳光，待着也不舒服。我不理会他无理取闹，坚持正点出发。Paul 批评我是个死脑筋，让我学着用科学的方法选择合适的时间行进。见我不为所动，他不高兴地说："我就知道你会这样，这是个错误。"我依旧沉默以对，不想花时间和他胡搅蛮缠。眼见无望说服我，Paul 又故技重施，威胁说如果 6 小时后累了，就算晴空万里也要提前扎营。

雇了这么个反复无常的向导，对我也是个鞭策。轮到我领滑的时候只能拼命往前冲，在他强迫我停下来之前，多走一步是一步。我几次和 Paul 拉开了距离，这是最近才出现的情况，之前都

172

是我在后面苦苦追赶。他喊我降速，我照做了，但降得不多。最后他喝令我停下，火冒三丈地赶上来大发脾气，威胁说如果再这样下去，他就原地扎营，让我自己走回头路来找他。之后的几个钟头，我们还是经常拉开距离，休息时远远地看见他缩在雪橇上，形影相吊。9 小时，完成 15 海里。前两次单日行进 15 海里，我们都会击掌庆祝，这天 Paul 只是无精打采地说了句晚饭还是 6 点，就转身去扎营了。不过晚上他还是给我发了一整板巧克力，庆祝太阳来到南回归线①。

就算事实证明他错了，Paul 也是不会认错的。他消沉了两天，23 日晚上又开始折腾了。提出的新方案是 24 日凌晨 4 点起床，6 点出发，理由是天气预报显示将要起风、有雾。我再次断然拒绝。因为看不出打乱日程安排，提前两小时行进能产生什么深远影响。Paul 就是不死心，改口说四五点叫醒我再商量。我依旧不同意。最后 Paul 总算让步，他吸取教训，没像上次那样断言"这是个错误"，而是说如果天气证明提早出发是合理的，下次就要听他的。

虽然 Paul 学乖了，说话给自己留有余地，可惜老天还是没给

---

① 南回归线（Tropic of Capricorn），是太阳直射点回归运动时移到最南时所在的纬线。每年冬至日（12 月 21—23 日之间）这一天，太阳直射点南移至此，然后又向北移动。这一天南极附近的极昼范围达到最大。——编者注

他留面子。24 日全天晴朗微风，是难得一遇的好天气。我们在这天完成了第七个纬度。晚饭后 Paul 又发给我一整板巧克力，同时强调"早上 4 点起床没什么不好"。只要别太较真儿，有 Paul 这样的向导也挺有意思，他隔三岔五无事生非，让我在磨炼身体的同时，也打磨心智。

圣诞节这天大风，我没听到闹钟，睡过了 10 分钟。两天前我们进入了雪脊区域，最初还能绕过障碍，但随着不断深入，高

在远征南极点途中扎营

低起伏的雪脊连成片，让人无路可绕，只能凭经验从看起来不那么困难的地方翻过去。眼看着雪脊的个头越来越大，Paul 经常完全隐没其中不见踪影。降速是必然，但没有预期的严重。5 小时完成 7.23 海里。

这天生火三次，中午晚上都是热食。趁着时间宽裕，我和 Paul 谈起了难抵极。他说自己每周都接到邮件咨询远征，只有十分之一的人愿意投身训练，这其中的十分之一会踏上征途。在很长时间里，他都认为徒步难抵极对我来说不可能，但也深知我个性极为顽固，只有远征南极点亲历重重困难才能让我认清现实。现在，我的表现改变了他的想法，再没有人比我准备得更认真了。这段谈话对我意义重大，因为 Paul Landry 的原则是：永远不接做不成的项目。

12 月 26 日节礼日① 这天很是辛苦。在雪脊遍布的复杂地形中大幅爬升，我又一次累得汗流浃背。卫生巾破除了"出汗会死"的魔咒，而且防风保暖。Paul 见我休息时不穿羽绒服很是不解。

---

① 圣诞节次日，是在英联邦部分地区庆祝的节日，一些欧洲国家也将其定为节日。一种被广泛认可的说法是：雇员在圣诞节后的第一个工作日，会受到雇主的圣诞礼物，这些礼物通常被称为"圣诞节盒子"（Christmas Boxes），所以"节礼日"的英文是"Boxing Day"。——编者注

海拔已经上升到 2300 多米，气温降至 -20℃。但我从早到晚都不调整穿搭，只是简单地开关散热口。不过卫生巾吸汗后非常重，拖在雪橇里是个负担。Paul 依旧小动作不断。除了用晚餐袋掩护转移负重，他还不时在夜里"出来走走"，偷偷地往我的雪橇底部塞些新东西。我当然不开心，但始终装作不知情。9 小时 45 分钟，完成 13.76 海里。晚上 Paul 让我拿上两袋三文鱼，说最后一袋归我，但不要当着他的面吃。

2017 年最后几天很忙。白天赶路、晚上缝补。硬壳衣裤好几处磨破了，我用运动胶布勉强补上，希望撑到南极点时不至于衣衫褴褛。外层滑雪袜后跟的补丁换过两回。帐篷椅不知道坏了多少次，整个 12 月至少有三分之二的晚上我都在想办法修复。倒是我的帐篷令人惊喜。拉门左边的面料被雪橇磨出了几个硬币大的破洞，居然可以扛住大风侵袭，坏面没有扩大。Hilleberg 的质量真是没得说。

Paul 也没闲着，他的滑雪靴开了线，鞋面的防风罩裂开，露出里面的鞋带和鞋帮。每天早上缀着歪歪扭扭的针脚，到了晚上又都绷断。ALFA 是远征滑雪靴的唯一制造商，以品质可靠著称。显然 Paul 也想不到居然会开线，没准备缝鞋子专用的锥形针，跟我借了顶针。ALFA 的鞋型很特别，宽大肥厚像熊掌，就是为了方便远征者套穿多层滑雪袜。我平时买 35 码，ALFA 最小码数是

36，采购时到处断货，几经周折才订到。我穿三双袜子很宽松，不算合脚，如果鞋带没勒紧，容易崴伤。我后知后觉发现脚踝劳损和尼龙鞋带打滑有关。想了些办法，甚至有天早上干脆打了个死结。虽然白天没问题，但扎营后要花很多时间才解开。鞋带系不牢的问题一直没解决，好在雪脊越来越少了，地势重新趋于平缓。新年前夜，我们在S88°23′提前扎营，静默一分钟纪念沙克尔顿。

这天又是两顿热食。下午我送给Paul两片德诺免冲水洗澡绵，讲解了使用方法。他很冷淡，不屑一顾的样子。吃完饭我拿出最后一袋三文鱼，一人一半庆祝新年。这下Paul总算高兴起来。我不知道他从Robert的箱子里挑了多少吃的，拿到最后一个补给之前又开始跟我要压缩饼干了。Paul详细过问我的冷食消耗状况，似乎是想看看还有什么"多余"的。听说我在Thiels把变色的salami丢掉，大呼可惜，责备我不想吃应该给他。可是那些肉颜色一半深一半浅，不知是哪个环节出了问题，似乎是部分解冻过。闻不出异常，但发黏拉丝，感觉吃下去会食物中毒。Paul却坚称那只是"另一种风味的salami"。

2018年1月1日，新年新气象，一早就出现了双日晕。太阳被大小两圈圆形彩虹环绕。可惜时间仓促来不及准备相机，摄像头滑雪镜前几天坏掉了，那幅场景只能留在心里。这款滑雪镜我曾带到新西兰试拍。效果不错，满电状态断断续续可录制一个半小时 1080p 视频，也有拍照模式。我跟 Paul 商量，由我采购请他佩戴帮我入镜，被拒绝了。一路上我只能拍到自己的影子。酷寒之中使用相机非常困难，需要预热电池，迅速操作，但戴着并指手套不方便，所以绝大多数远征者的照片是扎营后拍的。摄像头滑雪镜完全解决了操作问题，尽管没能撑到最后，还是留下了很多珍贵的画面。

从新年开始，我们距离南极点只有 97 海里了。回想出发之日，真是感慨万千。那时每天积累着微不足道的进度，不敢去想接下来的漫漫长路。如果从总长度中减去已经完成的距离，唯一的感受是备受打击。但现在不一样了，我每天欣喜地关注着数字的变化，好像眼看着一株亲手栽下的植物经历了生根发芽、破土而出、抽叶开花，就等着结果了。当我跟 Paul 分享这种喜悦时，他冷淡地说："别高兴得太早。赶上个重大事故就会功亏一篑。"虽然很扫兴，但想来确实有道理。如果失手烧了帐篷——这不奇怪，极地远征发生过好几次，或者不小心来个骨折，都是没可能硬撑 97 海里的。我把 Paul 的告诫记在心里，重新沉住气上路。

1 月 3 日我们即将进入最后一个纬度。根据 ALE 的要求，在 S89° 之内，远征者必须收集自己的粪便，带到南极点统一处理。我们的食物经过脱水预制，加水沸煮之后增重一倍以上，所以排泄物远比食物重。我一路拖着"emergency"的袋子，十天应急储备从没敢动用。现在胜利在望，物资充裕，所以我提议消耗部分应急食品，轻装进入最后一个纬度。没想到 Paul 断然拒绝，理由荒谬至极，声称这是按照 ALE 的合同，必须携带的。我反驳他应急是为了在遭遇意外时能撑到救援，既然食物足够吃到终点，不需要救援，拖着应急包根本毫无意义。Paul 很不耐烦，急赤白脸地和我吵起来了。争执中，我说："打电话给 ALE 问清楚。"Paul 大喝一声："我说怎样就怎样！"这里面肯定有问题，但和之前一样，他一张牙舞爪，我就让步了。

最后几天，我被两种情绪支配：奔向终点的喜悦和急于摆脱凶神恶煞的渴望。

Paul 强迫我拖着应急包前往南极点的目的我已经猜到几分，答案过几天就会揭晓。我再一次想起途中思考过的问题：Paul 究竟是怎样一个人？他很固执，对于从事这份职业是必要的，但也会用在不正当的目的上，比如抢劫客户的食物。敢于明火执仗是因为没有目击证人。ALE 的向导是绝无可能这么干的，客户可以直接向基地投诉。我这样不通过 ALE，自雇私人向导的情况极为罕见。

Paul 最近刚刚透露，中东国家的公主们一直在关注我的进度，随着临近终点，她们热情高涨，打算签下 2018—2019 年的远征合同。Paul 不会抢劫公主，不是因为公主们结伴，而是因为惹不起，想必他会认真准备，不至于由于"行前事务繁忙"而忘记公主们不吃猪肉饭。说穿了，Paul 没把这次远征南极点当回事儿。他犯的错，到头来承受代价的只有我。

虽然抢劫因为意外援助而中止，但危机让我认清现实：Paul 的核心利益是"声誉"，并将其置于合同和道德之上。我不知道 Paul 是怎么和 Robert 谈的。我的食物一直够吃，没带够食物的是他——我们都对此心知肚明。Paul 当然不可能据实相告，Barney 拖了那么大的箱子就是证明，如果 Paul 是去要 15 块压缩饼干的分量显然没必要送来那么多。至于他是如何把责任转嫁给我或者 ALE，永远没机会知道答案。Paul 那么骄傲的一个人，和 Robert 初次见面就肯屈尊去要食物，可见也是到了危急关头孤注一掷。他知道向 Robert 求援的事情瞒不住，所以应急物资就成了他职业尊严的底线——只要我们带着没开封的"emergency"走到南极点，就可以当众证明 Robert 的援助可有可无，Paul Landry 依然宝刀不老。至于是谁一路拉着"emergency"，是谁差点儿被抢了食物，又是谁的雪橇里总是出现莫名其妙的东西都不重要了，除了我也不会有人关心。我要结束这种状态，越快越好。

进入 S89° 之后，积雪又变得蓬松，稍稍拖慢了我们的速度。到了 1 月 7 日下午，地平线上出现了一些小黑点，在云雾中忽隐忽现。我记录下第一次目击的位置：S89°47.6359′，W79°42.4865′。如果是晴天，应该会更早看到。类似的场景在所有远征南极点的故事里都有描述，但当那一刻真的降临时，我依然激动万分。我们又行进了几个小时，最后在距离南极点不到7海里处扎营。这就是远征的最后一晚了。

我以为我们会沉浸在各自的世界里，安静地度过胜利的前夜，但Paul一反常态，说了很多话。他说我犯了个错误，本想回到智利再讲，但既然远征马上就要完成了，现在让我知道也无妨——他老了，没法胜任我的向导了，我本来应该再多雇一个人的，不然他路上有个三长两短，可怎么办呢。行程要结束了，他一方面很开心，终于不用拖着雪橇赶路了；另一方面又很伤感，从我什么都不会开始教起，现在我走到了这里，这是他最近5年来最为之骄傲的事，但是我毕业了，再也不会训练我了。

我听着听着，熟悉的Paul又回来了，还有那些一起在挪威的日子。

最初遇到小小的雪坡，我跟他说："你滑下去，我滚下去。"

后来开车去镇上的雪具店取装备。我摘下滑雪镜露出眼罩，刷卡失败掏出钱包。Paul拉开衣角假装遮挡柜台，低声对店主说："这是非法交易，需要蒙面使用现金。"

再后来他说："你有决心，决心能帮你做很多事。"

"静，南极见！"……

"我老了，太糟了。"Paul 像是自言自语。

"唉，你可真讨厌啊！"说完这句话，我心里搬走了一座大山。

即便是最后一天，也要跟 ALE 例行汇报。基地告诉我们，目前正有一架飞机在南极点，预计明天上午返航，问我们是否愿意今晚加时行进，搭乘这一班次回基地。我要求不能取消参观阿蒙森 - 斯科特考察站。ALE 同意了。所以吃过晚饭，我们又拔营了。

行进一天之后下肢肿胀疼痛，再度塞回滑雪靴是种折磨。面

位于南极点的阿蒙森 – 斯科特考察站

罩里都是冰，戴上又冷又硬。我准备了三片德诺，打算好好洗个澡，最大程度上容光焕发地抵达南极点。情况突变，我来不及打理自己，带着满身疲惫踏上了最后一段征途。

我曾以为远征南极点的最后几小时应该豪情满怀，阔步前行。可事实却是我的体能已经耗尽，胃里填满食物也无济于事，身体疲惫到不能再转换能量了。我已感觉不到寒冷和饥饿，但就是走不动，每一步都不想迈得太大，连思考的力气也没有，只是茫然地盯着地平线上的小黑点，一个小时，两个小时，没有什么变化……三个小时，四个小时，似乎大了一些……五个小时，五个半小时，我终于踏上了插着路旗的雪道。

那里的标识有些混乱，雪道不止一条，路旗也有不同颜色。但巨大的灰色考察站非常醒目，征途的终点就在它的前方。我停下来，拿出五星红旗，牢牢固定在一支雪杖上。我怎么也记不起来从雪道的起点，一直走到银色镜面球前这段时间里，到底想了些什么。只记得听到半环着镜面球的十二面旗帜迎风猎猎作响时，正合上我心中的节拍"……前进！前进！前进！进！"

接下来的事情顺理成章，拍照、录像。在 ALE 营地迎接我的是 Hannah，她是那里的负责人。荻田泰永比我们先到两天，正在休息。Scott 圣诞节当天完成了远征，早就返回了。Carl 的远征队确实出了状况：一名客户出发后没多久不堪忍受行程艰难，要求撤离；挪威女孩由于受伤决定缩短行程，在另一名向导陪同下飞到 S89° 完成最后一个纬度；剩下 Carl 带着 3 名客户，还在向南极点挺进途中。

参观考察站安排在两小时后。在营地安顿下来后，我开始给亲友们打电话。听到熟悉的声音时，我才对完成远征这件事有了真实感。

在南极点停留时间不长，我和荻田聊起了各自旅程的起点。他是在 20 多年前，偶然从电视节目中了解到极地远征，之后开启了探险生涯。荻田回忆起那一瞬间的感受时，眼中闪着光，用手势描述他就像被闪电击中。仿佛一场天启，彻底改变了那个北海道青年的人生。我清楚地记得自己远征念头初次涌现的下午，没有任何特别的事发生。向前追溯，我所选择的人生道路，深受日本著名探险家关野吉晴①的影响。他从 1993 年起，用了 10 年时间，反向重走人类迁徙之路。从火地岛南边的纳瓦里诺岛出发，穿越南北美洲，横渡白令海峡，横穿西伯利亚，途经蒙古、中国、中亚、中东进入非洲，最终抵达坦桑尼亚的莱托里。行程

---

① 关野吉晴（Sekino Yoshiharu）：1949 年 1 月 20 日出生，日本知名探险家、人类学家，武藏野美术大学文化人类学教授，也是重走人类迁徙之路的第一人。——编者注

约 5.3 万公里，全部依靠非机械动力，包括徒步、皮艇、独木舟、狗拉爬犁、驯鹿雪橇、骑骆驼和自行车。我在 2011 年读到他的《伟大的旅行》，被引言中的一段话深深震撼："想感受远古时代人们在旅途中所感受的那种酷暑、严寒、风暴、沙尘、气味和雨雪，用自己的身体去体会，慢慢地前进。"此后，我才真正踏上了环球之旅。先后穿越欧亚大陆、中东、东非，环游南北美洲，直到南极洲。

荻田泰永听我讲完，笑意渐浓，他说："我在东京安排你们见面如何？"

和日本独立远征者荻田泰永在南极点地标合影

和 Paul 在南极点合影

在南极点展示综合感谢信。在漫长的天涯孤旅中，这份长名单上的几十位友人曾以慷慨和善意为我铺就了继续前进的路。还有很多人的名字我没能记下，但会永远铭记他们曾给予我的温暖

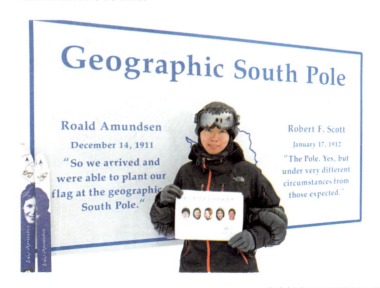

在南极点展示写给好友的信

下篇 INVICTUS

远征难抵极

南极大陆阿斯特里德公主海岸

80天 1800多公里

难抵极（POI）海拔 3715米

难抵极

南极大陆海格立斯湾

南极点

52天 1130公里

南极点海拔 2835米

11

勇往直前

2018 年 6 月的一天，东京，我如愿见到了关野吉晴。

关野吉晴不说英语，荻田泰永很贴心地安排了日语英语翻译。一场公开活动之后，到附近的居酒屋小型聚会，我们聊起了他在中国的见闻。他想知道南极点之后我有何计划。我极少和别人谈论难抵极，因为知音难觅。身边也有不少人看不出难抵极和南极点有什么不同。但那天在座的都有着特别的经历，我刚简单介绍了几句，大家都安静下来，想要知道得更多。可惜我能分享的很有限，直言相告此事尚未决定。

当晚到了酒店我又开始心神不宁。从南极回来之后，每当想到难抵极都是如此。我很确定自己是想去的，但实在无法下定决心再次雇用 Paul。

在南极点时，我已经彻底谅解他了，至少我以为是这样。那句"我老了，太糟了"，重重地叩击着我的心防——他那些可气

2018 年 6 月，我专程前往东京，如愿见到关野吉晴（右二）

又可笑的行为背后，是在生自己的气啊。他把满满一口袋没开封的"emergency"交给 Hannah 时，我看到的是老骥伏枥的身影。可就在我开始认真考虑下一步的时候，Paul 再度出人意表。

那是 2018 年的 1 月 9 日。我们连续飞行，从南极点到 Union Glacier Camp，又到 Punta Arenas，落地已是深夜。赶上旅游旺季，勉强订到一家有两间空房的小旅馆。Paul 住楼下，我住楼上。

一起把行李搬进院子后，我抱着"跟上"准备回房间，却被疾言厉色地喝止："放下，那是我的！"我瞠目结舌，不是说帮我从挪威运到加拿大再带到南极能节省托运费吗？我已经连续几天没有睡过安稳觉，大脑应付不了这突如其来的变故，只能慌慌张张地翻手机，想找出 11 个月前发给家人朋友的照片和聊天记录。可是没有，什么都没有。不，这不可能！我记得一件超规行李的运费是 300 美元，比普通行李贵很多。可是微信里没有记录，我和谁都没提到过。抬眼看去，Paul 倚着门廊，居高临下。我又去翻电子邮件，合同里写着包括雪橇在内的部分装备由他"提供"——我中计了，这下百口莫辩。见我的手机熄了屏，Paul 阴着脸问："还有事吗？"我摇摇头，生怕一开口就哭出来，看了看雪橇，转身上楼。连续几十天滑雪让我对日常步行生疏，平地里走路磕磕绊绊，爬楼更是感觉双腿格外沉重。我强迫自己盯着台阶，眼前已经没有熟悉的滑雪板，没有"Every Step"。理智最终战胜了内心想要打人的冲动，我听见 Paul 搬动行李，锁上房

193

门。就这样，他抢走了"跟上"。

回到房间，我一头栽倒在床上，只觉得天旋地转，无法说服自己"节省托运费"出自臆想。在家时，我曾那么多次测量位置，设想把"跟上"放在哪里。也许是语音信息？我又不甘心地打开微信，翻着翻着，苦笑起来——手机是临行前一个月才买的，怎么会有聊天记录呢？但至少我没精神错乱。

我从没将南极点和难抵极视为两个独立的行程，前者只是我为了实现终极目标多年来持续不断努力的一部分。换句话说，如果就此止步，对我而言等同于半途而废。几个月过去了，徒步难抵极和远离 Paul 的想法撕扯着我。一会儿觉得算了，不过是些身外之物，我要重整旗鼓再战；一会儿又想起孤立无援的至暗时刻，心力交瘁不堪回首；甚至闪过求神问卜的念头。有时我翻出 2014 年的旧邮件，挨个给曾经拒绝我的极地向导写信，在我完成远征南极点之后，他们的想法一定会有所改变。某些多年前没注意到的细节渐渐浮现，不止一人回复了"interesting"（有意思），其中的讽刺意味我这时才后知后觉。换个向导就会好起来吗？这些从事罕见职业的人，都有着相似的不可一世的傲慢，而其中真正去过难抵极的，只有 Paul。最后，所有待发邮件都进了草稿箱。

《伟大的旅行》分为采风篇和行路篇两册，关野吉晴在扉页上分别签名并写下祝语。我随手打开一本，仔细端详他的字迹，不禁百感交集。多年以前，当我在小旅馆偶然翻阅他的书时，刚看了几页就再也停不下来。山一程，水一程，他的经历和我的旅途慢慢交织在一起。从没想过有一天，我就这样走到了关野吉晴面前。又一次读起熟悉的故事，几行字映入眼帘：

"怀抱着梦想勇往直前……"

"勇往直前……"

"勇！"

12

隧道无光

从日本回家后，我知道自己将再次凝视深渊。

2018—2019 年显然是不可能了，中东公主们将要跟随 Paul 踏上自己的征途，我也需要休息。至于是接下来两个远征季中的哪一个，我暂时拿不定主意。可以确定的是，不会雇用 Paul 同行，他将作为行程顾问，负责安排物流、向导。

我给 Paul 发邮件，表示对格陵兰岛和难抵极都有兴趣。

格陵兰岛东西向穿越是常规行程，约 560 公里，不少远征者会以此作为徒步南极点之前的高阶训练。我考虑用格陵兰岛缓冲，为远征难抵极做更充分的准备。

Paul 很快就回复了，他非常乐意再次为我服务，还回顾了美好的南极点征程。言辞中几分真切几分客套都对我毫无触动。自从他抢走"跟上"，友情彻底瓦解，再也无法挽回。"跟上"不是个残值尚存的物件，它寄托了我很多年的感情，也见证了一路坎坷。就这样被 Paul 设下圈套理直气壮地夺走，对我是一记重创。我不恨他，没必要去恨一个人的本来面目。至于我是否恨自己，尚无定论。"远征很难，从零开始更难"，无论 Paul 曾怎样辜负我的信任，走到南极点也是多年来双方共同努力的结果，我将永远对此心怀敬意。接下来，他会有何惊人之举，我不知道。但不管怎样，只要目标是难抵极，他仍是助我成就此事的最佳人选。

我不再是菜鸟了，有了第一手的经验，也就有了主动权，不会轻易对别人言听计从。有不少极地探险公司经营格陵兰岛的徒步线路，相关信息容易获取。但是难抵极，那个侘寂之地，有史以来，只有几十人到访，流出的资料极为有限。"从来没有人能一路走到那儿是有原因的"，对此，我必须谨慎对待。我把从相互独立的途径搜集到的信息整理比对，还购买了项目评估服务。格陵兰岛的穿越时间是每年 5 月，一年两场远征太过紧凑，所以我计划 2019 年先去格陵兰岛，2020 年远征难抵极。2018 年下半年为此展开了训练。

训练强度需要配合项目难度，难度降级，训练也就轻松很多。转眼又到了冬天，传来一个意外消息：公主们没有如期去南极远征。这打乱了我的安排，不得不调整计划。公主中有一位如今年近 50 岁，徒步南极点是她的梦想。尽管除了 Paul 也会有女性助理随行，但由于文化传统或者是情感需求，她还是坚持要有家族姐妹陪同。在养尊处优的王室寻找同好的难度可想而知，只有一位年轻十多岁的小公主有些兴趣。两人断断续续准备了 10 年，随着大公主年龄渐长，再不行动机会越来越渺茫。我猜测她们极有可能在 2019—2020 年或者是 2020—2021 年择期远征。不能陷入被动，必须抢占先机，所以我把远征难抵极的计划提前了一年。

2018 年是狗年，不止一位亲友善意地提醒我本命年诸事不顺。我很固执地将 36 岁到 37 岁生日之间的日子看作是本命年，所以当 2019 年 2 月 4 日除夕的钟声敲响时，我并没感到松了口气，总觉得接下来半年危机四伏。

4 月底，一位和我关系极为亲密的家庭成员去世了。最后几年他的身体一直不好，数次病危。也正是因为这样，我远征南极点途中不敢给家里打电话，路上几次噩梦都是关于他。虽然有所准备，但他离开时我伤心至极。Paul 知道我有此牵挂，所以对我要求暂停联系很理解。料理过后事，我消沉了一周，然后强迫自己重启超负荷训练。

到了 5 月中旬，我终于觉得情绪可控，就主动联系 Paul。他带给我一个坏消息：远征难抵极的物流公司 ALCI 恶意提价高达 15%。他正在尽力协商此事，有结果随时通知我。我仍然沉浸在巨大的悲痛中，对周遭事物漠不关心，虽然从没动过取消远征的念头，但经常感到精疲力竭，不知能撑到哪一步。

Paul 不时发来只言片语：和 ALCI 老板通电话，等财务开会，一轮谈不拢又约了第二轮……间或夹杂着对于食物、装备的讨论。发来的消息越多，我越觉得心里没底——Paul 可不是个啰里啰唆的人。该来的终于来了，5 月底，图穷匕见。

我收到一封长邮件。Paul 先是抱怨 ALCI 强硬提价，最后只能谈妥为上涨 10%，然后解释说因为 ALCI 不负责申请远征许可证，所以这部分工作由他来承担。基于涨价、许可证和他本人的加班费，计算出一个新的总价。

我调查过，许可证本身是免费的，Paul 不可能不知情。ALCI 涨价 10% 是合同约定范围的上限，是否完全是 ALCI 的行为暂时存疑。这样计算出的差价就是所谓 Paul 的加班费——居然高达数万美元。

我很清楚他在耍什么把戏。远征费用由 ALCI 和 Paul 的服务费构成，合同写得很清楚，ALCI 拥有涨价 5%—10% 的权利。而 Paul 想利用这次涨价让他自己那部分也浑水摸鱼捞一把。许可证只是个烟幕弹。我知道他一定会故技重施胡搅蛮缠，所以耐着性子问他"加班费"具体是多少。他索要一周费用，共计 3500 美元。许可证上需要填写的内容区区数行，心智健全者连 7 分钟都用不了。对付 Paul 这种贪得无厌之人，策略上必须有所侧重，我没有就加班费讨价还价，直接质问他凭空多出来的几万美元做何解释。Paul 眼见无法蒙混过关，就把他的费用上涨归咎于酒店、食物、装备。如果这些理由放在第一封长邮件里，还有商量的余

200

地，但现在只是些虚伪的借口。我已经领教过 Paul 的贪婪，不会容忍这种事一再发生，所以直接搬出了合同。始料未及，Paul 居然道歉了——因为"没把合同写清楚"。换言之，价还是要涨，他只是抱歉合同没签好。到了这个份上，也就没什么好遮掩的了，Paul 承认自己和 ALCI 一起涨价，因为飞往开普敦的机票、开普敦的住宿、开普敦的租车、远征装备都要涨价——根据他的"计算"，这些花费在 10 个月内"上涨"数万美元。邮件来来回回写了 7 个小时，最后 Paul 以出门在外看不到合同为由暂停了争论。

几天之后，我连续收到了三封极具"个人风格"的邮件：

"……将削减装备、食物和我的工作时间……"

"……主要削减我的工作时间，装备和食物如合同……"

"……食物将和远征南极点时相同、相似或更好……装备将和远征南极点时相同、相似或更好……我要免费为你加班……"

Paul 有些慌，但如果我现在妥协，只会后患无穷。真的太累了，身心已至极限。火化仪式那天早上，我在洗手间突然感到天旋地转，匆忙去扶些什么却抓了空，栽倒在地。额头抵着冰凉的瓷砖，蜷成一团，无声落泪。当我总算强撑着爬起来时，并不知道命运马上就要再次把我击倒，从来也没有想过，Paul 会认准这是个可乘之机。他的种种恶行，我没和家人提起，只有极少几个朋友略有所知。他们了解我何等固执，一旦我做出决定便不会轻易劝阻。签下徒步难抵极合同之时，我就知道代价绝不止上面的一串数字。为曾经和即将遭受的折磨讨还公道的办法只有一个——完成远征。为此我必须下一步险棋。

从 6 月 1 日起，我不再回复 Paul 的任何邮件。无论是需要签字的文件还是试探或者示好，一律置之不理。第一笔费用早在签订合同时支付了，任何已经支付的费用概不退还。如果为了"沉没成本①"继续加大砝码，只会让自己更被动。我希望能一劳永逸把 Paul 修理好，但如果行不通，也另有打算，绝不会善罢甘休。

与此同时，必须坚持训练。当失去了明确的目标，枯燥越来越难以忍受。我既孤单又委屈，有时也会崩溃，记不住多少个夜晚，我一边哭一边拖动轮胎。黑暗中，沮丧和绝望从四面包抄而来，推搡我，拉扯我，想把我击垮，让我一蹶不振。为了能坚持和它们纠缠到天亮，我总是回忆在南极最无助的日子里，是如何把信任托付给每一步的努力和时间，是如何把一只脚不断地放在另一只的前面。

如果这步险棋是个败招，那么首选的途径将是诉讼。我为此花费大量时间咨询，结果并不乐观，有专业人士认为即便胜诉，也几乎不会退赔任何费用。但若是到了这一步便是万劫不复，唯有背水一战。

---

① 沉没成本是指已经发生不可收回的支出，存在形式有多种，比如时间、金钱、精力。沉没成本是一种历史成本，在投资决策时应排除沉没成本的干扰。——编者注

此外，我直接联系了 ALCI，对方不仅否认了曾有涨价 15% 的企图，甚至没有承认最终涨价幅度是 10%，但不肯透露实际价格。这点可以理解，毕竟和上次类似，我是 Paul 的客户，Paul 是 ALCI 的客户。我对 ALCI 涨幅不足 10% 早有预感，对 Paul 既不记恨也不失望，谁也不能强迫别人改变做人标准。ALCI 给我和 Paul 抄送了同一份邮件，内容无关紧要，这个举动意在公开我和 ALCI 正在联系——没有背着我私下告知 Paul，ALCI 相当老练。

Paul 前后发了 10 封邮件，到了 7 月 3 日之后，他也没消息了。

7 月的日子就像在炼狱，我终于顶不住，彻底病倒。起初只是像普通的感冒，我想不起有没有及时吃药，只记得按照最大剂量服药时已经没用了。呕吐、腹泻是最轻的症状。我没日没夜地咳嗽，咳到自己缺氧，站不住，咳到整夜整夜睡不着。是的，我没法训练了，连 5 公斤都举不动，更不要说拖轮胎，最大的愿望是两次剧烈咳嗽的发作间隔能长一些，让我昏睡片刻。可一连两周，当我每天萎靡不振地看着窗外曙光微露、旭日东升时，只觉得自己走在一条隧道中，狭窄到只能容身一人，周围一片死寂，看不到尽头的光。

我需要医生，需要手术。远征南极点前发现甲状腺异常，肿物在两年间长得飞快，恐怕不是结节那么简单，现在连我自己也能摸得到了。我想躲到病房里，想躲到手术台上，让纱布、引流管、病理报告保护我。可没有医院能根治我的病。我也许能躲进去几天、几周，但总不能是一辈子。如果就此放弃，我将被 Paul 的阴暗面吞噬，陷在深渊里，永无出头之日。远征是我逃脱的唯一机会——勇往直前，勇！

熬到 7 月下旬，决定命运的时刻来了。南极大陆的洲际航空是季节性的，每年在 10 月底到 11 月初复航时都会爆满，大量南极工作人员涌入，一票难求。而远征难抵极需要 3 张票，7 月底就是订票的最后机会。

我给 Paul 发去邮件，只有一句话："远征难抵极还能不能做了？"他马上就回了，先是指明我没有按时付款——这是事实，合同约定 6 月 1 日和 7 月 1 日应该支付的款项我没有划出。而且按照合同，只要我不按时付款，Paul 就可以取消远征。但显然他有所忌惮，措辞谨慎，没有对我横加指责，也没有威胁，只是陈述。然后他表示尽管不确定，但认为远征还是可以继续推进的，要求我解释为何中断联系又为何选择此日恢复对话。我早有准备，发出了一封长邮件，摘录了若干他自相矛盾和粗心大意的证据——连续三次更改陈词；装备、食物、工作时间方案摇摆不定；远征许可证报价 3500 美元加班费，却连 ALCI 的名字也错填成 ALE，而这已经是第二次了；我发送过的装备列表，过了近一个月，他再次索要。

Paul 想用远征南极点的敷衍态度再次摆平我，怎么可能呢？

我付过昂贵的学费，已经"毕业"了。在邮件的最后，我写下这段话：

In summary, I can not come to the conclusion that Polar Consultants, Paul Landry and the guides hired, agree to use their best endeavor at all times to ensure a successful outcome for the expedition. (Consultancy & Expedition Services Contract Page 4) I didn't chose yesterday on purpose, I am giving the last try, do I have your word just as what was written in the contract, to use the best endeavor at all times to ensure a successful outcome for the expedition?

［总之，我不能得出以下结论：极地顾问，保罗·兰德里和雇用的向导，一致同意始终尽最大努力确保远征成功。（顾问和远征服务合同第 4 页）

我并未有意选择昨天，我在做最后尝试，你是否承诺如合同载明的那样，尽最大的努力确保远征成功？］

我没有说找好了律师，没有威胁可能起诉，甚至没有提到 ALCI 否认涨价 10%。点开他的回复邮件时，我看到这样一句话：

Yes I will use the best endeavour at all times to ensure a successful outcome for the expedition.（是的，我将尽最大努力确保远征成功。）

一个"will"已经说明了一切，他承认了我的全部指控，无力反驳。

我攥紧的拳头松开了。之后我们就若干技术问题讨论了几天，到了7月29日，远征正式重启。

9月初，我重返新西兰南岛的训练地，除了预热滑雪，还有一个重要任务，学习冰隙救援。

南极点的阿蒙森 - 斯科特考察站是个全年站，通航季节有内陆小飞机频繁到访，在 ALE 的服务范围遇险，救援机会很大。但难抵极考察站已经废弃了半个多世纪，内陆航班不会经过，ALCI 负责救援但没有飞机随时待命，如果遇险，先要等飞行员执行完其他任务，所以一旦上路就要自求多福，必须掌握冰隙救援技术。

我预定了两天课程。教练是意大利人 Andrea（安德烈），职业高山向导，攀岩好手。他个子很高，身材精瘦，像长跑运动员那样没有一丝赘肉。初次见面，他对于我这样毫无基础、完全不会打绳结的人，要学习这项偏门技术很诧异。

第一天上午，Andrea 在室内传授基本技能，下午把我带到镇子附近的岩壁，模拟冰隙内情形。冰隙的裂口往往很小很隐蔽，里面可能很大，深度难以预料，落差超过 20 米足够把人摔死。救援技术分为自救和施救。我们在岩壁练习自救部分。

理论上很简单，就是顺着绳子爬上去。不是徒手绳攀，而是借助一种叫作 micro traxion 的滑轮，通过锁定绳索防止下坠，一段一段爬升。PETZL[①] 的产品极轻，只有 85 克，也很小巧，操作容易，但真把自己吊着升上去是另一码事。

Andrea 先演示了一遍，他像个尺蠖一样，收缩身体一拱一拱地就上升了好几米，毫不费力。轮到我时，我吊在那里，努力地拱来拱去，靠自己发力荡了起来，最后力气耗尽，累到手脚瘫软，爬升不到一米。我的肌肉力量不足，空手都上不去，更不用说穿着厚重的衣服携带大量装备。

自救其实不在计划之内。我和 Paul 商定雇用两名向导，一旦遇险，由两人拖拽一人，三人是安全出行的最少人数。所以这次学习的重点在施救。施救是打一系列复杂的绳结，保证每拉一下，绳子会卡住不滑落，而且只需要用相当于被困者体重六分之一的力就能拽得动。我从最基本的阿尔卑斯蝴蝶结学起，更多复杂的名字根本记不住。时间紧张，只能把打绳结过程录了像，晚

---

① 法国户外装备攀索品牌。于 1970 年诞生于法国，由洞穴探险家 Fernand Petzl 创立，是一家专业户外装备与高空垂直作业设备制造商。——编者注

上回去反复练习。

第二天，我们到滑雪场边缘找了处没人的断崖。远征面临的标准情形之一是三人用长绳连接，列队行进，一旦有人遇险，另外两人主动摔倒，靠体重阻止遇困者继续滑落，情况稳定后设立锚定点，然后开始打绳结施救。另一种情形是在没有长绳连接的情况下，某人落入冰隙。是否提前用长绳相连，要根据环境和能见度决定。

Andrea 让我模拟第一种情况，先是用背包替代被困者——很轻，不会失控。等我熟悉了主动摔倒、止滑、锚定、打绳结一系列流程之后，他亲自模拟被困者。为了防止意外，我们先设定了备用锚点。Andrea 拉着绳子从断崖边缘像滑降那样倒退着走下去。在他的体重还没有完全挂在我身上之前，我就主动摔倒。从我倒地到突然被大到不可抗拒的力量拖拽之间有个短暂的间隔，之后我只感到一阵翻腾的恐惧——我根本停不下来。把学到的办法都用上了，雪板雪杖横着却什么也卡不住，我就像一个小型铲雪机，推起一堆雪屑向断崖冲去。这个过程好像很漫长，我侧着身，脸擦过雪层，闪过一个念头——绳长 40 米。但我和断崖之间肯定没有那么远，无法判断距离——我们要掉下去了。眼看着断崖迫近，我突然被狠狠地抻住——备用锚点的绳子绷紧，我们都挂在上面。雪地上被拖拽过的痕迹不过六七米，但那几秒内的恐怖感受挥之不去。我暗暗祈祷不要落入冰隙。

Paul 发来邮件，检查学习进度，施救部分我掌握得不错，Andrea 评价我是他训练过的唯一一个能戴着并指手套打整套绳结的人。

时隔两年，滑雪农场的人还记得我。虽然比第一次来的时候早了半个月，但气温反而更高。雪变得很黏，一坨一坨地黏在止滑带上，走起来磕磕绊绊，下坡总是摔倒。我依旧每天训练 20公里，整整一周，两支同时驻扎在此的亚洲国家滑雪队一个人影也没见。

远征难抵极的装备有所调整。

营地鞋和帐篷椅教训深刻。在上次徒步南极点的行程中，我大概花费 4 小时清理营地鞋，22 小时修理帐篷椅，简直是个笑话。

这次全部采购专业产品。羽绒睡袋换成 The North Face 的 inferno 800pro，拉链前置，保暖性能显著提升。特意选购了加长款，更严酷的环境中需要塞进睡袋的东西只会更多。只有睡袋还不够，得给睡袋穿棉衣，外面套上人造纤维的睡袋套，才能保证我不会被冻死。羽绒服仍然是 Patagonia 的，从 Men's Fitz Roy Down Hoody 升级为 Grade VII Down Parka，743 克，是目前最保暖的款式。硬壳裤新买了一条同款，荻田泰永到南极点时裤子彻底磨烂了，我的也破了洞，最后用胶布贴着。硬壳上衣没有换，虽然也有磨损，但总体状况比裤子好太多。握拳击打固定器的办法对我来说行不通。在回家 4 个月之后，右手小鱼际仍然疼到不能礼节性握手，到医院拍了片，发现软组织内残留若干骨碎片。这次我在硬壳上衣左腕位置的口袋放了一把 T 形钥匙，用来刮除固定器①里的冰雪屑。风裙效果不错，但腰部仍然会受寒。我把两条风裙连在一起，当成吊带裙穿在硬壳上衣里，实际效果未知，只能身处 –50℃环境才有答案。最外层滑雪袜提前加固了后跟，大面罩换了半块内衬，里外都是黑色，更吸热。防止鞋带打滑的办法我总算在回家后想出来了——蹭胶布，效果奇佳。我还更换了手套和速干衣裤，抓绒衣裤也加了一套。后背贴上卫生巾吸汗保暖效果拔群，但垃圾负担太重，所以换成了速干毛巾，可循环使用，自重仅 27 克。背包仍是同款，改为全黑色，也是为了吸热。这次发现了一款单手可开的按键式保温瓶，考虑再三决定冒险带到南极，因为螺旋口的常规款式一旦冻住我拧不开，那样和坏掉没什么两样，还不如试试新款。

被 Paul 强迫拖运"emergency"的感受历历在目。最后阶段，体能衰退，之前因为负载他的行李拉伤过的左腿又开始疼痛，每一步都觉得肌肉在撕裂。远征难抵极的路线更长更艰苦，必须轻装简行。上一次带的最没用的东西是 DJI（大疆创新科技公司）

---

① 连接滑雪板和滑雪鞋的装置。

的 Mavic Pro[1] 和 OSMO Mobile[2]。我每天都在生存边缘苦苦挣扎，那些锦上添花的装备成了累赘。一共只用过 3 次，还因为在极寒中掉电太快，录制内容少得可怜。摄像头滑雪镜的优势是手持装备根本不能比的，这次我计划每人配备两副用于拍摄，明确要求雇用的两名向导配合。此外只带一部相机、两台手机。通讯权必须掌握在自己手里，我租用了卫星电话。

徒步难抵极是长达 1800 多公里的大型远征，尚未有人完成，没有经验可以借鉴。精神准备比物质准备要难得多。我领教过人性的复杂多变，知道在更加残酷的环境中不能寄望于他人，能依靠的只有自己。

理论上，两名壮年男性向导可以负担更多公共物资，我只要管理好自己的装备和食物就够了。但在自然的夹缝中求生，人性没有机会掩饰，迟早会赤裸裸地暴露。如果两个向导不和会怎样？如果矛盾积累到他们忍无可忍会怎样？我不由得设想自己和两个 Paul 一起徒步难抵极是什么情况。极地探险本来就存在阴谋、陷害、失踪、死亡，只有活下来的人带回去一个故事版本。远征路上的一切苦难我都可以忍，因为对我来说，更不能忍的，是面对 10 年之后悔不当初的自己。但徒步难抵极是我的梦想，向导只是来为我工作，我能忍的，别人忍得了吗？如果一个 Paul

---

① Mavic Pro，一款便携的小型无人机，可用于航拍等。——编者注
② OSMO Mobile，一种具备光学变焦功能的手持云台相机。——编者注

像对待我那样对待另一个 Paul 会发生什么？结果是"不小心"点燃帐篷？还是"不小心"漏光燃料？任何"不小心"都不必负责，没有远征可以担保结果。我是唯一一个不论发生什么只能照单全收的人。我不能冒险，我需要两个向导互相牵制，他们之间的绝大多数矛盾可以自行化解。同时，他们也要有足够的动机支撑到终点，那不是支付酬劳可以实现的。我心里早有人选，在这一点上，Paul 和我高度一致。

Paul 和前妻 Matty 有一儿一女，曾经一家四口共同经营极地探险业务。自从 Paul 离了婚，他另立门户，原来的公司股份转给女儿 Sarah[①]。儿子 Erik 短暂从事过几年极地探险工作，现已转行。在 Paul 带领 3 名客户风筝远征难抵极成功之后，Erik 也带领一名客户完成了途经难抵极和南极点的风筝远征。毫不夸张地说，难抵极是 Landry 家族的家徽，我想不出还有谁比 Sarah 更迫切要去那里。她有个搭档 10 年的男朋友，是个极限皮划艇运动员，跟 Erik 同名，所以 Sarah 和娘家人叫他的姓 Boomer[②]。Erik 大部分时间给 Sarah 打工，这一行竞争激烈，大型远征难得一见，多是些训练冬季户外活动的小业务。启用伴侣关系的向导存在致命弱点，一旦三人陷入极端困境，我不能抱有任何指望。两害相权取其轻，我在绝境中被抛弃的可能性低于向导之间积怨爆发终结

---

① 全名 Sarah McNair-Landry（莎拉·麦克奈尔 - 兰德里），加拿大人。
② 全名 Erik Boomer（埃里克·布默），美国人。

行程。而且就算两个向导互相独立，也不能担保时刻患难与共，总有大难临头各顾各的时候。对于 Paul 来说，肥水不流外人田，他当然想把机会留给女儿。但我已经不是"只去一次，没机会比较"的新手，Paul 不敢轻举妄动。他一直兜圈子试探，我拖到很晚才表态——向导必须全力以赴，和上次那样敷衍了事可不行。曾有几个别的向导主动联系我，消息不知道怎么就流了出去。即便对极地向导来说，难抵极也是一生只去一次的地方。

被向导抢劫食物这种事同样是一辈子有一回就够了。我决定这次备足食物等着他们随便抢。8 个补给点，一共分置了 30 公斤额外食物，大部分是压缩饼干，因为供能效率最高。这部分负重只能由我拖着，到时候如果没被抢，就要自己吃掉。超负荷劳作两周之后，食量翻倍不在话下。

我带了唯一的"奢侈品"——关野吉晴的《伟大的旅行·采风篇》。对我来说，远征带来机缘拜见关野吉晴比抵达南极点本身意义重大。"怀抱着梦想勇往直前"，在无数消沉的日子里我一遍遍讲给自己听。

秋天再次慢慢向冬天过渡，金色的银杏叶又挂满枝头。出发的日子迫近了，而运气似乎并没有因为进入 37 岁好转。

10 月中旬，我再次检查装备时想起相机的 SD 卡里留存了家人的很多遗照。我还没有准备好去回忆和他共度的最后时光，我需要一张新卡，特意在消费过的淘宝老店采购，结果收到假货。

时间已经来不及了，我盯着电脑转移数据，失声痛哭。

自从7月底重启远征，我的情绪一度平稳下来，会思念，会流泪，但我也知道，不管多么痛苦不堪，只有忍受。我以为时间正在修复伤痛，我以为自己可以正视生老病死是自然规律，但当他出现在电脑上时，我再次崩溃了。好像有无数支箭射出屏幕，把我伤得千疮百孔。汹涌的泪水里有思念有不舍，也有太多压抑和委屈，那是几个月以来我唯一一次放任自己痛痛快快哭出来。等到双眼干涩，再也流不出眼泪时，我跟他说："咱们一起去难抵极吧。"

15

出师不利

2019 年 10 月 31 日凌晨，我在北京首都机场登上了飞往开普敦的航班，需要在亚的斯亚贝巴中转。埃塞俄比亚航空是唯一选择，只有他们免费托运两件行李。值机时全是黑人，我感觉自己已经落地非洲。

安全起见，我预定了开普敦市中心最便宜的一家星级酒店。房间不大，但配备了简易厨房和洗衣机。我入住后立即把衣服和自己都洗了个干净。历经重重磨难总算走到这一天，但愿远征有个好的开始。当晚接到 Sarah 的邮件："出发日期提前到 11 月 5 日。"

远征计划重启之后，Paul 有所收敛，不过就在出发前三周，又出事了。他偷偷把我的出发地点从 Novolazarevskaya 考察站附近的阿斯特里德公主海岸① 改成了 Novo② 机场，两地相距 9 公里。

极地远征有别于大多数极限户外运动之处是传承了悠久历史。一百多年前，先驱者们乘坐帆船抵达南极的海岸线，从那里开始依靠人力或畜力向大陆内部挺进。所以从海岸线出发对远征者意义非凡。我特意在合同中约定，出发地为阿斯特里德公主海岸。而 Novo 机场出发可以节省大约 100 美元的运输费。

事情败露是因为南非签证要求我提供全部行程文件。我质问 Paul 为何擅自修改出发地，他先是装傻充愣，见我态度强硬，又以"出门在外看不见合同"为托词。是我自己选择再次雇用 Paul，必须有叫醒装睡之人的办法："关于已经签订的合同内容请直接联系我的律师，附她的电话和邮件。"这一次，Paul 老实了三周，出发前故技重施，再次把采购 salami 推到我头上。他这么做无非因为肉的单价最贵。考虑到跟 Sarah 和 Erik 从未打过交道，salami 的事我又忍了。

11 月 1 日有一系列待办事宜。早上我去采购 salami，扫空了柜台，要等商家下午补货。Sarah 不知道大面罩是什么东西，坚持

① 阿斯特里德公主海岸（Princess Astrid Coast），位于东南极洲毛德皇后地。1931 年，挪威的捕鲸者首次到达该海岸，并以挪威公主阿斯特里德公主命名该地。——编者注
② Novo 机场位于南极大陆毛德皇后地，属于俄罗斯，季节性运营开普敦往返的洲际航空，也是俄罗斯内陆航空补给的枢纽。

让我把狼毛带到开普敦。中午她来检查装备，逐一核对后，仍建议使用狼毛。-50℃和-20℃到底多大区别我确实无从想象，所以决定先带到南极，视情况决定。送走 Sarah 已近下午 3 点，我出门补充 salami。附近是著名的跳蚤市场——绿市广场，周边聚集着不少流浪汉。我再次路过此地时察觉到异常，一早刺鼻的尿骚味闻不到了。不对劲儿的念头只闪了一下，开普敦治安欠佳，临行前容不得任何闪失，出门要加倍小心。当我警惕地观察四周，提防可疑人员靠近时，全然不知厄运的多米诺骨牌已经倒下了第一块。

半夜我在头痛中惊醒，发烧了！赶紧服下退烧药和抗生素，想起已经一整天没吃过东西，担心药物副作用让人恶心，就煮了碗蛋汤。热腾腾地喝下去很快出了一身汗，感觉轻松很多。我安慰自己这是行前压力太大，水土不服，好好休息就会没事的。夜里第二次醒来时，我知道不妙了。头疼到从床上坐起来都感觉目眩，走到灶台前三五步路必须扶着桌子。我又吃了一次药，还喝下尽可能多的水。再次昏睡之前，忧心这么早就消耗了抗生素，路上可能短缺。

11 月 2 日醒来时除了疲惫，似乎没什么大碍。我躺到中午，依然食欲不振，嗅觉失灵，勉强吃了份沙拉，下午步行去 ALCI 办公室开行前会议。我已经退烧，可呼出的气息似乎很热，不由得猜想病因会不会是些别的什么。澳洲独立风筝滑雪探险者

Geoff Wilson[1] 的路线也途经难抵极。他多年前曾是 Paul 的客户。Sarah 和 Erik 看上去和他相熟。Geoff 的太太张罗我们四人合影，拿到照片我才注意到别人都是夏日装扮，而我穿着薄棉服。

散会后回去的路上目击一起街头抢劫，情急中我也跑了几步躲闪，绝望地意识到体能一泻千里，迈不动步。强撑着去了趟超市，终于把 salami 补足。

在 ALCI 办公室，我带去了滑雪靴，Sarah 带去了我的新帐篷，互相交换，都有待改装。我接受了 Paul 的建议，给滑雪靴穿棉衣。靴套是向 Matty 定做的，需要 Sarah 帮我安装尼龙搭扣。帐篷改装已是轻车熟路，我把外帐里捣乱的黑色牵拉线换成翠绿色，前后两头用彩带标识，晾衣绳上的大别针打结固定，雪地钉袋加装长挂绳。忙完没胃口吃晚饭，直接睡觉。

夜里头疼发作的频率更高了，症状还多了寒战。十多度的夜晚，我盖着薄棉被，穿两件长袖上衣，一条长裤还发抖。落地开普敦后我一直很小心，没有被蚊虫叮咬，病原体很可能来自航班。不管感染因何而起，病情来势汹汹，不容小觑。我已按照最大剂量服药，从症状加重的趋势来看，应该是病毒感染，抗生素无效。原定于 11 月 6 日的夜航提前到 5 日一早。只剩下两个白天了，还要去找 Sarah 核对他们提供的食物装备，向 ALCI 交付托

---

① 杰夫·威尔逊，澳大利亚兽医，爱好探险。

运行李……冰隙救援的绳结，天啊，我记不起怎么打……一整夜都是恍惚的，想了很多事，哪一件都没厘清。

11 月 3 日上午，我按照 Sarah 邮件中给出的地址上门，约定时间屋中无人。颇费了一番周折，才发现他们租住的位置在斜对面。如此马虎让我对即将共度的 3 个月心存隐忧。

我花了大半天和 Sarah、Erik 一起检查食物装备。如 Paul 所说，的确给我安排了"更好的"。没有花生、葡萄干、糖渍姜片，准备了腰果、榛子、山核桃、夏威夷果——看来 Paul 记得我爱吃什么，这些我都在挪威提到过；水果干品种有蔓越莓、杏、苹果、桃子、梨，虽然没有顺着我的意思全是蔓越莓，但显然是用心准备的；巧克力是整块的吉百利、德芙，还有一个不常见的品牌，远征南极点时我相当震惊 Paul 不知道从哪儿搞来的散装货，印象中那种东西封在大玻璃罐里待售，铲出来称重时售货员会撒上碎屑凑整。

我见到了新雪橇，三个摞在一起靠在墙角，但没兴致给它起名字了，"跟上"就是"跟上"，替代不了。我的滑雪靴已经改装好，靴套做工不错，用尼龙搭扣固定，安装取下都很方便。我这次特意带了锥形针，如果我的靴子像 Paul 的靴子那样开了线，修补起来不太难。

分装工作看起来井井有条，大战在即的感受也愈发真实。我没时间去了解向导们的个性，我相信对 Sarah 而言，家族荣誉

221

至上。

下午我清点自己的物品，只有少数几件无须带入南极，打包之后挂上标签，第二天要和托运行李一起送到ALCI办公室，可以寄存到来年返回开普敦。

夜里和前一晚没什么两样，头疼、发烧、寒战。睡前我吃了落地南非后的第一顿饭，醒来感觉反胃，熬到天蒙蒙亮开始腹泻。我想既然症状没有持续发作，应该不是重病，一般病毒感染都有自限性 ①，熬过几天就会好的，若是不得不推迟出发，我也得到南极去躺着，留在开普敦变数太大。

11月4日上午，行李送到ALCI之后，我回到住处看着空荡荡的房间，想起两年前在Punta Arenas临行前一天，情景何其相似，感受何其不同。那时我是多么迫不及待跃跃欲试啊，现在我根本无力展望未来，心愿已经萎缩成退烧就好，发烧怎么能上高原呢？还是南极高原。

我花了一两个小时在微信上和亲友告别，只和其中三人提起生病的事。我应付不了太多线上关怀，只需要安静、休息。Paul发来邮件，内容很真挚，我深受触动，回复完毕，下午六点，手机熄屏、静音。

我煮了份方便面，配上不少当地食材，热腾腾地吃下去，出

---

① 自限性就是通过自身的免疫系统工作，经过一段时间就可以完全清除病毒，恢复机体功能，而且不会造成慢性损伤。——编者注

了一身汗，吃过药，不到 7 点躺下了。说不上心事重重，但是头昏脑涨睡不着。没过多久，我开始感到一股寒意从后背升起，肩部以上酸痛不已。我试着按摩、捶打，没有缓解。额头不算热，似乎没发烧，但头疼欲裂，我想把脑袋冰镇。

体内正酝酿着一场风暴，免疫力需要足够营养来对抗，而我摄入不足，四天半一共只吃下两顿饭，只能听天由命。该来的终于来了，肠胃一阵挛缩，我光着脚冲进洗手间。腹泻越剧烈摆脱掉的病毒越多——这样想着稍微安心些。可还没从马桶上起来，一波排山倒海的呕吐爆发了。慌乱中伸手去接，食物几乎没消化，很快就接不住，一片狼藉。我什么也做不了，只能等，等体内的战争平息了，跪下来收拾满地污秽。幸亏有洗衣机，打扫干净浴室后，我把脏衣服丢进去，准备好好洗个澡。热水只持续了半分钟，就再也放不出来了。我不知道那晚用了多久才靠烧水壶洗完了澡，只记得最后从浴缸爬出来时东方既白。

ALCI 的车将在 7 点接我去机场。折腾了一夜，我倒是异常清醒，头也不疼了，思维敏捷，又会打冰隙救援的整套绳结了。除了有些乏力，简直重获新生。离开前我最后环顾房间，感恩命运终于眷顾，一切步入正轨，是时候踏上征途了。

接下来的一切似曾相识。航班信息屏、登机牌、登机口，一遍遍地显示——"Antarctica"（南极洲）。候机厅外，艳阳高照，Ilyushin 76 已经就位。登上舷梯时，我内心毫无波澜。

上午 9 点 57 分，飞机开始滑行。

机舱内的设置和上次不同，中间堆满了行李，用网罩着，所有乘客背靠机舱坐在两侧。我还没来得及观察更多，跟邻座打过招呼就抱着登山包彻底昏睡过去。这是几天来睡得最安稳的一觉，醒来时五个半小时的航程已近终点，人们开始穿衣服。Geoff 坐在我身边，他不是第一次去南极，不知何故犯了个搞笑的错误——几乎把所有装备都托运了，剩下合影时穿的 T 恤、牛仔裤和一双滑板鞋，外加薄棉服、毛线帽、墨镜各一。只好借来羽绒服、滑雪裤和手套。不多时，到处挤满了穿戴完毕的人，座位变得更加拥挤。机舱里没有飞行监视器，但引擎的轰鸣开始变得低沉，站着活动的人们纷纷落座，我们即将着陆南极洲。

16

再踏征途

时隔两年，当我再次踏上南极大陆的坚冰，真是百感交集。过去5年，我经历了有生以来最艰难的一段成长，究竟学到了多少，需要结果证明——一往无前和一意孤行之间有时只差个结果。

落地后，我们4个远征者立即被安置在雪地摩托的加长雪橇上运走。我没有戴大面罩，寒冷干燥的空气穿透抓绒围脖直接灌进嘴里，咽喉感到一阵压迫和疼痛。最可怜的是Geoff，光着脚没袜子穿。幸亏住地离跑道很近，两分钟就到了。一排架空的集装箱，色彩艳丽，内部经过改造，算得上舒适。可以容纳8人的房间只入住我们4个很宽敞。我尚未痊愈，就选了靠近入口的角落。Novo机场的布局比Union Glacier Camp简洁，餐厅和厕所的规模小了很多，可见访客罕至。

晚饭是俄式食物，两菜一汤，主食一种。大家像在食堂那样排队打饭。我要了一整份，很有信心吃完。没想到吃饭犹如受刑，每一口吞咽都带来剧痛，好像在吃鱼刺。实在疼得厉害，眼泛泪光，我只好低着头，避免被人搭话。

和 ALE 不同，ALCI 不经营远征业务，所以这里的人对我们很好奇，其中几个资深雇员见过 Paul，Sarah 骄傲地介绍自己是他的女儿，热情地答复每一个关于难抵极的问题。人们想当然地把 Erik 认作"首席"向导，这让他不自在，但也不方便告诉大家"我是给女友打工的"，所以尽可能多听少说。

见多识广的飞行员们也不知道什么是难抵极，误以为 POI 是"Point of Interest"（兴趣点），当他们听说要走 1800 多公里时，难以置信，问我们怎么想的。Sarah 回答："那是静的主意，她要走着去的。"

此前有过几次失败的风筝远征难抵极，未曾听闻失败的徒步，倒也不见得不存在，因为当事人可以封锁消息。此刻，向我投来的目光分明在说：姑娘，你做不到。

夜里我不再发烧，病程进入了新阶段——咳嗽。我没法控制，没法掩饰，整夜咳个不停。室友们被吵醒了，鼾声中断，翻身频繁。我也很抱歉，可实在没办法。抗生素一直在吃，收效甚微，如果是细菌病毒混合感染的话，细菌那部分肯定被干掉了。

一早起来，离我最近的 Geoff 和最远的 Sarah 都开始咳嗽。虽然明摆着是我传染的，但没人责备我。

上午气象专家 Alex 带来坏消息：近日将有风暴来袭。7 日是计划中的出发日，只能到时决定是否推迟。远征前的最后一天并不轻松，仍面临太多变数，令人忧心。

7日一早的新消息是风暴"今天不会来"。所以我们决定先走完海岸线到 Novo 机场这一段9公里，当作热身。

早饭后汽车把我们运到 Novolazarevskaya 考察站。通往海岸线的小山丘乱石遍布，我小心地选择落脚点，必要时坐下来推开松动的岩石，终于下降到一小片冻结的开阔海域，那里就是此行的出发地——阿斯特里德公主海岸。1931年，挪威捕鲸者首次到达此地。南极大量地区以类似的方式命名，是初访者向各自王室致敬的方式，也是一旦发生领土之争，主张权益的依据。

尽管没有原住民，但世界各国对南极大陆的争夺从未停止。1950年6月的国际无线电科学联盟会议上，决定将50年举办一次的国际极年观测活动改为25年一次，拟在1957年7月1日至1958年12月31日实施第三届国际极年，并更名为国际地球物理年（International Geophysical Year，IGY）。

虽然IGY倡导多国合作，但事实上隐含领土主张，因此探险队纷纷涌入南极匆忙建站，想要赶在IGY活动的12个参加国登陆南极之前，留存日后瓜分南极的依据。同一区域经常出现数个国家的基地比邻而居。

IGY之后经过一系列会议，12国代表终于在1959年12月1日签订《南极条约》，并在1961年6月23日正式生效，形式上冻结了争论不休的主权诉求。这就是南极点阿蒙森－斯科特考察站前 12 面国旗的由来。

半个多世纪以来，国际格局风云变幻，陆续有几十个国家加入条约。中国在 1983 年签署文件，并逐渐崛起为影响力不断攀升的重要成员。

《南极条约》至今仍维护着地区和平，避免领土纷争升级为武装冲突。现代科学诞生不过 500 多年，其间所发生的深刻变革赋予人类前所未有的能力，影响超过了此前人类进化史成就的总

新拉扎列夫考察站陈列的早期极地工作车

和。科研和政治、经济的紧密联系从来不是秘密。一些国家以科学的名义探索南极，但终极目标仍是赢得战略优势，获得包括石油矿产资源、海洋生物资源在内的现实利益，南极的未来仍充满未知。

走在海岸线粗粝的沙石上，我望见稍远处淡蓝色的海冰高高隆起，好像在一波浪涌时突然凝固，遮挡住大部分视线。我久久伫立，心潮澎湃。想感受下这里的味道，就趴在冰面上尝了尝，没有丝毫咸味。

过去5年，或许是我的一生都在等待着这个时刻的到来——远征临行在即。最后一次环顾四周，我在心中起誓："道阻且长，行则将至。无论遇到怎样的困难，唯有竭尽全力战斗——只要脚还走得动。"

上午11点整，远征正式开始。

返回Novo机场的行程相对轻松，因为两地往来频繁，有一条标记清晰的车道。但这段时间缺乏降雪，路面大部分是冰，全程爬升500多米，我们一路跟跟跄跄，速度很慢。下午晚些时候才回到机场。

新消息迎头棒喝：原本预计的一个气旋，现在变成了两个，更糟糕的是风力一个8级，一个超级——相当于两倍11级。双气旋情况复杂，无法精确预测。Alex说如果真的来了，到时候连自己的手都看不到。见我似乎不死心，又说他已经在这里研究天

229

"行则将至"远征队一行三人出发

航拍"行则将至"远征队一行三人

气 10 年了。Alex 愁眉不展，我想逗逗他："那你能告诉我南极洲的'Haboob'[①] 是顺风还是逆风吗？"实际上所有人都接受了现实，这种情况下出门就会变成失踪人口。Geoff 也被迫滞留，我们一起听凭命运摆布。

8 日白天没有异常，我们在附近拉练了两小时。到了夜间，大风开始一阵强过一阵，把集装箱宿舍推得摇摇晃晃，噪音盖过了我的咳嗽。隐约传来两个不同频率的鼾声，不知道另一个人是否和我一样醒着，对好天气望眼欲穿。Novo 机场位于南极圈内，纬度在 S70°50′ 附近，这个时节每天太阳只在地平线下徘徊三小时左右就会重新升起，即便日落，天也是亮的，非常接近极昼。

9 日一早，Geoff 决定出发。这是在撞运气，两个气旋状况复杂，前一晚来了个小的，大的情况未知。我们 3 个商议后决定再等一日。

10 日中午，Alex 断定气旋不会袭击这个区域。下午 2 点我们终于又上路了。机场工作人员出来送行，场面有点儿悲怆。七八个男人伫立在寒风中，看着我们欲言又止，在沉默中拥抱、道别。负责人 Fernando 最后说："飞机会随时准备好去接你们的，保重！"

机场附近被压实的硬雪是最好走的，但没走多远，就进入了

---

① 哈布风暴是在苏丹北部境内的撒哈拉南缘出现的湿热强风。

"行则将至"远征队一行三人在阿斯特里德公主海岸出发前合影

位于南极大陆的 Novo 机场，季节性运营开普敦往返的洲际航空，也是俄罗斯内
陆航空补给的枢纽

坑坑洼洼的冰区。南极刚刚入夏，太阳升不了太高，映出一片波光粼粼。我看到影子被拉得很长，天边悬着凸月，有种暮色四合的错觉。拖起行李来倒是不费劲，但脚底打滑，走不快。我们希望第一天能离开机场观测范围，如果被迫在他们的视野内扎营可真是太尴尬了。地势向左侧轻微倾斜，雪橇频频侧滑。如果穿着冰爪[①]，速度会快不少，但我们带不了那么多东西。止滑带换成了全尺寸，抓力还是不足。磕磕绊绊地走了不知道多久，回头看时，集装箱还是地平线上的一排小黑点。前方冰区面积未知，也许第一晚只能在冰面扎营。我们带了冰螺丝替代雪地钉锚定帐篷，那东西也是冰壁攀登的重要工具，但只有 3 人一起掉进冰隙时才用得上。

随着太阳越来越贴近地平线，起风了。一开始我还能摇摇晃晃地抵抗，很快变成被迫漂移，再后来不断被阵风拍倒在地。Sarah 身高 175 厘米，体重 63 公斤，Erik 身高 178 厘米，体重 81 公斤，他俩走得挺稳，只是偶尔打个趔趄。我出发前增重到 52 公斤，零头可能被生病耗光了。虽然最后一小时摔了五六次，但我知道这是整个行程最轻松的一段，雪橇一旦进入松雪，只能拖多远走多远，一点儿也滑不起来了。行进了 4 个多小时，终于重新踏上一小片雪地，回望来处机场不见踪影，我们决定就地

---

① 冰爪是冬季登山或者高海拔登山必备的器械。用来在很滑的冰面或者雪地上站稳脚跟。——编者注

扎营。

　　GPS 显示行进了 8.7 公里，海拔 713 米。和远征南极点不同，徒步难抵极不是沿着同一经度行进，所以用海里计数并不方便。而且为了躲避冰隙区，整体路线是向东南方向漂移的弧线。GPS 可以测算两点距离，但为了省电，减少充电的麻烦，我制作了表格，按照补给之间的直线距离，每间隔 1—2 公里，记录一处精确坐标，8 个补给点一共 9 份，打印出来，随身携带，方便校对行进方向，若有偏移，及时调整。

起风了，风暴将至的前奏

直线行进是 Paul 坚持的重要原则，他第一次带客户前往北极点时，缺乏经验，行程初期遭遇乱冰区不知如何应对，先是绕路寻找低洼地势通过，几天后，发现进度极为缓慢，才改变策略，尽量翻越冰脊，当天就里程加倍。

　　经线是弧形，向两极延伸，最终在极点汇聚，S70° 到 POI 所在的 S82°，相邻两度经线间最短距离从 38.2 公里逐渐缩小到 15.5 公里。1800 多公里的长途跋涉经不起迂回，必须分阶段直线行进。除了摔倒，这半天相当轻松，我们仍在谷地，尚未进入山区。营地前方雪坡高耸，大幅爬升近在咫尺。

17

行至磨难处

11 月 11 日起,远征日程拉满,全天行进。

安全起见,Sarah 和 Erik 轮流把我夹在队伍中间。山区冰隙遍布,最初的两三百公里最危险,可能在瞬间把远征终结。但情况不算太糟,能见度很好,我们可以绕过大裂缝,从小裂隙上通过,想要完全避开是不可能的。这时体重轻是优势,Erik 比我重30 公斤,他的风险最大。我们没用绳索连接,三个人离得比较远,如果一人遭遇雪面塌陷不至于牵连别人。天气时阴时晴,风力总体缓和,气温维持在 -20℃以上。

山区靠近海岸线,还不是生命禁区。休息时跟来两只贼鸥,这种棕褐色的鸟经常盘旋在 Novo 机场附近觅食。它们非常聪明,善于观察,敢混到哺乳期的象海豹群里偷吃乳汁。生活在泛南极区域的南象海豹(Southern elephant seal)是全世界 18 种海豹中的巨无霸,雌性平均体重接近 1000 公斤,雄性体重是其三至四倍。

吸引贼鸥铤而走险的回报相当丰厚——象海豹乳脂率超过 50%
（人类约为 4%）。艺高鸟胆大，面对人类这些南极外来物种并不
害怕。我丢过去的 salami 全被一只吃掉了，很快它就自信又警惕
地走过来从我手上取食。但另一只伏在原地动也不动，看来已经
接近命运的终点。这就是自然，任谁都无力抗拒。我知道南极禁
止投喂动物，但附近只有雪和少量裸露岩石，无处觅食，这种地
方除了活命都是废话。我分给贼鸥当天配额三分之一的 salami，
又留下一些坚果碎，希望它能好好活下去。

Novo 机场的贼鸥

刚过中午，我们就经过一大片雪脊，雪橇拖过时感觉一顿一顿的。想起远征南极点时，我会先数好有几个雪脊，加速冲过去，听着后面雪橇撞击的声音，次数对上了就是冲刺成功，少了还得加把劲儿。现在障碍连成片，数都数不过来，只能拖一步是一步。

积雪填埋了山谷，让地势趋于缓和。但和 Hercules Inlet 出发时直线上升不同，一连几天，我们都要持续翻越山丘，在起起伏伏中爬升。虽然辛苦，不过进度稍稍领先于计划，这样的开局让人安心。

但我观察到的另外一些情况就不太妙了。Sarah 和 Erik 的硬壳外套是 Matty 做的。设计成套头款式，只在腋下有散热拉链。我见到 Erik 走着走着把登山包的腰带解开，整个雪橇靠肩带负重拖行。发力点上移显然不合理，我猜他这么做是因为太热，又不好意思停下来调整衣服。其实只要硬壳上衣有个前置拉锁，散热很容易解决。

Erik 此前从未到过南极，他曾在格陵兰岛有过一次皮划艇和越野滑雪混合的行程。Sarah 来过南极两次，一次像 Carl 那样带领 ALE 的远征队徒步南极点，一次是为开特制拖拉机的客户做随行顾问。Erik 显然没有测试过新衣服，八成觉得听 Sarah 和 Matty 的不会错。

我的装束奇特：表面看没有狼毛领，膝盖和肘部戴着保暖套，脸上是大面罩；藏在里面的是吊带款风裙，还有速干巾保护脊柱。这副打扮独一无二，Sarah 从没当着我的面评论。Erik 没什么心机，他毫不掩饰好奇，问清楚每一样东西的用法，尤其对护膝很感兴趣，因为他的膝盖韧带曾动过手术，留有后遗症。每个人对寒冷的反应不同，体温调节速度，出汗快慢有差别，所以不能统一着装。这是 Paul 教的，我也花了很多时间才总结出适合自己的搭配。Sarah 出身极地探险世家，肯定没问题。Erik 显然经验欠缺，这样凑合着行进不是长久之计。但我什么都没有说，向导们有着强烈的自尊心，很难接受客户直抒己见，更何况现在也没办法补救，指手画脚只会让他们心生龃龉。可是一个物质上没有准备好的人，精神会比身体更容易崩溃。

　　关于想当然，我也是有过教训的。在玻利维亚旅行时，有一天我去当地人开的小饭馆觅食。门口贴着张简易菜单，几道家常菜的西班牙文和照片都对得上，所以我决定换换口味，点个没见过的新菜。图片上一大碗排骨汤看起来不错，单词我不认识，试着拼读，老板马上听懂了。等了好半天，端上来的东西居然和照片完全不同。没有汤，也没有排骨，在土豆和米饭上顶着半只家禽，最上面盖着洋葱丝、番茄丁和香叶碎。语言不通，没法问个明白，我只好带着巨大的疑问开始用餐。拨开蔬菜发现下面还摊了个蛋，颜色可疑，不敢下嘴。因为分辨不出是哪种家禽，所以我把它翻过来看。反面有个空凹洞，还没等反应过来是什么，我就被指尖捏着的"骨头"吓得魂飞魄散，差点儿尖叫——几颗大白牙。原来不是家禽，而是半颗羊驼的头，空凹洞是眼窝，可疑的"蛋"是脑组织。点餐失败，倒是成功地记住了一个新单词——cabeza（头）。此后再遇到拿不准的事儿我都得三思而行。

14 日晚上有访客。White Desert^① 两名员工驾车途中发现了我们，特意过来看个究竟。

这家极地旅游公司专营高端业务，客户不乏王室贵族、富商巨贾。创始人 Patrick Woodhead^② 是 Paul 早年的客户，起步阶段，曾雇用 Paul 作为专业顾问。不过十余年时间，业务突飞猛进，已是全球赫赫有名的高端南极旅行机构。虽然 Paul 和 Patrick 不存在严格意义上的竞争，但我觉得这种落差在某种程度上影响到他的处事方式。

Sarah 想为她和 Erik 寻求更多的工作机会，请来访者向 Patrick 问好，嘱咐对方要提到她是 Paul 的女儿。

这次不期而遇打乱了我的思绪，汽车引擎轰鸣时我正在帐篷里检查右脚的滑雪靴，惊讶地发现内侧居然开了胶，灌入不少雪屑，所以才会感觉特别冷。本想着晚饭时拿到 Sarah 的帐篷中修

---

① 白色沙漠，是英国一家提供南极大陆内部高端旅行服务的公司。
② 帕特里克·伍德海德，英国人，白色沙漠创始人。

理，探出头发现有人来访就忘了。

15 日我又穿着开胶的靴子撑过一天。早上特意在右脚套上 5 只袜子，左脚还是 3 只。最开始两三个小时没太大问题，但越往后右脚越冷，到了下午感觉脚底生风，就像穿着凉鞋。熬到扎营时，右脚已经又硬又疼，如同踩着碎石。这下可忘不了去修靴子了。

Sarah 也很惊讶 ALFA 的产品竟然开胶，不过修理装备是向导的工作之一，他们备有胶水。粘好后用炉子烤了烤，还让我晚上把靴子放进睡袋。

Sarah 和 Erik 也在用 ALFA 的滑雪靴，是另一种叫作 75 毫米（也叫 3 针）的款式，鞋底前部有一块突出的鸭嘴状装置，宽 75 毫米，上面有 3 个孔，配合特定固定器使用。

我想起 Sarah 的哥哥，另一个 Erik，在给某次大型风筝远征做向导时，客户固执己见，坚持使用赞助商提供的装备，途中由于一只高山滑雪鞋不保暖，出现冻伤。Erik 行前曾建议客户采购特定品牌，已尽到职责。客户解决冻伤的办法是强迫 Erik 和他换鞋穿。在庆祝胜利的照片中，媒体未曾关注两人穿的鞋子都不配对。这故事是 Paul 讲给我的，Erik 收取酬劳，没有公开行程细节。

我看着 Sarah 配置胶水，忽然觉得，也许 Paul 是和人性的阴

Sarah 在帐篷里修补冯静开胶的滑雪靴

暗面缠斗已久才变成那样的。

16 日早起时胶水看起来是凝固了，我很高兴不用再多穿袜子，一脚高一脚低走起来别扭。

天气宜人，晴朗、微风。此前我们 5 天时间均匀地爬升了 966 米，海拔上升到 1679 米，原以为这天情况也会差不多，没想到大错特错。

早晨爬上第一座小山丘后倒吸一口凉气，登高望远，只见前方雪坡高耸，必须先下到谷底才能继续挺进，而这个山谷比刚爬上来的还要深。趁着出发体力充沛，我们开玩笑说能让雪橇在前面牵着走的机会不多，就当是放假了。

第二座小山丘爬起来有些吃力，中途休整一次，翻过去时又倒吸一口凉气，情况和早上差不多，这时我们已经没心情开玩笑了，沉默地跟在雪橇后面下降，每走一步都很无助。

第三座小山丘看起来是终极挑战，它把后面遮得严严实实，让我没来由地相信只要爬上去就是一马平川。我深呼吸，弓起身子，盯住滑雪板，数着步数，每组之间奖励自己停下来喘口气，先是 40 步，然后是 30 步，很快就只能撑过 20 步了。我一直咳嗽，这会儿感觉像要了命，本就急促的呼吸不时被剧烈的咳嗽阻塞，把自己憋得头晕眼花。我弓着背，整个身体撑在雪杖上，边喘气边想，如果倒下去一定要装出闹着玩儿的样子，把向导吓到可就走不了了。

爬上第三座小山丘我已精疲力竭，看着又一个下坡心如死灰，拽住雪橇像个僵尸一样机械地下降，走到坡底才发觉没有前两次那么深，下一个小山丘也不算高。探着身子爬升了这么久，我的脖子又僵又痛，小腿抽筋，前些天右脚磨出的水泡现在感觉更大更疼了，来回上下不知道无效爬升了多少，说不定海拔没太大变化。不对，得往好了想，至少天气不错，超级风暴没来，可以看很远，比我的手指尖远得多……抬头望去，飞来两只雪鹱①，它们被 Sarah 橙绿色相间的上衣吸引，低空盘旋。还有更远处的山，气势磅礴的群山……

不知不觉爬上第四座小山丘，眼前是一片开阔的低地，算不上山谷，我们下降后一鼓作气，完成了这天最后一次攀登，在另一处将要下降的陡峭雪坡前扎营。真是心力交瘁，再也走不动了。里程只有 15.5 公里，海拔上升到 2044 米，实际爬升远远超过 365 米。

靴子又开胶了，我休息时看到裂开的鞋底灌进雪屑，好在一直没起风，右脚不算太冷。应该是低温造成胶水失效。晚饭时 Sarah 重新上胶，用火多烤了一会儿。

这天低头爬升的时间太久，肩颈痛发展到妨碍我吃饭。睡前

---

① 雪鹱（hù）又名南极雪海燕，纯白色，主要取食磷虾（磷虾属）、鱼、乌贼等。——编者注

我花了一个多小时涂抹扶他林软膏按摩。上次带的膏药药效也不错，用在手上没什么异常，但贴在脚踝处发生了严重的皮肤过敏，本来劳损暴发已经够疼了，过敏又加重肿痛，穿脱靴子犹如受刑，苦不堪言。这次我只带了少量膏药，备足了扶他林软膏。

睡到半夜后背冰凉，冻醒后发现气垫瘪了，气嘴没松动。出发前做过测试，没发现漏气，也许是气压变化。我试着继续睡，但这时受海拔影响，温度已经降至 –20℃以下，躺了一会儿越来越冷，也越来越清醒，只好爬起来重新打气。我这次远征立下的原则是减少共用装备，既然帐篷都单独带了一顶也就不差个气泵了。没时间多想，我拉开睡袋，穿着单层速干衣，挪开气垫，跪在冰冷的防潮垫上操作。一通折腾碰碎了帐篷上凝结的白霜，制造出一场人工降雪。打足气后我抖落头顶到后背的雪屑，钻回睡袋时双腿冰凉。翻身试了试，听不到气流声，更确信是气压的问题。睡到天亮，气垫略显松弛。

17 日早上扶他林软膏起效了，我放松心情，往返帐篷之间时一赏营地美景。空中薄云笼罩，被朝霞映出淡淡的蜂蜜色，远处危峰兀立，好像正从地平线上缓缓升起，令人望而生畏。

营地前的雪坡太过陡峭，我们没穿雪板，徒步降至坡底，再度开始爬升。不过一两个小时，云层在地平线处撕开一条缝，透出明亮的蓝色，慢慢扩大，最终薄云消散。当我再次眺望群山时，清晨朦胧的黛蓝色已经褪去，阳光下岩石呈现出粗粝的棕黄色。我没有明显感到气温下降，但乐基因的广口瓶被冻住，打开后瓶口结了一层冰。这种情况在远征南极点时从未发生过。

这天海拔上升到 2215 米，脖子抻了一整天，到晚上又不好了。我在帐篷里挂了根捆扎带做颈椎牵引，想起 Paul 调侃"绕颈窒息身亡"，听着颈椎发出异响，我笑不出来。

18 日上午拿到第一个补给，比计划提前一天，让我们备受鼓舞。尽管风力渐强，也没有立即扎营，乘胜追击半日。

这天只有一个大坡，也是山区的最后一次爬升。Erik 出现迷惑行为，他按照 Z 形路线开路，跨度之大让我决定各走各路，我独自一人在旁边直线行进。剧烈运动很快让我被太阳直射的左半身燥热，而背阴的右半身微凉。爬到一半，Erik 追过来解释说 Z 形上升节省体能。真让我无言以对，盘山路是单位距离内能耗低，不代表绕上九曲十八弯最后还省力。我坚持走直线，以行动表示反对。他绕过几段折线之后似乎在 Sarah 的劝说下改为直线。此时我们横向相距几十米。我丧气地想着雇用这样的向导日后麻烦少不了。

Erik 比我小 3 岁，来自爱达荷州的乡村，没什么城府，心思都挂在脸上。他对这个行程很期待，却故意表现出一副不太在意的样子。我猜不出他想演给谁看，但能猜到他在 Landry 家族不自在。虽然 Paul 和 Matty 离了婚，但仍和 Sarah 有业务往来，照顾女儿是一回事，准女婿是另一回事。Paul 很看不起某个住在女方家里的极地向导，又会怎么看待给女儿打工的准女婿呢？有时我聊起 Paul，Erik 从不参与，感觉他很紧张，只有说起 Matty 才放松。Sarah 比 Erik 小一岁，在她身上能看到 Paul 的影子，我很感兴趣这对父女有何不同。

原本盼望着出了山区松口气，没想到更艰苦的日子紧随其后。19 日到 24 日连续 6 天狂风大作。天气就像被切换了模式，

扎营

爬升仍在继续，不容我们喘息片刻。大风卷起雪屑像滚滚流沙奔涌，我们深陷其中，雪橇卡住，一步一顿。高反来了，我的状况急转直下。19 日还能吃下当天配额的一多半，20 日晚上闻到食物的味道就干呕，直到次日扎营，24 小时粒米未进。21 日晚饭强迫自己吃下半份，刚回帐篷就呕吐不止。22 日早起时我对着滑雪镜看到自己眼睑浮肿面容憔悴，决定强迫进食。哪怕刚吃完就吐，也比白白拖着负重强。频繁呕吐引发了持续头痛，咳嗽加剧疼痛。我本来对带病行进习以为常，现在越来越难以忍受。从来没有过这样的经历，在咳得快断气的同时不断喷出胆汁，脑袋像撞钟似的被一下下猛击，我说不出完整的句子。

"你怎么样？"

点头。

"要扎营吗？"

摇头。

"你确定？"

点头。不要废话了，有站在这里的工夫又走出一米远了。我深呼吸，攒了口气吐出两个词："Keep going.（继续走。）"

我还是边走边吐。呕吐物弄脏了滑雪板、靴子、衣服、面罩。恶心的气味近在咫尺，好像头上扣着泔水桶。干净体面已是奢望，实在无力清理。我的大脑接近罢工，唯一清晰的念头是拼命呼吸。几乎感受不到痛苦，只要还在移动，也就没有焦虑、没有抱怨。我知道慢下来了，腿只能跟着肺可以支撑的程度迈动。思维短暂陷入空白时，我便停下来，把整个身体撑在雪杖上喘气，攒出再迈几步的力气。不是单纯的疲劳，有种被掣肘的力不从心。

我试着想些向往的事，难抵极那么遥不可及，毫无触动。思维和语言一样无法连贯，脑海中只闪现记忆碎片。拼凑许久，我终于意识到自己最渴望的，竟然是出发前夜那间凌乱不堪的小浴室，那个没有热水，但容我栖身的地方。我渐渐明白，人在脆弱时会变得多卑微。

22 日晚饭时我强忍恶心，撑到热饭出锅，看见 Couscous 的瞬间感觉就像吐出的胆汁。我来不及说什么就拼命扯开帐篷冲出去。胃里几乎是空的，但又开始翻腾。我抓了把雪塞进嘴里，凉丝丝的感觉带来片刻松弛，太阳穴间的疼痛似乎也缓解了。真想把脑袋插进雪地里。

海拔已经上升到 2985 米，高过南极点的 2835 米。和内地高原不同，这里没有植被覆盖，缺氧更严重。上次远征时由于爬升过程较长，我和 Paul 只在同一天出现过轻微的气短，既没头痛也没失眠，更没食欲不振。我也曾数次在短时间内攀升到三四千米，从未遭遇如此强烈的高反。我们都知道躺下来休息几天会有所缓解，但没人提议这样做。行程刚刚开始，尚未积累任何优势，第一个补给前领先的一天早就被耗掉了，现在我们距离第二

高反引发持续呕吐

个补给点还有75.8公里，按照计划，应在4天内赶到那里。但是松软的雪就像沼泽，本来就举步维艰，还要顶住七级大风，爬升。硬质背包腰带的下沿卡住髂前上棘，每一下拖拽导致的摩擦都带来熟悉的痛感。我模糊地想着此情此景过去百年间曾困住多少人，即使在泪水中祈祷也换不来怜悯拯救。大自然不断发威，好像涉足此地触犯了某种神秘的禁忌。我一次次被更猛烈的阵风拍倒，一次次站起来，望向天边，对着那个隐身在浓云背后的主宰者发誓："你不知道我走了多远的路才来到这里，不管你怎么驱赶，我也绝不会这样回去，绝不！"

已经算不上是在行进了，每一步只能挪动几厘米。谁也不知道这场厘米之战还要持续多久，最艰难的时候，速度降到一小时一公里。每挣扎两小时，我们就停下片刻。Erik 行进速度快，总能多休息一会儿。我从放下背包开始计时，不少于10分钟，也不超过11分钟。坐着当然比迎战风暴容易，但每次超时5分钟，一天就要少走几百米，等差距累积到不容忽视恐怕为时已晚。当我再次率先起身，示意时间到，继续行进时，Erik 像是自言自语："几天不吃，哪儿来的力气啊？"我什么都没说，也没任何举动回应他，只是慢吞吞地启动了。Erik 曾对进度不满，试图指点我加大步幅提高步频，渐渐才明白我已经做了所有能做的，剩下的事情就是把信任托付给时间。

当晚我吃下半碗饭，没吐。总算快熬过高反，我期待状态触底反弹。半夜气垫扁平，把我冻醒。这状况已经持续了一周，越来越严重，不是气压的问题，肯定有破损。但风噪太大，在帐篷里说话都听不清，更没法捕捉微弱的气流声，只能爬起来打气。早起时我经常膝盖以下冰凉。

23 日是出发之后最冷的一天，实测气温 -35℃，风速 63km/h，风寒效应明显，温感相当于 -55℃。热量摄入严重不足让我更加畏寒，穿上 6 条裤子 7 件上衣，靴子也加了棉套。面容浮肿只是表象，我的体重急剧下降，包裹在这么多层衣服里居然不觉得活动受限。这天早起后不再那么反胃，我吃过早饭，出发前又含了一块巧克力。连续多日鼻腔阻塞只能用嘴呼吸，到第一次休息时，巧克力已经黏在上颚两个小时，依然没化开。固定器被雪屑卡死，必须用腕袋里的钥匙撬开。上厕所也更加困难，极寒容不得慢条斯理，暴露超过两分钟就会冻伤。几乎在蹲下的同时我就丧失了感觉，必须靠看判断进程。

这天最后一次休息时，上完厕所，我感到右手拇指卷进了裤腰，和往常一样来不及整理妥帖，只想胡乱堆在一起了事。起身瞬间我知道不对劲儿了，抽出右手一看，拇指整个向下扭曲着，耷拉在手背上。隔着手套并没觉得恐怖，甚至感受不到疼，只是一阵慌乱。最先冒出的念头是"骨折了，这下完蛋了"，几乎同时左手就帮助完成了拇指复位，过程之快根本想不起是如何做到的。之后我揉捏着虎口周围，确定没有骨折，痛感开始扩散，才想起这种情况叫作脱臼。

　　一切都发生得太快，快到 Sarah 和 Erik 没有察觉。我在雪橇上坐下时一身冷汗，自从高反以来，这是头脑最清醒的时刻。行进最后一节右手不能正常持握雪杖。我试着用食指和中指夹住，后来发现夹在中指和无名指之间更方便，就这样撑着走到扎营。固定器再次卡死，我用九根手指无论如何也打不开，就去求助 Sarah。她先是自己掰几下，感觉不行，叫来 Erik。两人一起趴在地上，又敲又打，办法用尽，固定器纹丝不动。最后 Sarah 帮我取来营地鞋换上，把连着滑雪靴的滑雪板带进帐篷烤火。

　　脱臼比骨裂影响大得多，虎口肿起来，不算严重，但拇指失能牵连右手太多事做不好。这刚是远征的第 17 天，还有 1550 公里，不能指望他俩每天替我扎营拔营，只能对自己再狠一点。目标是走到难抵极，如果完不成，那就走到穷尽一切办法为止。

　　阴天帐篷里很冷，已经连续数晚扎营时不见太阳。睡袋里的东西越塞越多，吸潮后的手纸来不及彻底干燥又要重复使用，我的身体每晚能制造出的热量越来越不够用，早起时衣服微潮，手套和靴子里都结着冰。

　　24 日更冷了，实测气温 –38℃，风速 62km/h，温感相当于 –58℃。冷到一定程度，感受没有区别。大风每天在帐篷上堆起厚重的雪墙，我一个人拔营本来就比他俩慢，现在手坏了，只能更早开始。远征时为了节约时间，帐篷的支杆不做完全收纳，仅在中部抽出对折。因此帐篷卷起来比我矮不了多少，为了防止被风吹散，我得骑在上面把它制服，抱住塞进收纳袋，最后捆在雪橇上。不是所有动作都能避开受伤的拇指，比方说把支杆从固定套取出，还有把打卷的帐篷入袋。

疼痛是远征中无数困难里最容易忍受的。好在不是骨折，好在没发生在脚上——每次弄疼受伤的拇指时我都这样想。

前一晚没有认真按摩劳损的肩颈，只是涂抹扶他林，左手稍加揉捏。早起觉得脖子僵硬，斜方肌紧绷，压痛明显。

这天爬升明显放缓，但风阻太大，拖雪橇太吃力，我还是得弓着背。一开始半低着头，脖子能勉强撑住，很快就得不断靠头部后仰缓解酸痛。7 小时后，我的头只能处于直立状态，无论向哪个角度倾斜都会立即失控垂下，同时引发剧痛。直立状态可以缓慢摇头，但颈椎会发出沙沙的响声。吞咽口水就会引起头痛恶心，我得双手撑住脑袋呕吐。

这样下去凶多吉少，多一步也走不了了，我第一次叫停行程。Sarah 听过我的描述，也认为是劳损，但束手无策。我让她先回去，自己想办法。最好的办法是休息，但应急食物只够撑 8 天，不能这么早消耗。劳损急性发作源于前一段密集大幅爬升。目前海拔 3071 米，根据调研数据，还需要爬升大约 300 米才会进入缓慢下降阶段。

疼痛可能会持续很久，反复发作。等待不是办法，我需要颈托，只要头能支起来，应该可以继续走。雪橇上物资有限，不是去研究缺什么的时候，只能凭现有的东西想办法。我考虑再三，决定用蛋槽。蛋槽是 Z 形折叠收纳，我沿着折痕剪下一段，卷起来，用胶布缠住，横着夹在下巴和锁骨之间，感觉直径不足。蛋槽全长只有 183 厘米，我不敢轻易再剪，在蛋槽中间用一卷胶布支撑，最后穿了根行李捆扎带，固定在脖子上。

一切都是天意。捆扎带曾一度弃用，离家前几天，临时增加两名机密成员，收纳困难才用上捆扎带，竟然在关键时刻派上用场。我戴着颈托四处活动了一阵，不适有所缓解，算是逃过一劫。

晚饭时接到消息，俄罗斯、阿根廷、冰岛的联合车队将会经过。Arctic Trucks[①] 是一家成立于冰岛的专业越野车改装厂商，车队的三台车都是他们的作品。有两名俄罗斯客户预定了从南极点驱车前往难抵极再回到 Novo 机场的行程，两车将执行此任务，另一车负责放置我们中段的补给。远征不得遗留除排泄物外的任何垃圾，ALCI 经过评估，为了避免因行程中断取回补给，决定分段放置，随时根据我们的进度调整。

我想起出发时机场负责人 Fernando（费尔南多）说的"飞机会随时准备好去接你们的"——"随时"？他大概觉得我不知道

---

① 北极卡车，1990 年在冰岛成立，致力于再造和改装越野车。

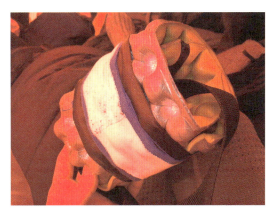

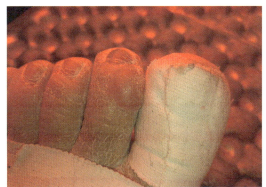

1 肩颈严重劳损的紧
急状况下，我剪掉
一块蛋槽，制作成
简易颈托

2 远征标配——水泡

3 早起发现滑雪靴里
结冰

自己在干什么。这么多年，经历过不计其数的嘲讽和愚弄，我听得出"随时"是基于在南极工作的经验，婉转劝诫。这是善意的否定，丝毫不让我气馁。

在准备的年份里，很多次有人许以赞助约我面谈，实际上只是纯粹出于好奇，把我当成怪人，想看看到底长什么样。每当我确认了这种企图，自己便保持沉默。某家一流企业的高管曾居高临下地评论："我们要流量，那地方都没听说过，去干什么？"有此一问，多余作答。之后我决定不再浪费时间，放弃寻求赞助，自筹资金。不少远征者想到被嘲讽就会斗志重燃，但对我不奏效，那不过是些生命中无足轻重之人，有太多值得珍视的过往足以汲取力量。

我常常想起的一个人，连他的名字都不知道。那是 2014 年在贝鲁特，某个下午，我坐在海滨大道的长椅上休息。远处过来一个人，跌跌撞撞的样子很难不被注意。稍近些时我看清是个残疾少年，胸前挂着木匣子，兜售些糖果之类的东西。他步态扭曲，手指畸形，可能是小儿麻痹后遗症。如此境遇仍自立求生，令人钦佩。迎面走来一位西装革履的商务人士，他拖着行李打着电话，相遇时稍作停顿又继续赶路。少年停下来，吃力地转身，就在离我不太远的地方。我听到他讲阿拉伯语，很急的样子。已经走出七八米远的商人也注意到了，转身答复几句，又继续通电话。这下少年更急了，他用挛缩的手指夹起巧克力，舞动着枯枝

258

一样的胳膊甩了过去，一块、两块、三块。商人注视片刻，挂断电话，丢下行李，逐一拾起散落的巧克力，揣在兜里，走过去，用力拥抱他……每一幕我都看得真真切切。泪水模糊了视线，平静下来时，只看到一个背影，他不纠缠任何过客，依然跌跌撞撞，但脊梁挺得笔直。生命中这些不期而遇的人，教会我如何面对困境，无论遭遇怎样的挫败也要勇往直前。

25 日风总算小了。在两天内走完 50 公里才能拿到第二个补给，而此前 18 天，最好进度不过 21.37 公里。一早 Sarah 提议帮我负重部分行李，前一晚他俩已将冰隙救援的装备和部分个人用品交给车队，我们也清理了少量垃圾，正处于补给前最轻便的阶段。我在惊讶之余果断拒绝。50 公里两天半才是合理配速，所以我要求尽量赶路，同时做好延迟半日拿到补给的准备，他俩都没表态。

天气终于切换到利好模式，晴朗、微风。但雪况不佳，仍然堆积着暴风留下的大量雪屑，需要足够日照才能硬化。戴着颈托有些压迫呼吸，我没法走得太快。朝夕相处，Sarah 最初轻咳两天就痊愈了，Erik 完全没症状。我的咳嗽不再是干咳，声音黏滞，带出黄绿色成坨的浓痰，夜里常常因呼吸困难憋醒。停药有一阵了，但痰液的颜色让我决定重新服药。这天走满 11 小时，完成 25.03 公里。

26 日早上拔营后我感到胃里一阵翻腾，把早饭吐了出来。自从手指脱臼，我每天把营地向行进方向多推进几十米，这段距离担保我临行前从容不迫。他俩忙着收拾，没注意到我蹲着缓解胃痛。Erik 靠近时我站起身，点头示意出发。

整个上午我持续反胃。和高反不同，那时头痛欲裂，呕吐不受控制。现在我能压制住轻微的恶心，呕吐一次平息个把小时再来下一轮。头靠颈托支撑，并不觉得太疼，只在胃部剧烈收缩时才感到胀痛。我也不知道是怎么了，能想到的唯一原因是漏气的气垫。Erik 用胶水修补过两次，每次才撑一两天，最后他表示无能为力。我只好把气泵连着气嘴，冻醒就爬起来打气，每晚至少一次。

也许是连续受寒引发胃炎，我休息时开始嚼服胃药。就算呕吐不断，多少也能起点作用。到了中午，呕吐症状消失，感觉好了不少，但一上午只行进了 11 公里，剩下 14 公里照这个速度要走到夜里。Sarah 再次提议他俩帮我负重，我有些犹豫，但还是拒绝了。这很不正常，次日上午还是今晚拿到补给没有重大区别——除非面临断粮。

我终于忍不住问："应急物资在哪儿？"

她沉默片刻，小心地说："我们有应急物资。"

"我问在哪儿？"

她再次沉默。这下印证了我的猜测，Sarah 一再要求帮我负

260

重是为了掩饰应急物资没有随身携带。行前我曾两度过问此事，她都信誓旦旦担保没问题。原则上，远征时不能随意翻动别人的东西，那是粗鲁无礼的行为。Paul 转移负重向来偷偷摸摸完成，从未当面打开我的雪橇，我也不能轻易要求检查向导的行李。现在显然是没有晚饭了，所以今晚必须拿到补给。

"我不能预测天气，不能预测雪况……"Sarah 开始解释。

"应急物资就是干这个用的！"我第一次发火。

这感觉太熟悉了，和 Paul 一样，绝不承认错误。我不知道他俩还有多少冷食，够不够多撑半天，但这不重要，我有余粮足够额外支持三个人行进大半天——被向导抢劫教会我远征中生存压倒一切。Sarah 性格不外露，没有 Erik 那么直来直去。我愿意给，她愿意接受吗？Erik 只是助理向导，缺乏经验，傻乎乎地听 Sarah 指挥，某些方面还不如上次远征时的我，他不会在意是不是分吃我的食物，有两次我拿出未开封的巧克力，他很高兴地收下了。Sarah 的角色更接近 Paul，不想暴露安排失当，但愿她的自尊心不要和父亲一样扭曲。我压低了声音试探："我有冷食，够三人吃一天的。"

Sarah 就跟没听见似的："今天我们必须拿到补给。"

下午的行程刚开始不到一节，我的感觉越来越不对，最终忍无可忍，摆脱雪橇和雪具跑向一边。Erik 在前面没注意发生了什么继续行进，Sarah 立即摘掉雪橇，滑着雪跟上来。我顾不得许多，暴躁地对她大喊："紧急情况，离我远点儿！"实在等不及她回避，就在冰天雪地里开始疯狂腹泻。我被肠道痉挛压迫得说不出第二句话，明白 Sarah 迟迟不走是出于担心，但这个时刻怎能忍受被人围观，只得摆手让她离开。

我也不知道在极寒中暴露了多久，等确认安全之后，刚一站起来双腿就止不住地发抖。所有东西已经被运到几十米开外，这一小段路我走得跌跌撞撞。失去雪杖支撑，每一步都要挺直膝盖，锁死关节避免摔倒。

他们把我的大部分行李分装好，只留给我大约 20 公斤。再次上路时我想起 Paul 的话："病了就要休息，远征时也一样。"他比 Sarah 保守，上次应急物资一路都是我拖着。最佳向导组合是 Paul 和 Erik，既有经验也有体力。Sarah 在赌博，启程时至少应该带上一两天的应急物资。和远征南极点时一样，任何失误最后兜底的人只有我。走了不到半小时，Sarah 停下来把一部分负重转移到 Erik 的雪橇上。

这天能见度很好，我中途数次腹泻，他们不再等待，让我自行追赶。我的行李最轻时约 50 公斤，转移的负重主要靠 Erik 拖行，加上他的行李，雪橇接近 85 公斤。这天最后 13 公里没有 Erik 不可能完成，Sarah 肯定用情侣间的密语称赞了他，他的神情疲惫又骄傲。但这个傻小子能为女朋友的错误承担多少？他现在仍然懵懂，私人感情模糊了雇佣关系，这笔账迟早要我来还。

夜里呼吸不畅，我被憋醒。剧烈咳嗽清理出部分痰液，再次引发头痛。隔着颈托脖子动不了，我捶打着前额，叩问自己，是否应该祭出最后一招？——赶在万劫不复之前。

18

相信每一步

　　12 月的第一天我要求调整日程安排。此前，我负责拖行的公共物资是早饭，这比和 Paul 远征南极点时轻很多。自从两天前摘下颈托，我的状态有所恢复，但极寒、疲劳影响到生理期，例假提前了一周，只来了两天——这是体脂急剧消耗的信号。Sarah 希望我改为负担更重一些的晚餐袋，我很痛快地答应了。常规日程和远征南极点一样，我早晚各到访他们的帐篷一次。早上为了热水，在时间紧迫的情况下往返帐篷并不合理，所以我提议只在晚上碰一次面，储备足量热水供次日使用。Sarah 有些犹豫，但新方案听起来合情合理，所以我们决定试行几天。还没等我开口，Sarah 就主动说晚餐袋不用拎来拎去，由我决定晚饭食谱。此情此景让我感慨，看来 Paul 也不觉得私藏物资偷偷转移给客户是光彩的行为，这一招他没有外传，即便是父女之间也有秘密。

　　我们每人每天有一份速食粥，类似方便面，热水冲泡即食。

这是 Sarah 和 Erik 有别于 Paul 的食谱，他俩通常在中午吃掉。随着海拔上升，气温降低，拧开保温杯的螺旋口越来越困难，我麻烦了 Erik 几次后索性放弃，留到扎营，晚饭前吃。总是白白背上一天毫无意义，新日程执行后我把它当作早饭。

2 日起床后不再手忙脚乱，保温杯在羽绒服里裹了一夜，打开时粥的温度刚刚好。远征的早晨也可以是从容的，我想起一首很喜欢的诗，路上偶尔回味几句，第一次有时间读给自己听：

我会采更多雏菊 ①

[美]唐·赫罗尔德

如果我能从头活过，

我会试着犯更多的错。

我会放松一点。

我会灵活一点。

我会比这一趟过得傻。

很少把什么事当真。

我会疯狂一点。

我会少讲究些卫生。

我会冒更多的险。

---

① 这首诗出自美国作家、演员唐·赫罗尔德（Don Herold，1889—1966），原作是题为 *I'd Pick More Daisies* 的散文，后精简为诗作。

我会更经常地旅行。

我会爬更多的山，游更多的河，看更多的日落。

我会多吃冰激凌，少吃豆子。

我会惹更多麻烦，可是不在想象中担忧。

你看，我和他们一样谨慎地稳健地理智地活着，

一个又一个小时，一天又一天。

噢，我有过属于我的时刻，如果能够重来一次，

我想要更多这样的时刻。

事实上，我不需要别的什么。

仅仅是时刻，一个接着一个，

而不是每天都操心往后的漫长日子。

我曾经去哪儿都不忘记带上

温度计，保温杯，漱口水，雨衣和降落伞。

如果能够重来一次，我会到处走走，

什么都试试，并且轻装上路。

如果我能从头活过，我会延长打赤脚的时光，

从早春到晚秋。

我会更经常地逃学。

我不会考那么高的分数，除非是一不小心。

我会多骑些旋转木马。

我会采更多雏菊。

在此之前，这首诗已经伴我漂泊多年。上次远征我也曾带着英文原作，打算新年时和 Paul 一起欣赏，诸多变故最终作罢。如果想用诗或歌让他有所触动，也许 Helen Reddy[①] 的 *I Am Woman* 合适。

12 月 3 日晚上，我们正在讨论海拔第一次出现下降，从前一天的 3378 米降低到 3372 米，突然传来引擎声。我第一个探出身，看到一架 DC-3[②] 从西南方向飞来。Erik 和 Sarah 也跟了出来。飞机大幅度转向东北，兜了个圈，向我们俯冲。这是飞行员特别的问候方式，他做了两次。在荒凉之地被人惦记的感觉很温馨，我们猜不出这是谁干的，最后我开玩笑说让他们下次路过时来一场"肉丸子轰炸"。

出发已经快一个月了，Novo 机场不好吃的食物也变得诱人起来。肉丸子在当时像个笑话，比我的拳头还大，Sarah 不小心要了两个，费了好大劲才吃完。但现在我们虔诚地怀念能吃上肉丸子的日子。

---

① 海伦·瑞迪（1941—2020），澳大利亚歌手。代表作《我是女人》，成为女性主义运动第二次浪潮的口号。

② Douglas DC-3，美国道格拉斯公司研制的一种固定翼螺旋桨驱动的客机。它的飞行速度和距离改变了 20 世纪 30 年代和 40 年代的航空运输业。它对航空业和第二次世界大战的持久影响使它成为最重要的运输飞机之一。

自从天气和路况都有好转，行进时思维重新活跃起来，我又能感觉到生命的鲜活，又有了好多奢望。我想把头发洗干净闻到发香，想钻进刚晾晒过的被单，想听夏日蝉鸣，想和老友拥抱，想吃皮蛋粥、蚝油生菜、麻婆豆腐……几乎想不出不爱吃的东西，只要是家常的，什么都好。

次日接到信息，飞行员是 Jeff，机上有 14 名中国人，问了他成吨的问题。不知道有没有人看清我帽子上的国旗。

好天气持续了一段时间，日照不断硬化雪面，雪况也变得越来越有利。有时可以看到数条车辙蜿蜒交叉，似乎有过一场追逐赛。硕大的车轮留下宽阔的痕迹，上面的雪就像犁过一样松散凌乱。新鲜的车辙上遍布雪块，阻力很大，听说曾有人尝试过冬季在南极远征，跟在开路车后面，不到一周就宣告失败。只有反复碾压过的车辙经过充足日照和风蚀，才有可能变成适宜徒步的硬雪。避开车辙干扰，我们的进度还是可观的，每天行进 11 个小时左右，12 月 5 日上午拿到第三个补给后一直赶路到晚上，至此，我们已经完成 545.65 公里，接近全程的三分之一，用时 30 天，落后计划两天。但损坏的东西太多了，必须集中修理。我们一致同意 12 月 6 日全天休整。

我再次把滑雪靴和气垫送修。Sarah 改变思路，在鞋底裂口

269

外贴上一块尼龙布。气垫状况恶化，每晚需要打气两三次，Erik 不再推诿，涂上胶水后放在帐篷里向阳的位置烘烤。我的帐篷有一处支杆固定套开线，Erik 先用胶水试了一下，很快发现行不通，最后还是拆下来认真缝补好。防潮垫上清理掉的冰雪屑足有一斤。我的袜子、裤子上多处磨损都需要补丁，所有衣服彻底晾干，还好好洗了个澡。自从拇指脱臼，全靠左手撑雪杖，手腕全是破溃，伤口轻微发炎，第一次有时间彻底清理。最后，我把一切都收拾停当，剩下的时间用来写邮件。已经快一个月没对外联系了，上一封邮件还是 11 月 9 日发的。

在厘米之战的 6 天里，竭尽全力换回的进度让人心寒。很多次夜里醒来睡不着，听着山风发出诡异的呼号，盯着帐篷顶上凝结的白霜，有想哭的心情，但呼吸困难，没有哭出来的力气。

必须面对残酷现实——从行程之初就厄运不断，一小时走一公里是完不成远征的，这是在预示最终会失败吗？如果时间耗尽，距离难抵极百十公里被撤回，我能接受那样的结果吗？这么多年，我还从没有如此具体地设想败局。我这是在干什么啊，是不是一步错步步错？我想找人说说话，可是又能指望别人怎么回应呢？"没关系，实在不行就回来。"——不，绝对不想听这个。最终我还是谁都没有联系，只是一遍遍重读 Paul 的邮件，临行前收到的那一封：

Have a superb expedition

Hi Jing，

I just spoke with Sarah and Erik，seems like you are mostly ready for your flight tomorrow. And the weather looks very good for flying. Great news.

I want to wish you a very good and successful expedition. Given your performance on the South Pole expedition，I have no doubt about your ability and determination to make it to the POI. I have never had a client who worked so hard as you have. So I am sure you will make it.

Take good care of yourself along the way，stay healthy and happy. Enjoy this amazing opportunity to travel where very few have gone before.

All the best Jing. I will be thinking about you all the way to the POI. Please take a picture for me of you and Lenin. I feel very proud of having been a part of you realizing your dream（even though I am there in the picture）.

Paul

祝远征超凡

静：

你好，我刚和莎拉和埃瑞克通过话，看来你已经为明天

271

的航班做了最好的准备。而且天气看起来很适合飞行。好消息。

　　我希望你有一次很好且成功的远征。根据你在远征南极点时的表现，我毫不怀疑你的能力和决心。我从来没有一个像你这样努力的客户。所以我相信你会成功。

　　一路上多保重，保持健康愉悦。好好享受前往鲜有人至之地的美妙机会。

　　静，祝好。我会一直惦记你直到难抵极。请给我拍一张你和列宁像的照片。能够成为你实现梦想的一部分，我为此感到非常自豪（即使我也有到过那里的照片）。

保罗

　　在某些方面，没有人比他更了解我。出发前，我把远征队命名为"行则将至"，和 Sarah、Eric 郑重约定，每一天都要尽全力行进，只要脚还走得动就不能停。没有绝望的处境，只有绝望的人。还不是认输的时候，抱怨是最没用的，不能原地不动，出去战斗才有机会。行至磨难处，正当修行时。

　　连续每天行进 11 小时逼近生理极限，最后一两个钟头身体机能接近罢工。食物和水都是够用的，但胃里塞得再满也制造不出能量。这时速度明显比早上慢下来，累到麻木。力量太过有限，展望宏大的目标激发不出更多斗志，我们的愿望越来越小，嘴馋的东西越来越简单。Sarah 幻想着来一份浇上热芝士的薯条，Erik 想要比萨，我想要颗鸡蛋，新鲜的，撒上盐和黑胡椒。

Sarah 晚饭时会找些话题聊天，这是她敬业的一面，不管多累也要了解客户的心情。刚上路那阵，白天每次休息她总要说些"你做得很棒"之类的话，虽然略显夸张，但语气真诚。看来 Paul 没交代清楚，我不需要被哄着。这是我的远征，我知道自己在干什么，也可以自我激励。不过 Sarah 是好意，也就由着她吧。直到那次我被问得不耐烦，攒口气说出"Keep going"的时候，她字斟句酌地回了句"多少男人早就放弃了"。此后我们有了默契，她不再夸我"很棒"。

Erik 才是需要被夸奖的人。他的新鲜感维持了将近两周之后，意志就开始动摇。话越来越少，笑容越来越勉强，早上拔营没有出发时那么起劲儿，晚上扎营前也不再击掌庆祝又干掉一天。

有次我在路上捡到 Sarah 的唇膏，淡绿色外壳很显眼。休息时交给她没多久，唇膏盖又被风吹跑了。Erik 伸腿拦了一下没拦住，便不再理睬。眼看越滚越远，我赶紧起身去追。轻飘飘的塑料壳被风卷着像个蚂蚱蹦蹦跳跳。我几次扑空，最后干脆踩了一脚带回来。如果没被捉到，它很有可能乘风穿越几百公里，之后落入南极海域，被海洋生物误食。塑料不能被消化，大多无法自然排出，会积聚在动物体内引发伤亡。而从尸体中释放出的塑料又会进入下一轮循环。在若干次轮回之后，塑料会解体为塑料微粒，由于物理特性，它们容易吸附周围水体的毒性物质，造成毒性聚集。这些直径在 5 毫米以内的小碎屑会进入海洋生物的血液、淋巴甚至肝脏，小至浮游生物大至鲸鱼无一幸免。人类进食海鲜又会摄入塑料微粒，引发大量健康问题，最终自食恶果。每个人都有义务管理好随身物品，这是人类自救的唯一办法。

Sarah 接过唇膏盖诚恳道谢，Erik 则表情麻木。我长久的担忧正在变成现实，不充分的准备削弱了他的决心。白天行进时 Erik 经常脱掉硬壳外套，露出里面的黄色软壳衣。软壳的防风性能远不及硬壳，在 –30℃的天气里，穿着透风的衣服，每天暴露在外十几个小时，他开始抱怨腰酸背痛再正常不过了。Erik 在休息日这天剪掉一件衣服，做成简易护膝、护肘，把狼毛领从硬壳外套拆下缝在软壳上，还给墨镜加了个鼻遮防晒。经验不能来自道听途说，最可靠的办法只有提前反复试错。

休整日之后我们依然维持着高强度行进，每天都超过 11 小时。我从没见过他俩拌嘴，但不和睦的氛围开始弥漫。有一天途中休息，他俩不再像从前那样亲密地坐在一起。Sarah 递过去某样东西，Erik 别着头不肯接。Sarah 耐着性子推推他，他还是固执地一动不动。一连两个晚上，我进入他们的帐篷时都能感到压抑。

Sarah 和平时一样找话题闲聊，Erik 只有必要时挤出社交式微笑，更多时候沉着脸做自己的事。沉默不见得是冷战，即便是最好的朋友，在压力巨大时少对话便可以少起争执。Erik 的心思并不难猜，因为疲惫而积怨，他对大型徒步远征准备不足，不懂得豪情壮志是靠不住的，决心最终要落实到一步接着一步的克己修行。悟道发生在这样的时刻：相信平凡之人可以做不平凡之事，相信人生的目标可以超越目力所及。

12 月 8 日我们在远离南极海岸约 600 公里处再次遇到两只雪鹱，低空盘旋，始终不敢停落。我第一次看清它们深色的喙和眼睛。雪鹱的胆子远没有贼鸥那么大，偶尔靠近营地觅食，有人现身立刻飞走，冒险接近我们大概是饿坏了。在这片苦寒之地，活着就是最大的胜利。

随着行程推进，海拔每天降低几十米。这点变化在高低起伏的雪原上完全感受不到。我们遇到过一次 White Desert 的专机，搭载游客观光南极点，飞行员轻微倾斜机身，低空掠过。我试想机上乘客的感受，也许发现我们就像发现了野生动物——有人在雪原徒步的场景比帝企鹅更难得一见。

从 12 月 10 日起，天气切换到阴晴不定，小雪，中级风混搭模式。Erik 的外套一会儿穿在身上，一会儿搭在背上，一会儿系在腰上，一会儿挂在前面，频繁变装说明他哪样都不舒服。还有几次在休息时，他把靴子脱掉，我以为出了什么状况，Sarah 笑笑，不在意地说只是热了透透气。我可笑不出来，如果一个人在零下几十度热到要脱鞋，只能说明他整套衣着有问题。装备不仅保护身体，也在保护坚持到底的决心。

我不时会想到一个曾同在 Haugastøl 训练的英国女人 E。她年长我八岁，完成过一次 Hercules Inlet 路线上 ALE 配向导的远征。行前几乎没做准备，落地南极才第一次使用滑雪板。耗时 60 多天，向导不堪忍受进度缓慢，中途换人接班，最后勉强完成远征。这次"成功"促使她立志创造一项极地纪录：要成为独自一人徒步往返 Hercules Inlet 路线的首位女性。E 为此前往 Haugastøl 训练，在 2016 年底踏上了她的第二次南极征程。由于着装不当，E 抵达南极点时患上了严重的"polar thigh"，化脓感染，提前终止行程。2017 年 E 的目标转向独自漂流亚马孙河全程。尽管事先知情，她仍冒险进入巴西 Coari①，该地毒贩强盗横行。E 于 9 月中旬遭到七人团伙抢劫奸杀。消息是 Paul 在远征南极点前带给我的。时隔多年，这场悲剧仍令我感到恐惧，警醒我必须重视准备工作，不能心存侥幸。任何微小的不舒服、不方便、不顺手，就像滴水的龙头、破洞的粮袋，会一点一点漏光成功的机会。

---

① 夸里，巴西境内亚马孙地区的自治市，该地治安恶化，犯罪高发。

就在我担心 Erik 的同时，他对我看起来一成不变的着装产生兴趣，隔三岔五问一遍我硬壳里面到底怎么穿，为什么外面看起来都一样。我告诉他早上根据天气决定穿搭，最多 6 条裤子 7 件上衣，最少 3 条裤子 3 件上衣，如他所见，不管穿多穿少，护膝、护肘和风裙必不可少，Garmin（佳明）的天气预报服务可以忽略，经常靠不住。最后这点他大概有所体会，一天出发时 Erik 信心满满，决定行进中充电，于是把太阳能板绑在雪橇上，每次休息都得小心别坐坏了。结果那天云层很厚，太阳一共露面半小时。

Sarah 也会调整衣服，但比 Erik 有条理，她有时摘掉最外层手套，有时抽出胳膊，把硬壳外套当成斗篷挂在身上。他俩一致的是每次休息都穿上羽绒服。

自从我开发了全套远征穿搭，休息时就直接关闭硬壳散热口，背风坐在雪橇上。高海拔加上中级风，温感 –50℃ 是常态。Sarah 多次在途中过问我手指和脚趾有没有知觉——冻伤都是从麻木开始的。Erik 自顾不暇，脾气越来越暴躁。有一次休息时固定器卡死，我把右边的掰断了一个角，还是打不开，就去请他帮忙。他不耐烦地甩来一句"你就那么待着吧"！还有一次晚饭时他恼火我吃完一碗后又添了半勺，之前锅里没盛出来的都是他的。我相信 Erik 已经热情耗尽，只是在应付差事，如果我提出中断行程飞机撤离，他会非常乐意配合。

我对他俩的定向操作很失望，尤其是 Sarah，好几次在我面前几乎是横向移动。除非是白化天，Paul 在常规天气从来没有过这种情况。也许是因为 Sarah 参与风筝远征更多——日均进度八九十公里时，就算绕行几公里没有大碍。发现偏航太严重的时候我索性自行定向，不管有没有太阳，我都会用远处突出的地形定位，必要时配合影子和风向，几公里变更一次目标。他俩有时会漂移出我的视野，我始终记着 Paul 的教导走直线。

12 月 16 日这天阴晴不定，有时浓云裂开细缝，发生丁达尔现象①，透出几道云隙光，把雪原照亮一小块，好像是舞台即将拉开大幕。

我们走到下午两点半左右，看到地平线上出现两三个小黑点。没有资料显示这里存在建筑物。我最先想到的是靠风筝远征的 Geoff。我们一直通过 Garmin inReach 联系，知道他在 12 月 1 日到达难抵极，之后向南极点行进，但第二阶段不太顺利，风力欠佳，风筝的速度居然和徒步接近，每天只有 20 多公里。随

---

① 英国物理学家约翰·丁达尔（John Tyndall，1820—1893）首先发现和研究了这一现象：在光的传播过程中，光线照射到粒子时，如果粒子大于入射光波长很多倍，则发生光的反射；如果粒子小于入射光波长，则发生光的散射，这时观察到的是光波环绕微粒而向其四周放射的光，称为散射光或乳光。丁达尔现象就是光的散射现象或乳光现象。——编者注

着太阳靠近南回归线，充足日照带来了最佳雪况，我们 15 日完成了 30.97 公里，这天也有望突破 30 公里。也许 Geoff 已经踏上归途，但可疑的是小黑点不止一个。当我们位于起伏地段的高处时，可以肯定不明物的形状不是帐篷。但就像在海中航行，起起伏伏，小黑点时隐时现，有时似乎在远去。每个人都好奇那到底是什么，于是默契地加速，担心神秘之门在眼前关闭。

两个小时之后我们体力不支，放弃了尽快赶上小黑点的想法。沉默中各自演绎推理，我的猜测从秘密车队到坠机遗骸到巨型陨石到外星飞船……每天身处茫茫雪原，受阻的时候困难接二连三，顾不上想太远，目标定格在脚下的每一米。现在我们已经走完 800 多公里，抹掉了全程 1800 多公里的零头，只要想到这点就不由得激动起来。闭上眼全是在暴风中挣扎的日子，自我怀疑的夜晚，和体能耗尽不相称的进度。回想起来，那时就像入画《神奈川冲浪里》[①]，狂风卷起雪浪，舞动爪牙如同惊涛拍岸，用一次又一次把我击倒在地预示此行不祥。我意识到如果没有和 Paul 在一起跌宕起伏的经历，我根本无力承受徒步难抵极的巨大压力。这不是单靠技术就可以实现的目标，漫长的饥寒交迫也足以消磨任何心血来潮的豪情壮志，成功的机会散落在每一天。没有

[①]　日本画家葛饰北斋于 19 世纪初期创作的一幅彩色浮世绘版画作品。"神奈川"是地名，"冲"指海域，"浪里"指被海浪裹挟的船只。——编者注

哪一步是决定性的，亦没有哪一步无关紧要。行百里者半九十，只有连起来的每一步才是抵达目标的唯一通途。

在回忆和现实的交织中，距离终于缩短到可以看清那些不明黑点其实是大型卡车。就像是在丛林中偶遇失落之城，眼前的一切始料未及。我们进入了一片被开发过的区域，简易机场跑道附近车辙纵横。来到卡车旁边时，门突然开了。

双方对彼此的存在毫无准备。他们是 3 个俄罗斯人，暂居此地为 White Desert 工作，职责是建设临时加油站，供专机使用。负责人叫萨沙，年纪 50 开外，短暂交谈后邀请我们去车厢做客。没什么比在南极冰原腹地的偶遇更特别了。我们提前半小时结束行程，照常吃过晚饭，尽量把自己收拾得体面些，出门赴约。

登上一人多高的木梯，来到他们的"房间"。和我们的简陋居所相比，这里就像度假村，暖气、灶台、沙发、茶几一应俱全。另外两人是 Andrey（安德烈）和 Vlad（弗拉德），英语不太流利，所以多数时候是萨沙在聊天。他在南极工作了几十年，为长城站做过工程师。尽管知道我们吃过晚饭，他们还是煎了整袋牛肉，不断堆满盘子，直到我们真的一口也吃不下了，三人才开始分吃剩下的一点点。储物箱里堆满了简易食品，俄罗斯人是用最好的食材待客。

那个红色车厢永远在回忆里散发着光和热，让我在物资最匮

280

乏的时候有了回家的感觉，不久后我意识到，遇到 Robert Swan 是在两年前的同一天，也许这就叫作命运自有安排。洋溢着欢笑的夜晚也曾闪过一丝阴霾，事后证实我并非多虑。

　　次日一早萨沙送来一大包食物。这是爱，是祝福，也是担忧。我们一起吃早饭，气氛不再那么轻松，最后大家合影道别。美好的时光总是短暂，离开前我只看了一眼，挥了一次手，头也不回地上路了。

行进途中，遇到 3 个在此短期工作的俄罗斯人，受到他们的热情款待。不期而遇令人精神振奋

告别不易，但人生的路大多只能独行，如果有缘再相见，我希望有各自精彩可分享，而不是只能怀旧忆往昔。

启程时默念村上春树的话："你要记得那些大雨中为你撑伞的人，帮你挡住外来之物的人，黑暗中默默抱紧你的人，逗你笑的人，陪你彻夜聊天的人，坐车来看望你的人，陪你哭过的人，在医院陪你的人，总是以你为重的人，是这些人组成你生命中一点一滴的温暖，是这些温暖使你成为善良的人。"我又想起更多的一期一会①，那些载我一程，为我敞开家门，鼓励我，保护我的人。

不期而遇令人精神振奋。回到熟悉的节奏，11 小时行进32.09 公里。

12 月 18 日，遭遇此行第一个白化天。出发时地平线像一道晕染开的灰线，依稀可辨。走了不到一节，太阳被浓云遮蔽，看上去比月亮更暗淡，天地混沌一片，空中飘起细雪，能见度降到二三十米。中午起了风，休息时把雪杖、雪板丢在地上，用不了一分钟就被雪屑掩埋。如果我倒下，不出半小时，大自然就会抹去所有痕迹。我们相距不能超过 5 米，摸索着行进。他俩定向越来越困难，经常停下来校准。没有阴影，看不见雪纹，这天正在

---

① 一期一会（いちごいちえ）是日本茶道用语。意思是"在有生之年的唯一机缘"。——编者注

靠近 5 号补给点，千万不能偏航。

我们在 11 月 29 日路过一个奇怪的地方，相距几步远的两地，密集地插着竹竿，高矮不一，加起来十几根。当时第一阶段爬升接近结束，我猜测是制高点，但被 GPS 推翻了。第二个假设我只在私下想了想，没说出来——也许是坟墓。我们未作停留，绕行通过。很多天之后，这个谜题意外解开了。萨沙告诉我们那里发生过事故。当时白化天，能见度太低，目视飞行时失误撞地，飞行员上肢骨折，无人死亡。竹竿标记着飞机残骸。

我又想起了阿蒙森。1911 年初，他抵达南极大陆之后开始铺设补给。在第一段约 180 海里的路线上，每隔 8 海里设置旗标，旗标之间每隔 1 海里放置黑色食品箱，进一步明确线路。从 S82° 起，每隔 3 海里建造一个 1.8 米高的石堆，里面有字条，记录石堆位置、到下一个补给的距离和到下一个石堆的方向。到 S85° 的每个补给东西向各设置 10 个旗标，间隔半海里，确保横向 10 海里范围拦截偏航。斯科特的补给站除了在顶端插有旗帜，仅有附近保护马匹休息的矮墙算是标记物。他在返程途中多次记录下因风暴迷航，拿不到补给，直至全军覆没。

如今科技拓宽了探索的边界，人们不再用 6 分仪瞄准太阳定向。风永不停息，早已抹去了白色荒漠中的足迹。我置身其中，经历的困难越多感触越深。阿蒙森的决心何曾凭空而来，他的胜利是超前计划并精心准备才能创造的奇迹。

遭遇白化天

午后白化天渐渐消散。我们在下午 3 点拿到 5 号补给，此时距离 6 号约 225 公里，ALCI 很快确认将放置最后两个补给。Erik 的积怨终于转化成行动，他丢给我 3 瓶满装的白汽油和一个空油桶，扬长而去。关于负重分配，我所承担的公共物资是最少的。作为行程的发起人和执行人，这是基本权利。由于单独使用帐篷，我的行李并没有轻太多。Erik 显然没料到这一点，甩给我汽油的第二天，他先掂了掂自己的雪橇，又过来掂了掂我的，挑衅的姿态才有所收敛，一言不发地回去。

又过了一天，行进途中 Erik 让 Sarah 跟我交涉，想把日程缩短到 9 小时，被我一口回绝。晚饭时 Erik 终于按捺不住发飙，他认为已经完全赶上了计划，就不必每天行进 11 小时。我先是平心静气地讲道理：要趁着天气好多赶路，积累下足够优势，才能在变天被迫等待时安之若素。Erik 急了，口不择言，居然说出白化天适合行进。我让他问问 Paul 是否同意。他可能以为我会告状，干脆破罐破摔，气急败坏地大吼着受够了每天走 11 小时，这样的日子过不了另一个 43 天。我冷眼旁观，等他宣泄得差不多了，向他靠近一点。Erik 意识到我要采取行动了，固守在角落，不敢对视。我靠得更近，一字一句让他听清楚："如果坚持日行 11 小时，用不了 43 天就会完成远征。"言毕离开帐篷。

12 月 20 日起，日程缩短到十个半小时。虽然 Sarah 前一晚始终置身事外，但孰是孰非不辩自明。白天 Erik 频频示好，两次帮我把雪橇防风罩多余的部分塞好。晚饭时小心翼翼看我脸色，显然是被管教过了。我相信幼稚是他和 Paul 不亲近的原因之一。用人所长必先容人所短，某些时刻就要斩断过去的牵绊只管往前走。我的态度一如往常，Erik 最终放下戒备。不知他出于什么动机，提议凌晨 2 点起床，4 点出发。我和 Sarah 都忍不住笑起来。这瞬间拉回到两年前的场景，Paul 也曾力图变革日程，奈何每次天气都不配合。想要在一天内里程和睡眠双丰收是不可能的，我们各有一次睡过头，被对方摇着帐篷叫醒。作为有自尊心的远征者，为了保证按时起床，已经在争分夺秒地睡觉了，如果放任自流，一觉睡上半天不成问题。24 小时之内没什么优化空间，"理想"的一天至少需要 28 小时。也许 Paul 和 Erik 的战略思想是先把我的体能拉爆，再等我主动降低强度。

连续几天太阳在南回归线附近，天气稳定，晴朗微风。我又穿得和出发时一样少，Sarah 第一次脱掉硬壳，Erik 的软壳拉链经常打开。21 日特别热，我带的 1.7 升水到了下午三四点就喝光了，喉咙干到冒烟，嘴唇黏在一起，有时等不到休息就地大把吃雪。自从甩给我负重，他俩似乎忘记了职责，每天结伴走在前面，把我越落越远。最初是 500 多米，到了 22 日这天，相距超过 900

米，这已经大大超过安全距离，若是突遇变天，铁定失散。晚上我把汽油全部还回去，告诉 Erik：“你替我拖过 30 公斤，13 公里，我用 5 公斤 117 公里偿还了。从现在起，做好你分内的事。”

连续几日急于追赶，右脚底像拉伤似的肿痛，可能是靴子开胶导致受寒的后遗症，扶他林效果不佳，我开始服用止痛片。

他俩对圣诞节没有执念，我们很快达成一致，拿到 6 号补给便休整一日。23 日和 24 日不时阴云笼罩，早晨防风绳上挂着冰晶，雪面覆盖着一层细密的波点。25 日这天行进到下午 3 点，突然间出现一大片平整的硬雪，一道纹路都没有，这种情况我和 Sarah 从未在南极遇到过。这段路程非常梦幻，像是份礼物。甚至有那么一瞬，我偷偷地想着：也许南极打算接纳我，不再赶我走了。直到 26 日上午我们才走出这片广阔的硬雪，当晚拿到 6 号补给。此时海拔 2837 米，距离难抵极约 696 公里。虽然太阳刚刚离开南回归线，但气温已经稳定地低于 −30℃，雪像散沙一样，粒粒分明，完全失去黏性。摩擦力更大，拖雪橇更辛苦。唯一的好处是行进时声音低沉，不像硬壳雪那样嘎吱作响，发出噪音。

休息日我睡到自然醒，一觉就是 13 个小时，剩下的时间用来修理和发邮件。脱臼的拇指一直没好利索，右手不能吃力，行进全靠左手撑雪杖，雪托被压碎有一阵子了。Erik 曾用金属丝和胶水修复过，和之前一样，胶水失效，只撑过一天再次开裂。我从帐篷防潮垫上剪下一角，卷在雪托的位置，用封装晚餐袋的强力胶带固定。尽管 Erik 早就不耐烦了，我还是要求他再次帮我粘补气垫。

比起装备，损伤更严重的是我自己。水泡是最轻微的问题，带来的刺痛远不及右脚底的拉伤，几天过去不见好转，有时止痛片必须日服两粒。10 个手指开裂，4 个脚指甲松动，靠胶布固定。上次远征结束后脚指甲脱落两个，这次可能撑不到完成。因为右手不灵便，一次扎营挖雪块时控制不住铁锹反弹，把嘴唇、下巴砍出一串 3 个伤口。嘴上的慢慢愈合了，下巴上的被围脖反复摩擦，虽然一直外用消炎药，感染却越来越严重。

没有哪天轻松，不过行程已完成大半，统计进度令人愉悦，胜利的天平终于开始向我们倾斜。但我始终牢记 Paul 的告诫——不要高兴得太早，谨防功亏一篑。晚饭时间比平时充裕，Erik 想知道我行进中都在想些什么。这问题不是三言两语能说清的。考虑片刻，我讲了个故事，那是一部名叫《含泪活着》的纪录片。1989 年，一个上海底层家庭，男人举债去日本打黑工，身兼数职，一干就是 15 年。偿还债务，支持女儿留学美国成为妇科医生。15 年间只和家人借转机见过两面：第八年时女儿出国，第十三年时妻子去美国探亲。最终一家三口互相扶持，经过两代人

289

的不懈奋斗，打破壁垒，彻底改变了家族命运。故事结束，帐篷里沉默了很久。

Erik 问："现在中国还有这样的事吗？"

"不，时代不同了。"

又过了一会儿，他深吸口气："我理解不了，完全理解不了。"

"这就是中国人，我们生命不息，奋斗不止。"

28 日起再次进入爬升阶段。初期很缓和，每天上升几十米，雪脊区域性地密集出现，体积越来越大。上次远征难以应对的地形，我这次通过时没那么困难。记得从南极点返航途中，我期待鸟瞰成片大如卡车的雪脊将何等壮观，意外地发现不过是一道道斑驳的灰影，没有任何特别。此时身处南极腹地，茫茫雪原，一望无边，会想到生命的脆弱、无常。长途跋涉久了，有时产生幻觉，好像是坐在悬崖边上，从空中俯视自己。地上那个小人儿和无数道灰影一样没什么特别，她的艰难、痛苦、挣扎都很渺小。个子不高，腿也不长，走得那么慢，为什么她要到这里来呢？不具备任何生物学优势，基因无法给出的答案，只能由 meme[①] 来回答。从已知的科学视角来看，人类是在没有特定目标的宇宙演化中随机产生的，生命完全没有意义。人无法选择自己的基因，但

———————

① meme，在文化传播时和基因在遗传中作用类似的东西。

是可以选择 meme，由此赋予人生意义。社交媒体推波助澜网络 meme 的传播，演绎着新时代的"娱乐至死"。广为流传的 meme 通常只能带来即时满足。拨开层层叠叠绚烂的泡沫，会发现沉在下面的 meme 中有一小部分以延迟满足作为被选择的回报。人脑中能够匹配的文化结构是选择的基础，这把一个举步维艰的小人儿和那些灰影区别开，她相信每一步，相信每一米，相信可以定义自己的人生，主宰自己的命运。

　　2019 年的最后一天，我们加时到 11 小时，完成了 30.44 公里，给新年打下个好基础。晚饭时上演了一出滑稽戏。Erik 盛好饭没留神，错把他的碗当成我的递过来，Sarah 显然不知道他的秘密，在我反应之前先嚷着拿错了。结果非常尴尬，Erik 想给我盛稀的，自己捞干的，碗装反了，唯有自认倒霉。这情况我早注意到了，只要不危害远征，就随他去吧，耍小聪明得逞会让他感觉良好。但 Erik 吃个哑巴亏心有不甘，给我冲泡速食粥时克扣大半。又做贼心虚，第二天晚饭时多次试探我的反应。这不是我第一次察觉到异常。在得到俄罗斯人的馈赠时，我的粥突然变稠。平日里 Sarah 冲泡时每次都差不多，遇到 Erik "调整" 分量时，我就把压缩饼干泡在速食粥里补足热量，从未给他难堪。这个年轻人不知道，偷鸡摸狗比起明火执仗还差得远。
　　Erik 隔三岔五就会出点儿么蛾子，至少他现在还不明白这次远征机会有多珍贵。有一天他自言自语："要是走不完，全家人得怎么看我啊。"我知道说的是 Sarah 一家，那个瞬间觉得他有点儿可怜。

但不管怎样，幸亏没有祭出"最后一招"。

出发前我反复权衡，制订了两套计划：方案一正在执行；方案二是在关键节点放弃尽可能多的负重，包括焚烧我的帐篷，收集灰烬。尽管焚烧仍属于禁止行为，但远比丢弃垃圾负责，极端状况下可接受。

南极大陆上的冰盖始于渐新世①末，至少在距今 500 万年前就具备目前的规模。平均厚度 2000—2500 米，最厚处 4000 多米，占世界淡水总量的七成。冰盖在重力作用下不断运动，从内陆中间缓慢地向四周推动，最终会流入海洋。因此排泄物可以留下，塑料垃圾必须完全清运。

在严重受阻的 6 天里，在因 Sarah 规划失误被迫带病赶路的时候，我知道如果摆脱掉四五公斤，情况将会改观。但烧掉帐篷也是自断退路，不管发生任何矛盾，将无处回避，无法缓冲。和 Paul 激烈交锋后帐篷里令人窒息的感受仍历历在目。经验告诉我，远征不是靠数字的简单计算就可以完成。人心难测，只能逼迫自己，不可强求他人。Erik 需要个背着我发牢骚的地方。是"孤山"阻隔了一切人间风暴。

――――――――――

① 渐新世（Oligocene）是地质时代中古近纪（Paleogene）的最后一个主要分期，大约开始于3400万年前，终于2300万年前。——编者注

292

行进

持续翻越山丘，在起起伏伏中尽力爬升

19

浪漫的告白

2020 年 1 月 1 日，新年伊始。Erik 的问候是："静，你觉得一路好玩儿吗？"这是个巨婴式问题，作为成年人，有义务告诉他："我享受此行，但不是因为好玩儿。"

我对他俩的定向能力不满已久，决定开诚布公地谈一次。

我们总体在向东南偏东的方向行进，但是他俩近期一直明显偏北。连续多日我都在尽力向南调整。Erik 注意到我每次休息都拿出一张纸片。1 日晚饭时我又特意掏出来，引得他问我是不是在记录行进位置。我将纸片立起来给他看了一眼，上面是密密麻麻的打印体小字，有彩笔标记，告诉他这是按照补给点间的直线距离统计出的精确坐标，每间隔 1—2 公里一个。Erik 相当震惊，但和背对着我的 Sarah 一样没有表态。

这最后一次体面地暗示依然没有奏效，2 日白天我们向北偏移得更严重了。晚饭时我把话挑明，告诉他们方向不太准，必须向南一些。Erik 脱口而出"对不起"，这一路我几乎没印象他为其他事情道歉，看来他也注意到了偏航。但是 Sarah 非常不高兴地答复"我们知道"，态度傲慢。这次我没有客气，告诉她在一天的时间之内，我们已经偏移到距离最佳位置超过 7 公里，这么下去要划个大弧线才能拿到 7 号补给。在数据面前，Sarah 依然刚愎，不肯承认定向失准，坚称经常校对不可能搞错。这样争论毫无意义——极地向导的自尊心在一定程度上是扭曲的，我结束话题起身告辞。

这次是 Erik 说服了 Sarah。3 日定向终于改进了，我们结束北漂，向南回归。5 日中午拿到 7 号补给后，又行进了 70 分钟，匀出半日休息。此时海拔 2992 米，距离难抵极约 456 公里。Erik 对于他的行李最重越来越不满。

早在准备徒步南极点的时候，Paul 就曾经试探我是否愿意雇用 Sarah 和 Erik，一再担保 Erik 会拖最重的雪橇。

远征是长达数月的消耗项目，和登山这种短时间剧烈运动不同，徒步向导必须携带大量自用物资，不可能像夏尔巴①那样主要替客户负重。我的非必需品是摄像头滑雪镜，接受上次的教

---

① 夏尔巴是一个散居在中国、尼泊尔、印度和不丹等国边境喜马拉雅山脉两侧的民族。夏尔巴人因为给攀登珠穆朗玛峰的各国登山队当向导或背夫而闻名于世。——编者注

训，一共带了7个，他俩只同意每人用1个。其他个人物品我已压缩到极限。

在世上最贫瘠之地维生数月的全部物资只要一个雪橇就能装下，若是可以采集狩猎食物，"必需品"就能进一步精简。人类曾在长达250万年间那样生活，但一切在农业革命之后的几千年里全然改观。拥有房子、汽车、智能化生活的现代人更幸福了吗？面对消费主义设下的重重陷阱几乎无人幸免，任由无用之物挤占空间，仍不断购入新品。但工业社会并不能批量制造幸福。人生有些超然时刻，那些无论何时重温都令人心潮澎湃的过往，才写就了生命的意义。

Sarah 和 Erik 带了些在我看来并无必要的东西。他俩扎营后会换上专用的裤子，带着夹棉层，不可能太轻。各种零碎物品的收纳包分得很细，有些是厚重的帆布做的。补给的打包袋多是 PVC 材质的溯溪包[①]，一个大的打包袋不止一公斤。在南极极端干燥的环境下，用轻便得多的抗撕裂尼龙袋完全可行。出发前还一时兴起带上了 Geoff 赠送的大幅地图，纸张厚实，卷起来撅都撅不动，好在早就转交车队保管。

Sarah 多次提起 Paul 认为远征第一原则就是轻装，我相信她

---

① 所谓溯溪，是由峡谷溪流的下游向上游，克服地形上的各处障碍而登山之巅的一项探险活动。溯溪包即用于此运动的背包。——编者注

也有这样的意识，但不够深刻。风筝或者狗拉雪橇对负重没那么计较，徒步必须精确到每一克，额外负担只会造成额外伤痛。走了这么远的路，每个人都是全身不舒服，半天休整时间稍有富余，话题聊到了伤情。我下巴上的感染日益严重，有目共睹，他们从没过问，我也不想解释，只提起右脚底疑似拉伤，每天后半程得蜷起脚背走路，一直在吃止痛片。

"没听你说过啊。" Erik 的口吻和表情都在挑衅。

"去我的雪橇里，找一个黄蓝色封口的垃圾袋，数数里面是不是有两周的止痛片包装。顺便说一句，这也是我拖着汽油瓶越来越追不上你们的原因之一。"说完我用和语气同样冷淡的目光盯着他——Erik 闭嘴了。

他没什么心机，更谈不上计谋，喜怒形于色，多数时候是 Sarah 听话的跟班，不时语言攻击我，宣泄不满。我已经适应了 Erik 的说话方式，但不认可他的处世态度。有次聊起俄罗斯人平日吃些方便食品，那天招待我们的牛肉是特别的食材，Erik 觉得反正他们有卡车，不差这一点儿。"这世上没有人应该对你好，"我说完这句话，讲了个故事：

在智利 Valparaiso（瓦尔帕莱索）旅行的时候，我有天兴起想去山顶俯瞰港口。上山后顺着山脊走到另一条山路的尽头，遇到个年轻姑娘坐在自家门口。她不会英语。我停留片刻决定下山，被她叫住。说了一大串西班牙语，见我没反应，做出个枪指太阳穴的手势——原来是警告前面有危险。这时开上来辆送客的出租车。姑娘和司机快速交谈几句，然后两人一起把我塞进车里。快速下山时街景一闪而过，看不出异常。直到山脚下有装甲警车封路，我才意识到事态严重。司机把我放在市区转盘旁。没打表，我不知道多少钱，打开钱包让他自己拿，没想到他摆摆手，一踩油门就走了。

我告诉 Erik，这样的事我经历过很多。走到今天的路，是无数陌生人用慷慨和善意铺就的。感谢他们的方式是成为更好的自己，所以在面临人生重大选择时，我坚持走难走的路，从不觉得远征有什么好玩儿，付出一切努力追梦是我的使命。

Erik 的不成熟让我们在精神层面几乎没法沟通。他故意表现得对远征淡然置之，用难抵极开幼稚的玩笑，说要看看到了世界边缘会否掉下去。还不断声称去不去那里对他来说无所谓。但又被自己的行为出卖，打了最多的卫星电话，轮番问候每个家族成员。Sarah 总体表现不错，有责任心，对难抵极的认识绝不像 Erik 那么肤浅。当我比较他俩和 Paul 的时候，越来越确定合作顺序不能颠倒。尽管跟 Paul 学到的一部分内容不在教学大纲上，但却是在别处练不出来的克己容人，这绝对是重要性不亚于体能的关键因素。我曾经对人在极限环境下的心理失调毫无概念，如果不是有所准备，没可能和 Erik 共处这么久还相安无事。我对无礼之人的还击通常很强硬。

2013年我历时数月穿越欧亚大陆，返程经芬兰赫尔辛基转机，当时持有有效期一年、多次准入的申根签证。出发前我认真查阅资料，详细了解了计算停留期的方式才上路。但恰好在我回家前规则发生变更，按照新条款，我逾期停留6天。法不溯及既往，我妥协为接受罚款，但要求芬兰边检记录下辩词。这项工作的负责人已经下班，他的同事以等待其返回"至少需要1小时"暗示我最好作罢。由于之前排队候审耗时已久，错过登机，只能改签，所以我决定坚持到底。他们只得电话联系记录员，然后由两名年轻女性雇员和一名男性保安一起"陪同"我进入地下室。当时那里无人办公，也没有对外联络设备，入口处还设置门禁。我拒绝被独自留下，没来得及交涉就听到两个女人闲聊时漏出来一句"mother fucker[①]"。她俩在用母语对话，没意识到这个舶来词我是听得懂的。我和140多个国家和地区的边检海关打过交道，被敲诈、威胁时从不退让。原本对芬兰边检并无恶感，理解他们只是照章办事，但这句粗口改变了事件性质。我丢下行李冲过去，怒不可遏地质问肇事者此言何意。她被吓得原地石化，组织不出一个整句。这种行为不值得饶恕，我明明白白地告诉她"不说清楚我不会走的"。保安主动过来增援，还没靠近就被我警告"敢碰一下，诉性骚扰"，他很识时务地缩了回去。趁我盯住肇事者不放，另一个女雇员偷偷溜掉，剩下我们3个返回办公

---

① 源于美国黑人俚语，是一种粗俗骂人的话。——编者注

区。我一路疾言厉色高声斥责，引得其他员工陆续现了身。逃兵依然遁形，十几个男人伫立围观无人上前劝解，肇事者在我步步紧逼之下噤若寒蝉。没有人会在主场甘愿蒙受不白之冤，沉默意味着承认。只有恶行被公之于众，她日后才会有所忌惮。我的最后警告是："华人不可辱！"为正义而战运气不会太差，有人帮忙取回丢在地下室的行李，好心告诉我航班晚点4小时，立即动身来得及赶上。

接下来的日子，随着海拔升高，太阳远离南回归线，温度明显降低。辐射已久，我的黑裤子和Sarah鲜艳的上衣都褪了色。傍晚的影子一天比一天拖得长，让跋涉的人看起来更加疲惫不堪。14日中午，我们拿到8号补给。此时海拔3412米，距离难抵极约232公里。Erik发现我并没有在最后一个补给点放置太多物品时，立即送来一袋杂物。他已经连续多日硬塞给我一些小东西，对话通常是这样的：

"你的雪托没掉吗？需要胶带固定吗？"

"还挺牢靠，不需要。"

胶带已经缠在塑料袋上丢过来了。这点儿重量对他对我都感觉不到，Erik就是想借此泄愤。他始终记恨我拒绝缩短每日行进的时间，对于我在其他方面尽可能减少工作视而不见。拿到补给休息半天，下午我要求充电时，Erik嘟囔着抱怨："最近耗电这么多。"我一路都在节省,这是第二次充电。虽然我已经支付了全部费用,但 Erik 的酬劳要等远征结束 Sarah 才会兑现。正是因为如此,他受到牵制,不敢太出格。远征中亲密关系之间也不必然存在高度信任。

15 日一早,Erik 告诉我 Sarah 半夜吐了。我分摊了更多负重,装上应急食物袋和更多杂物。此时我的体重不足 43 公斤,腹部脂肪耗尽,肚皮捏起来像手臂皮层一样薄,原本贴身的速干衣裤变得松弛。食物虽然充足,但超负荷运动让身体储存不了任何热量。雪橇增重七八公斤后总重不到 70 公斤,比远征南极点时轻,但我已经消耗过度,明显降速。Sarah 不时拉肚子,有一次休息时她落得太远,我看 Erik 坐在雪橇上无动于衷,就放下东西去帮忙。Sarah 拒绝了,坚持自己走过去。我也看不出她对 Erik 有任何抱怨。女人做这行实在不易。一天十个半小时我们只完成了20.8 公里。

接下来几天,我的身体越来越吃不消。下巴上的感染已经扩大成片,又肿又烫。像个活火山,渗液不断涌出,白天粘住围脖,晚上撕下时血肉模糊。服用抗生素无效,睡前我得把下巴戳在雪地里镇痛。不再指望到达难抵极时面容完好,只盼着回 Novolazarevskaya 考察站清创。左腿拉伤复发,位置和两年前一

302

样。到了 18 日中午，疼痛扩散到左臀和左侧腰背。动作变得不协调起来，走得磕磕绊绊，最后只能半步半步往前挪。Sarah 入行十余年，训练过很多客户，能判断一个人是否夸大其词渲染伤情。她跟 Erik 商量了半天，Erik 同意拿回应急食物。

最后一段爬升行程带来新一轮高反。我的状态两天一循环，头疼隔日发作、食欲不振。23 日这天晴朗，中级风，温感 -50℃。出发时我异常疲惫，头昏脑涨，好像一夜没睡。为了振作精神，我脱掉两层帽子，打开硬壳上衣四个散热口。冻得头顶麻木，休息时还是坐在雪橇上睡着。勉强撑过 7 小时之后，在地势平坦的路段，却感觉眼前的一切像是在海浪中起伏。我步态不稳，难以控制细长的雪板，好像初学滑雪。我跟自己说话，发现有些熟人的名字想不起来。已经没有什么可以阻挡胜利，我第一次确信远征即将完成，决定善待自己，叫停行程。扎营完毕倒头就睡，3 个多小时之后被冻醒——左半身露在外面，没来得及收进睡袋。

24 日全天行进。感觉像是重大节日的前夕，而这天也碰巧是农历己亥年腊月三十。我又有了儿时那种对新年的期待，脑海中涌出过去几十年的回忆，想起很多没意识到遗忘已久的旧事。没有年夜饭，没有春联，在地球上最偏远之地，在那顶小小的红色帐篷里，我挂起一个灯笼，迎接新年。扎营时距离难抵极 7.56 公里。穿越漫漫长路，此刻行程的终点如此之近，远征进入倒计时。

1955 年西德加入北约后，华沙公约组织成立，两极格局确立。冷战中的美国和苏联争相主导国际新秩序，他们在南极的竞争突破了局部地域边界，着眼于整个南极大陆。直接宣示主权并非上策，既存的 7 个领土主张国枕戈待旦，在国际地球物理年前一年不断强化各自"领土"。具有操作性的是在无须承认合法所有权的前提下，拥有勘探开发整个大陆的控制权。

几个世纪以来，象征着终极的南极点，在公众心中的地位不言而喻，占领南极点意味着控制整个南极。美国海军少将 George J. Dufek[①] 于 1956 年 10 月 31 日降落在南极点，冰上打孔树立竹竿，升起美国国旗。同年 11 月，美国海军在此建造了第一座永久建筑，并遵照资深探险家海军上将 Richard E. Byrd[②] 的提议，命名为阿蒙森 - 斯科特考察站。

---

① 乔治·约翰·杜菲克（1903—1977），美国海军军官、海军飞行员和极地专家。他曾在第二次世界大战和朝鲜战争中服役，在 1940—1950 年，他在南极度过大部分职业生涯，最初是伯德上将手下，后来是美国海军陆战队的主管。

② 理查德·伊夫林·伯德（1888—1957），美国海军军官，荣誉勋章获得者，这是美国表彰英勇的最高荣誉。他也是美国先驱飞行员、极地探险家和极地后勤组织者。曾飞行穿越了大西洋、北冰洋的一部分和南极高原的一部分。伯德声称，他的探险队是第一批乘飞机到达北极和南极的探险队。关于其到达北极点的说法有争议。他还因发现南极洲最大的休眠火山西德利山（Mount Sidley）而闻名。

为了制衡美国南极点建站的局面，苏联决定在难抵极建站。Byrd（伯德）曾计划抢先飞越难抵极进行航拍侦察，但由于天气恶劣没能成功。苏联人 1957 年首次车队远征也遭遇失败。但世代在苦寒之地求生的民族是极有耐力的，他们重整旗鼓，第三次苏联南极考察队派出一支 18 人组成的车队，于 1958 年 12 月 14 日，赶在 IGY 结束前到达难抵极。搭建了一座可供四人使用的预制 ① 木屋，安装了一个无线电棚、两个天线塔和一套气象仪器。最初留存的物资可支持 6 个月，但队员们认为此地太过偏远，只能用于短期访问。12 天之后，飞机降落，4 名队员登机撤离，其他人随车返回。

直到 1964 年 1 月，第九次苏联南极考察队才二度前往。次年，一个美国队停留了不到一周，离开前把屋顶的列宁半身像从面朝莫斯科转成面朝华盛顿。1967 年，苏联人最后一次返回，纠正了列宁像的朝向。此后，难抵极考察站孤单地矗立了 40 年，直到 2007 年，N2I 风筝远征队到访。

听说木屋里有字条提示物资供随意取用。我很想尝尝比自己年长的食物。这一路走来，高海拔对应高寒，比徒步南极点低几十度，salami 没有变色，更没有发黏拉丝。近些年南极考古，出土过一百多年前的蛋糕、威士忌，长期冷冻，未见变质。我相信考察站内的食物大多可以安全食用。

---

① 木屋是提前造好的，但需要简单组装。

305

据说木屋里还有本金色留言簿，供访客签到。是时候让"机密成员"一起做好准备迎接胜利了，此前无人知晓他们的存在——我一直把冰墩墩和雪容融藏在黑色束口袋里。多亏了高效的信息时代，他俩 2019 年 9 月 17 日才出生，刚满月就踩着点儿跟我一起搭上远赴南极的航班。此行山高路远，前途难料。若遭遇失败，我将独自承担，但成功是属于"我们"的。这一路走来的每一步都承载着一个中华儿女的骄傲，也许是此生我献给祖国最浪漫的告白。

难抵极考察站高约 5 米，近 4 米已被积雪深埋。根据 Paul 的情报，2007 年时，他的 3 个客户曾集体作业数天，挖出通道直抵大门。然而，由于规划失误，那是一扇从屋内反锁的后门，无法进入。但至少在当时，木屋还没被积雪挤压摧毁。总有一天，大自然将彻底回收领地，把难抵极考察站变成传说。

ALCI 已经计划 1 月 27 日执飞将我们撤回 Novo 机场的任务。为此，我们抵达难抵极考察站后的首要工作是修建一条简易机场跑道，要求在 800 米 ×50 米的区域铲除所有高于 10 厘米的障碍，并用深色标记物引导入口。我们 3 个人只有两把铁锹，所以商定将由他俩先平整雪道，稍晚我再去建设通路。1 立方米的雪重约 200 公斤，定位准确的情况下，至少需要挖出 3 立方米。晚饭后我们展开讨论，根据有限的历史图片推测着正门位置。

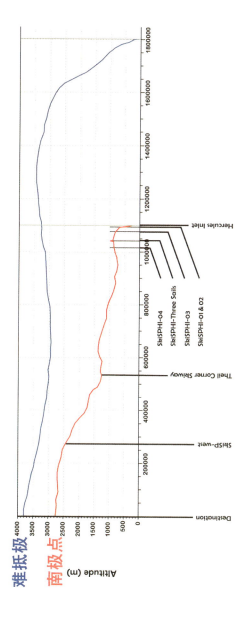

远征南极点和难抵极的海拔和里程对比

20

生命的光度^①

最后一天到了。

早上我们像往常一样，整装待发时点头示意。虽然看不到彼此的面容，但气氛庄严肃穆。

天空湛蓝，地平线附近薄雾笼罩。行进 3 小时之后，我知道那个时刻即将降临。

每个人都极目远眺，每一步都意义非凡。就像我无数次设想的那样，先看到的是电线杆，灰黑色，纤细的一根。再前进几步，右侧出现一个小黑点。我停下来，记录下第一眼看到它的位置。随着继续靠近，小黑点呈现出暗黄色，轮廓渐渐清晰。最终，一道细长的雪棱横在面前，高不过 10 厘米。我踏上去，把雪橇留在身后。十几米外，列宁半身像微侧着身，朝向我们。岁

---

① 天文学上指天体的发光能力。由亮到暗可把恒星分为7级，即超巨星、亮巨星、巨星、亚巨星、矮星、亚矮星、白矮星。

月已将这尊孤独的雕像染成和木质基座一样的金黄色。无数画面在脑海中闪现，在挪威学滑雪，徒步南极点，好像都是刚发生的事。最后几步和从前一样平常，当我停下时，已走过万水千山。

北京时间 2020 年 1 月 25 日晚 7 点 18 分，远征完成。

慎终追远，我提议为 1958 年 12 月 14 日第一次到达这里的人们静默一分钟，他们照做了。

5 年的奋斗，梦想终成现实。历时 80 天，穿越 1800 多公里，"行则将至"远征队完成了从海岸线到南极大陆难抵极的徒步远征，这是人类首次依靠双脚到达此地。祖国是我的骄傲，五星红旗第一次飘扬在这里，"机密成员"第一次沐浴南极的阳光——冰墩墩[①]左手的红心上写着 POI，雪容融[②]的黄围巾上标明位置：S82°6.655′，E55°1.957′。

生而为人，负有使命。此刻，我的使命已达成。疲惫至极，生命中从未有过的疲惫，耗尽了所有力气。我在难抵极正前方扎营后，手持信件和纪念物拍照向亲友们致谢。

两年前在南极点，我有一份长名单，每个名字后面标注了我们相遇的时间和地点。在四海为家的日子里，我曾受到他们的关照。还有更多人的名字没能记下来，但我会永远铭记他们的慷慨和善意。这些过往沉淀成我心底柔软而强韧的一部分。

Robert Swan 赠送的三文鱼包装袋上写有"GOOD LUCK（祝

---

①②　冰墩墩和雪容融：2022 年北京冬奥会和冬残奥会吉祥物。——编者注

好运)"。我留存多年，此行随身携带，像是护身符。这个远征
季 Robert 也再度徒步南极点，可惜因为胯关节脱臼，圣诞节后紧
急撤离。

信件中有一封是写给 Paul 的，我对他心存敬意的部分永远不
会改变。

我一路时常默念几句话，终于随着另一封信带到了难抵极——

关野吉晴先生尊前：

生死大海，谁作舟楫？

无明长夜，谁为灯炬？

感谢你点亮我的人生。

冯静于 POI

2020 年 1 月 25 日

同样的内容我也准备了一份日文版。

拍照结束，Sarah 和 Erik 带上我的铁锹去远处修跑道了。独
处的时间里，我一遍又一遍地做着 5 年来始终盼望的事：拉开帐
篷的门，难抵极就在眼前。

无论多少次目光触及那里，心中奔涌的感受始终不变：

"Life is not measured by the number of breaths we take, but by the

311

2020 年 1 月 26 日，到达 POI 的第二天，Garmin 手表因海拔模块损坏，显示出离奇的海拔数据：-13242 米，实际海拔是右边 GPS 显示的 3714 米

梦想成真——拉开帐篷的门，难抵极就在眼前

moments that take our breath away."（人生的意义不在于时间的长短，而在于令人屏息的精彩时刻。）

　　这片区域相对平整，不到 3 小时跑道修好了。

　　晚饭后我和 Sarah 一起考察挖掘位置，划定了一处大约 1 米 ×0.6 米的区域。我让她回去休息，开始独自修建通路。

　　表层大约半米厚的雪致密坚硬。铁锹嵌入时非常困难，撬起的雪块很大，特别适合用来压帐篷裙边。再往下的雪像散沙，挖起来容易，但每一锹都铲不起太多。当雪坑越来越深时，攘雪比挖雪要辛苦得多。我腾出一个行李袋，拴上长绳，装满雪后人先爬出来再往上拖。坑深一米时，我在两头分别修建了台阶和坡道。不可避免地，越往下挖，坑底就会渐渐收窄。我数次扩大坑口面积，维持底部的作业条件。

　　不知不觉中浓雾遮天蔽日，想起看表时竟然已是凌晨 3 点。我一个人下坑挖雪，再爬出来清运，实在快不起来。坑深超过我的身高，但仍没有挖到主体建筑的屋顶。我已力竭，独木难支，还有一天就要撤离，时间不够了。这在意料之中，我并不感到失望。凡事只要尽力，结果不是最重要的。

　　起风了。我取来帐篷椅和《伟大的旅行》，最后一次下到坑底，读完喜欢的章节，坐了一会儿。

　　飞机真的要来接我们了。

我独自挖掘进入难抵极考察站的通路，坑深超过我的身高，但仍没有挖到主体建筑的屋顶

"行则将至"远征队三人在难抵极合影

我把北京 2022 年冬奥会和冬残奥会吉祥物冰墩墩、雪容融带到南极大陆难抵极

离开 POI

尾声

　　到达难抵极之后，我邀请他俩合影时，Sarah 找了个合适的位置，Erik 站着不动，原话如下："Sarah, are you sure you'd like to take a picture with the Chinese flag？"（莎拉，你确定要和中国国旗拍照吗？）人不是说着同一种语言就可以对话。我认为三人合影仍有必要，收起了国旗。我和 Erik 之间的裂痕存在已久，到这一刻终于无法弥合。

　　我认可 Sarah 的工作，没有人是完美的，她已经尽力助我实现目标。Erik 的体力劳动可以被替代。我不想当面羞辱他，私下场合单独向 Sarah 致谢。

　　之后的一系列事件相当戏剧化。

　　1 月 27 日我们返航 Novo 机场，当晚被送至 Novolazarevskaya 考察站。

　　29 日考察站的旅馆负责人举办了一场小型聚会。我未受邀，

317

本不知情，因需要饮用水，意外进入现场，并没意识到聚会目的，离开前被俄罗斯人邀请留下。我坐在长桌一端，左手由近及远分别是：科学家 A，科学家 B，Erik，Sarah；右手由近及远分别是：旅馆负责人 C，旅馆员工 D，车队司机 E，车队司机 F。当大家举杯时，我听到 C 的祝词，才明白聚会原因——庆祝 A 的生日和徒步难抵极成功，我深感震惊。既然是庆祝我们徒步难抵极成功，为何不邀请我？Erik 表情窘迫，隔着两人探身，执意邀我碰杯。Sarah 目不斜视，和 F 对话，好像其他人都不存在。俄罗斯人没有理由把我排除在外，合理解释是他们碰到 Sarah 和 Erik，邀请了我们三人，但我被 Sarah 屏蔽了——Erik 太慌张，这不是他的主意。次日一早 Sarah 找到我："昨天我们也是临时参加的。"

　　2 月 2 日撤出南极大陆返回开普敦后，我查收常规邮件，有一封来自 Ravil，时间是 2019 年 12 月。我提及因远征耽误回复，Ravil 立刻发来消息，原文如下："I follow them…but there was no sound that you took part in this trip. Are you classified member of expedition？"（我关注了他们……但看不出你在同行。你是远征队的机密成员吗？）2017 年 Ravil 在新西兰偶遇我，之后在美国偶遇 Sarah 和 Erik——这是宿命，全世界同时认识我们 3 个的不足 10 人。

　　回到那节红色车厢，2019 年 12 月 16 日，当建设临时加油站的负责人，俄罗斯人萨沙提到关键问题：你们三人因何组队？换做 Paul 总是自然地答复："静雇了我，我为她工作。"当时 Sarah 和 Erik 正在畅所欲言，两人突然陷入沉默，神情慌乱。那是我第一次起疑。

事实胜于雄辩。你可以在部分时间欺骗所有人，也可以在所有时间欺骗部分人，但不能在所有时间欺骗所有人。远征南极大陆难抵极是我独立发起的。我尊重雇员们的劳动，从未隐瞒任何人的存在。和我一起徒步穿越地狱的，可以是他们也可以是别人。

他俩在个人社交媒体上传的照片只有一顶墨绿色帐篷（我的是红色），配文内容大意为：哪里有帐篷哪里就有家，圣诞节的拥抱臭烘烘。Sarah 回答了若干网友提问，但对于其中"几人同去？"选择性无视。

我和他们看待远征的方式完全不同，这不应该退化为一场个人荣誉的争夺。作为没壳没毛、皮薄肉少的智人，既不会飞也跑不快，荒野求生全靠科技续命。大自然没有征服者，人类的力量太过渺小，今天所能取得的任何一点点成就，无不建立在前人孜孜不倦的探索与突破之上。你我皆凡人，了不起的是这个时代。

极地远征不曾影响人类历史进程，不管多难，都是小事件。但如果更多的人因我的这段经历有所触动，受到远征"坚忍致胜"精神的感召，一旦确立目标，遇到困难不退缩，即便被困难击倒，不管多少次也要爬起来再战，怀抱梦想，勇往直前，那么将影响这个时代的风貌。难抵极考察站历经60多年沧桑，如今可见部分高约1.5米，总有一天，它将被冰雪掩埋，彻底封存在南极大陆，但是人类超越自我、突破极限，抵达一个又一个难抵极的努力将永无止境。

　　这是我和南极大陆难抵极的故事，那么你人生的"难抵极"又在哪里呢？人们说："种下一棵树最好的时间是在10年之前，第二好的时间就是现在。"

后记

    距离初次动笔已过去 3 年有余。2018 年初从南极点返京之后，在决定远征难抵极之前，我曾写下几万字，其中一部分汇入本书。此前见诸媒体的内容我将其称为远征的 A 面。B 面迟迟没有披露，因为需要呈现全貌才能在最大程度上避免被断章取义。

    Paul Landry 从加拿大偏远的因纽特人聚居区走到世界舞台之上，在极地探险这个极冷门领域占有一席之地。作为初代极地向导，行业的拓荒者，个中艰辛冷暖自知。在本书的写作过程中，2021 年 6 月 7 日，比利时著名极地向导，Dixie Dansercoer 在格陵兰岛带领一位客户远征途中不慎落入冰隙坠亡，时年 58 岁。悬顶的达摩克利斯之剑势必在 Paul 心中也投下阴影，我想这也是他部分不当行为的重要成因之一。

    经常被人问起，有没有想过放弃。事实上，我数次在遭遇背叛时陷入深度抑郁，只是每一次都坚信眼下的痛苦比不上 10 年之后的悔不当初，坚持很难，放弃更难，尽管前景未知，但"既然选择了远方，便只顾风雨兼程。"

2020 年新冠肺炎疫情在全球暴发，严重地影响了世界各地的商业和生产。年底南极大陆所有访客业务暂停，因此两位阿拉伯公主的远征没能成行。如果不是拼命抓着梦想不放手，徒呼奈何的就会是我。

撤出南极大陆之后，我在外游荡了 3 周，2020 年 2 月底前返京。我非常渴望有机会和第一次站在难抵极的人们聊聊当年的故事，所以回家后开始收集线索。60 多年过去了，当时即便 30 出头的年轻队员，如今也已是鲐背之年。受疫情影响，我获得的一些模糊信息，目前也无法查证。但我没有放弃，仍在等待时机。

2020 年底我接受了甲状腺手术，肿物的体积在两年多的时间里增长了 8 倍有余，单发变为多发。恢复后，我终于完整地写下一段 5 年的经历。

现在，新的梦想在召唤，我的热情再一次被点燃。我仍然可能遭遇挫败，到不了想去的地方，但没什么大不了的，那种为了值得寻求之事而心潮澎湃的感觉真好。

伴我一路远征的亲密"战友"

南极点睡袋 2

南极点羽绒服

南极点营地鞋

充气垫

滑雪杖

POI 羽绒服

止滑带

POI 营地鞋

滑雪杖

POI 睡袋套

南极点睡袋

NAMMATJ 2 GT 帐篷

蛋槽

POI 睡袋

滑雪靴

附录一　远征大事记

上篇

2014 年 10 月—2018 年 1 月

挺进南极点

2014 年 10 月，秘鲁 Arequipa，初次构想徒步远征南极大陆 POI。

2015 年 5 月—2016 年 1 月，北京，体能自训。

2016 年 2 月 7 日—20 日，挪威 Haugastøl，接受专业训练。评估结果：拟于 2017—2018 年远征南极点，作为适应性训练，徒步 POI 可行性待议。

2016 年 3 月—11 月，北京，专项自训，改装装备。

2016 年 12 月，吉林，松花湖滑雪场，自训并测试装备。

2017 年 1 月，北京，继续改装装备。

2017 年 2 月 12 日—3 月 4 日，挪威 Haugastøl，再次接受专业训练。

2017 年 3 月—9 月，北京，专项自训，改装装备。

2017 年 9 月 9 日—22 日，独自前往新西兰模拟训练。

2017 年 11 月 8 日—14 日，抵达智利 Punta Arenas。

2017 年 11 月 15 日，飞抵南极大陆联合冰川营地。

2017 年 11 月 16 日，20：30 双水獭飞机送至出发地 Hercules

Inlet。

2017 年 11 月 27 日，遭遇暴风雪，休整一日。

2017 年 11 月 29 日，拿到第 1 号补给，行李增重。

2017 年 11 月 30 日—12 月 1 日，深陷积雪，为继续行进，我帮 Paul 负重部分行李。

2017 年 12 月 5 日，连续 8 天为 Paul 提供压缩饼干导致食物短缺。

2017 年 12 月 16 日，食物危机意外解决。

2018 年 1 月 8 日，抵达南极点，遇到日本探险家荻田泰永。远征成功使得 Paul 的几位观望客户热情高涨，两名中东公主计划 2018—2019 年远征。

下篇
2018 年 1 月—2020 年 2 月
远征难抵极

2018 年 1 月 9 日，撤出南极大陆返回智利 Punta Arenas。

2018 年 6 月，专程前往东京拜会关野吉晴，提及有意徒步 POI。决定继续与 Paul 合作。

2018 年 6 月—10 月，初步计划 2019 年穿越格陵兰岛，2020 年徒步 POI。

2018 年 11 月，惊悉中东公主没有执行远征计划，决定将

POI 项目提前到 2019—2020 年远征季。

2019 年 4 月底，重要家庭成员病故，身心俱疲。遭遇违约提价，POI 项目陷入僵局。

2019 年 7 月底，中断联系两个月后，最后一次谈判达成共识，POI 项目重启。

2019 年 9 月 3 日—13 日，第二次独自前往新西兰模拟训练，并学习冰隙救援技术。

2019 年 10 月 26 日，最后加入两名机密成员冰墩墩和雪容融。

2019 年 10 月 31 日，飞抵南非开普敦，途中感染病毒。

2019 年 11 月 1 日—4 日，持续发烧。

2019 年 11 月 5 日，飞入南极大陆 Novo 机场。病情进入第二阶段，退烧，转为严重咽喉疼痛，咳嗽。

2019 年 11 月 7 日，带病出发。

2019 年 11 月 19 日—24 日，顶风爬升，厘米之战。严重高反。24 日，右手拇指脱臼，颈椎问题恶化，提前叫停当日行程，自制颈托。

2019 年 12 月 3 日，载有 14 个中国人的飞机三次从帐篷顶掠过。

2019 年 12 月 16 日，行程过半，遇到在南极工作的三个俄罗斯人。

2019 年 12 月 18 日，白化天，终于追赶上计划。

2020 年 1 月 24 日，乙亥年除夕，在帐篷内悬挂灯笼迎接农历新年。

2020 年 1 月 25 日，北京时间 19：18，"行则将至"远征队徒步抵达 POI。为 1958 年 12 月 14 日第一次标定此地的 18 人静默。机密成员冰墩墩和雪容融来到难抵极。

2020 年 1 月 27 日，由于右手拇指脱臼，曾在途中扎营时铁锹反弹砍伤下巴，伤口因摩擦感染加剧，故放弃在 POI 停留，提前飞机撤离。

2020 年 2 月 2 日，撤出南极大陆返回南非开普敦。

附录二 远征南极点进度表

天数	日期	海拔（米）	行进时长	进度（海里）	累计进度（海里）	备注
1	2017 年 11 月 16 日		2h	2.3031	2.3031	晚饭后双水獭飞机送至出发地 Hercules Inlet
2	2017 年 11 月 17 日		8h30m	6.6449	8.948	
3	2017 年 11 月 18 日		9h30m	9.5281	18.4761	
4	2017 年 11 月 19 日		7h45m	8.6483	27.1244	
5	2017 年 11 月 20 日		8h	8.6716	35.796	
6	2017 年 11 月 21 日		8h10m	9.4382	45.2342	
7	2017 年 11 月 22 日		8h35m	10.1923	55.4265	
8	2017 年 11 月 23 日		9h5m	9.9146	65.3411	
9	2017 年 11 月 24 日		8h30m	10.4214	75.7625	
10	2017 年 11 月 25 日		9h10m	11.6399	87.4024	
11	2017 年 11 月 26 日		9h40m	10.2008	97.6032	
12	2017 年 11 月 27 日	Garmin 手表 GPS 模块故障，事后发现数据全部失准	0	0	97.6032	风暴，休息一天
13	2017 年 11 月 28 日		9h40m	12.692	110.2952	
14	2017 年 11 月 29 日		9h5m	11.7552	122.0504	
15	2017 年 11 月 30 日		8h	7.2693	129.3197	
16	2017 年 12 月 1 日		8h	8.0303	137.35	
17	2017 年 12 月 2 日		8h40m	8.9781	146.3281	
18	2017 年 12 月 3 日		9h15m	10.0333	156.3614	
19	2017 年 12 月 4 日		9h10m	10.0586	166.42	
20	2017 年 12 月 5 日		8h55m	9.8982	176.3182	
21	2017 年 12 月 6 日		9h15m	12.2551	188.5733	
22	2017 年 12 月 7 日		8h55m	11.8461	200.4194	
23	2017 年 12 月 8 日		8h	10.0874	210.5068	
24	2017 年 12 月 9 日		9h5m	11.9208	222.4276	
25	2017 年 12 月 10 日		9h15m	12.3096	234.7372	
26	2017 年 12 月 11 日		9h25m	12.9501	247.6873	
27	2017 年 12 月 12 日		11h	16.9055	264.5928	迫于天气预报次日风暴将至的压力，加时 2 小时

天数	日期	海拔（米）	行进时长	进度（海里）	累计进度（海里）	备注
28	2017 年 12 月 13 日		9h	12.7695	277.3623	
29	2017 年 12 月 14 日		8h55m	12.4687	289.831	
30	2017 年 12 月 15 日		9h	12.2337	302.0647	
31	2017 年 12 月 16 日		4h15m	5.366	307.4307	抵达 Thiels，休整半日
32	2017 年 12 月 17 日		7h10m	9.9116	317.3423	
33	2017 年 12 月 18 日		10h5m	14.032	331.3743	
34	2017 年 12 月 19 日		10h10m	15.1303	346.5046	
35	2017 年 12 月 20 日		10h15m	15.8189	362.3235	
36	2017 年 12 月 21 日		10h10m	15.0002	377.3237	
37	2017 年 12 月 22 日		10h5m	15.0273	392.351	
38	2017 年 12 月 23 日		9h55m	13.8902	406.2412	
39	2017 年 12 月 24 日		10h20m	16.1023	422.3435	
40	2017 年 12 月 25 日	Garmin 手表 GPS 模块故障，事后发现数据全部失准	5h	7.23	429.5735	圣诞节休息半日
41	2017 年 12 月 26 日		9h45m	13.759	443.3325	
42	2017 年 12 月 27 日		10h	13.6134	456.9459	
43	2017 年 12 月 28 日		10h10m	15.0238	471.9697	
44	2017 年 12 月 29 日		10h5m	14.902	486.8717	
45	2017 年 12 月 30 日		7h40m	9.4107	496.2824	提前两小时扎营
46	2017 年 12 月 31 日		7h30m	9.1814	505.4638	在 S88°23′ 纪念沙克尔顿
47	2018 年 1 月 1 日		8h10m	11.7833	517.2471	
48	2018 年 1 月 2 日		8h45m	12.2857	529.5328	
49	2018 年 1 月 3 日		8h50m	12.2957	541.8285	
50	2018 年 1 月 4 日		8h55m	13.4419	555.2704	
51	2018 年 1 月 5 日		9h10m	13.0273	568.2977	
52	2018 年 1 月 6 日		9h	13.1284	581.4261	
53	2018 年 1 月 7 日					
54	2018 年 1 月 8 日	2835	15h	20.8668	602.2929	加时 5 小时，提前完成远征南极点

注：以上数据根据纬度变化差值得出，经度变化忽略不计。

附录三　远征难抵极进度表

天数	日期	海拔（米）	行进时长	进度（千米）	累计进度（千米）	备注
1	2019 年 11 月 7 日	539	5h5m	9.32	9.32	
2	2019 年 11 月 8 日	539	0	0	9.32	风暴，原地等待
3	2019 年 11 月 9 日	539	0	0	9.32	风暴，原地等待
4	2019 年 11 月 10 日	713	4h35m	8.65	17.97	
5	2019 年 11 月 11 日	1025	9h	16.78	34.75	
6	2019 年 11 月 12 日	1216	10h35m	20.36	55.11	
7	2019 年 11 月 13 日	1402	10h55m	22.2	77.31	
8	2019 年 11 月 14 日	1520	10h20m	20.57	97.88	
9	2019 年 11 月 15 日	1679	9h45m	18.34	116.22	
10	2019 年 11 月 16 日	2044	9h55m	15.45	131.67	
11	2019 年 11 月 17 日	2215	10h5m	20.04	151.71	
12	2019 年 11 月 18 日	2275	6h	12.26	163.97	
13	2019 年 11 月 19 日	2537	10h	19.38	183.35	
14	2019 年 11 月 20 日	2746	10h55m	21.37	204.72	
15	2019 年 11 月 21 日	2898	10h10m	20.3	225.02	
16	2019 年 11 月 22 日	2985	9h45m	14.99	240.01	
17	2019 年 11 月 23 日	3039	10h	14.74	254.75	
18	2019 年 11 月 24 日	3071	7h10m	10.8	265.55	
19	2019 年 11 月 25 日	3139	11h10m	25.03	290.58	
20	2019 年 11 月 26 日	3202	11h30m	25.14	315.72	
21	2019 年 11 月 27 日	3256	11h20m	24.82	340.54	
22	2019 年 11 月 28 日	3296	11h35m	25.04	365.58	
23	2019 年 11 月 29 日	3322	11h55m	26.02	391.6	
24	2019 年 11 月 30 日	3337	11h40m	25.32	416.92	
25	2019 年 12 月 1 日	3360	11h55m	26.57	443.49	
26	2019 年 12 月 2 日	3378	9h5m	18.9	462.39	
27	2019 年 12 月 3 日	3372	11h15m	28.1	490.49	
28	2019 年 12 月 4 日	3353	11h20m	28.31	518.8	
29	2019 年 12 月 5 日	3351	11h15m	26.85	545.65	
30	2019 年 12 月 6 日	3351	0	0	545.65	休息
31	2019 年 12 月 7 日	3338	11h20m	28.78	574.43	
32	2019 年 12 月 8 日	3311	11h30m	28.67	603.1	
33	2019 年 12 月 9 日	3276	11h25m	28	631.1	
34	2019 年 12 月 10 日	3261	11h55m	29.64	660.74	
35	2019 年 12 月 11 日	3218	11h50m	29	689.74	
36	2019 年 12 月 12 日	3190	11h25m	26.35	716.09	
37	2019 年 12 月 13 日	3182	11h20m	26.04	742.13	
38	2019 年 12 月 14 日	3134	11h30m	27.73	769.86	
39	2019 年 12 月 15 日	3122	11h35m	30.97	800.83	
40	2019 年 12 月 16 日	3109	10h55m	30.67	831.5	

天数	日期	海拔（米）	行进时长	进度（千米）	累计进度（千米）	备注
41	2019 年 12 月 17 日	3071	11h	32.09	863.59	
42	2019 年 12 月 18 日	3064	7h20m	19.93	883.52	
43	2019 年 12 月 19 日	3044	11h	28.18	911.7	
44	2019 年 12 月 20 日	3022	10h30m	28.38	940.08	
45	2019 年 12 月 21 日	3004	10h35m	30	970.08	
46	2019 年 12 月 22 日	2965	10h35m	30.04	1000.12	
47	2019 年 12 月 23 日	2943	10h30m	28.78	1028.9	
48	2019 年 12 月 24 日	2900	10h30m	28.27	1057.17	
49	2019 年 12 月 25 日	2874	10h30m	25.54	1082.71	
50	2019 年 12 月 26 日	2837	10h20m	25.38	1108.09	
51	2019 年 12 月 27 日	2837	0	0	1108.09	休息
52	2019 年 12 月 28 日	2848	10h15m	26.35	1134.44	
53	2019 年 12 月 29 日	2856	10h25m	28.31	1162.75	
54	2019 年 12 月 30 日	2871	10h25m	28.43	1191.18	
55	2019 年 12 月 31 日	2886	11h	30.44	1221.62	
56	2020 年 1 月 1 日	2911	10h45m	28.24	1249.86	
57	2020 年 1 月 2 日	2955	10h40m	28.06	1277.92	
58	2020 年 1 月 3 日	2955	10h50m	29.5	1307.42	
59	2020 年 1 月 4 日	2975	10h30m	27.12	1334.54	
60	2020 年 1 月 5 日	2992	6h10m	13.95	1348.49	
61	2020 年 1 月 6 日	3042	10h15m	25.94	1374.43	
62	2020 年 1 月 7 日	3077	10h15m	24.44	1398.87	
63	2020 年 1 月 8 日	3117	10h50m	26.76	1425.63	
64	2020 年 1 月 9 日	3171	10h40m	26.08	1451.71	
65	2020 年 1 月 10 日	3225	10h10m	25.79	1477.5	
66	2020 年 1 月 11 日	3262	10h40m	27.37	1504.87	
67	2020 年 1 月 12 日	3320	10h35m	26.19	1531.06	
68	2020 年 1 月 13 日	3403	10h45m	27.44	1558.5	
69	2020 年 1 月 14 日	3412	5h	13.18	1571.68	
70	2020 年 1 月 15 日	3439	10h30m	20.8	1592.48	
71	2020 年 1 月 16 日	3481	10h45m	21.07	1613.55	
72	2020 年 1 月 17 日	3501	10h45m	20.91	1634.46	
73	2020 年 1 月 18 日	3543	10h50m	24	1658.46	
74	2020 年 1 月 19 日	3572	11h5m	25.01	1683.47	
75	2020 年 1 月 20 日	3598	11h	24.94	1708.41	
76	2020 年 1 月 21 日	3635	10h55m	22.62	1731.03	
77	2020 年 1 月 22 日	3674	11h	25.47	1756.5	
78	2020 年 1 月 23 日	3675	7h5m	14.77	1771.27	
79	2020 年 1 月 24 日	3697	11h	25.24	1796.51	
80	2020 年 1 月 25 日	3715	3h35m	7.56	1804.07	